Uma visita dos espíritos

Randall Kenan

Uma visita dos espíritos

tradução
André Czarnobai

todavia

para aquela que abriu um caminho quando não havia nenhum,
minha mãe, sra. Mary Kenan Hall

e, in memoriam,
Maggie Williams Kenan
Leslie Norman Kenan
Roma Edward Kenan
Eric Robert Simmons

*"A vida dos espíritos é curta?", perguntou Scrooge.
"Minha vida neste planeta é muito breve",
respondeu o fantasma. "Ela se encerra esta noite."
"Esta noite!", bradou Scrooge. "Esta noite
à meia-noite. Escute! O tempo está se esgotando."*

Charles Dickens, *Um conto de Natal*

*Para invocar um demônio você precisa saber
o seu nome. Os homens sonharam com isso um
dia, mas agora isso é real, de uma outra forma...*

William Gibson, *Neuromancer*

Feitiçaria branca **11**
Necromancia negra **43**
Ciência sagrada **127**
Demonologia antiga **197**
Velhos deuses, novos demônios **275**

Feitiçaria branca

O Senhor está em seu Templo Sagrado; que toda a terra fique em silêncio perante Ele. Alegrei-me quando me disseram: Vamos à Casa do Senhor...

8 de dezembro de 1985

8h45

"Senhor, Senhor, Senhor", ela disse.

Na primeira vez que ela escorregou e caiu no gramado aquela manhã, ele correu em sua direção, mas ela o espantou e, lentamente, com dificuldade, conseguiu se levantar. Mas então, após alguns poucos passos preciosos, ela voltou a cair.

"Senhor, Senhor, Senhor."

Dessa vez ela simplesmente ficou ali, sentada, no gramado coberto pela geada entre a sua casa e o carro de Jimmy, de cabeça baixa e olhos fechados.

"Você está bem, tia Ruth? Precisa de ajuda?"

Jimmy estava a menos de meio metro de sua tia-avó, mas hesitava. Quando resolveu andar até ela e se inclinou para levantá-la, ela abriu os olhos e o fuzilou com um olhar que fez o sangue em suas veias congelar.

"Eu estou bem! Me deixa! Eu consigo levantar sozinha. Só me dá um tempinho."

Relutante, Jimmy deu um passo para trás e a observou enterrar sua bengala na terra como se cravasse uma estaca, e, depois de ficar de joelhos, pôr um dos pés no chão e parar.

"Vá ajudá-la, garoto."

De dentro do carro, Zeke falou com Jimmy. Ele se debruçou na janela do motorista do Oldsmobile azul e ficou olhando impaciente para a velha. Assim como ela, ele também estava vestido do melhor traje-de-domingo-de-missa; seu fedora, talvez tão velho quanto ele, repousava em seu colo.

"Eu não preciso de ajuda nenhuma, Ezekiel Cross!"

"Precisa sim, Ruth. Deixa o menino te ajudar."

"Eu levanto sozinha há noventa e dois anos e eu..."

"Sim, mas não parece que você está conseguindo fazer isso muito bem agora."

A bengala escorregou novamente, e ela caiu, bufando e suspirando melancólica.

Dessa vez ela não ofereceu resistência quando Jimmy a ergueu gentilmente até que ficasse de pé e tirou o pó de suas roupas. Primeiro ela ficou parada, a testa coberta de suor apesar do ar gelado. Deu o primeiro passo como se testasse um par de pernas novas e, então, devagar, ganhando confiança aos poucos, andou até o carro.

"Só tô velha", murmurou a si mesma, por fim. "Só velha."

"Você precisa de ajuda para entrar no carro, tia Ruth?"

Ignorando Jimmy, ela primeiro enfiou a bengala no chão do banco traseiro e, segurando a porta como se um vendaval pudesse soprá-la para longe dali, entrou no carro, a cabeça à frente. Sentada, puxou as pernas para dentro com grande esforço. Depois de entrar, bufando e ofegando e limpando o suor da testa, gesticulou impaciente para que Jimmy fechasse a porta.

Sem dizer uma palavra, Jimmy entrou no carro, fechou a porta e começou a dirigir pela estrada de chão batido.

"Está frio hoje, hein?", bocejou Zeke.

"É, mas o homem do tempo disse que vai esquentar um pouco. E também disse que vai chover."

Ruth soltou um grunhido. Ela observava os campos abertos enquanto o carro ia passando, as mãos dobradas sobre o colo como dois retalhos de um tecido grosso.

Um bando de melros de asas vermelhas cobria um campo à esquerda. Quando o carro passou por ali, todos decolaram juntos, piando e grasnindo, voando pelos ares, como um pano perfeitamente preto carregado pelo vento, as pontas das asas piscando carmim. A nuvem negra subiu, sobrevoou a estrada, passou por cima do carro, entrou no bosque do outro lado e se acomodou nos galhos das árvores como se fossem enfeites pretos de Natal.

"Não vai chover. Vai é nevar."

"Você acha, tia Ruth?"

"Ruth", Zeke virou para olhar para ela, no banco de trás, e estalou a língua. "Você sabe que não neva em dezembro."

Ruth produziu seu próprio estalo. "Se eu acho? Menino, do alto dos meus noventa e tantos anos, eu acho que sou capaz de dizer quando é que vai ou não nevar. Olha só este céu e, ainda por cima, um bando de melros de asas vermelhas como esses no chão como aqueles… espera só pra você ver. Além disso, eu sinto nos meus ossos também." Ela virou para olhar pela janela.

"Meu Deus, Ruth, do jeito que você fala parece que depois que a gente faz noventa anos a gente sabe de tudo."

"Bom, chega nos noventa que aí você vai ver."

"Só me faltam mais seis anos."

Logo em seguida eles passaram por uma fila de meia dúzia de carros, parados perto da entrada de uma propriedade. Havia ainda mais carros do outro lado do portão, no quintal da casa branca com telhado anguloso e pontiagudo. E várias pessoas andando pelo terreno.

Uma coluna de fumaça se erguia da lateral da casa. Os homens se reuniam perto do celeiro; as mulheres, dentro de um barracão a poucos metros da casa.

Zeke ficou animado. "Estão matando um porco. Vocês sabiam que o Bud Stokes ia matar um porco hoje?"

"Não."

"Mas é claro", disse Ruth, provocando. "Não tem como você morar por aqui e não ficar sabendo que alguém vai matar um porco. Ainda mais um bisbilhoteiro como você."

"Querem dar uma passada?", Jimmy olhou para o relógio.

"Não." Ruth virou para o outro lado. "Já vi porco morrendo o suficiente pra durar mais noventa e dois anos. Além do mais, eu quero acabar com isso tudo de uma vez. Não gosto de andar muito tempo dentro de carro, de jeito nenhum."

"E você, tio Zeke?"

Zeke ficou olhando para o quintal lotado de gente com a mesma sensação de um marinheiro que olha para o mar. "Você a ouviu, menino. Segue em frente."

Pouco depois, o carro saiu da estrada de chão batido, pegou a rodovia de asfalto e seguiu em frente.

ADVENTO

(ou O começo do fim)

Você já viu um porco sendo morto, não? Hoje em dia não matam mais tanto quanto antes. As pessoas simplesmente não criam mais porcos como costumavam criar.

Uma vez, nesse mesmo vilarejo na Carolina do Norte, praticamente todo mundo que tinha uma terrinha criava pelo menos um ou dois porcos. E assim que chegava a temporada de frio em dezembro e janeiro, as pessoas começavam a matá-los e salgá-los e defumá-los e curá-los. Naquela época, um porco era uma coisa muito boa para se ter, para ajudar a passar o inverno. Mas você sabe disso tudo, não sabe?

Lembra como as crianças ficavam empolgadas no dia de matar porco? Corriam por todo lado, comendo torresmo. Um vira-lata preto e caramelo rosnava e latia e brigava com um pastor-alemão por um pedaço ensanguentado de carne. Vinha gente de todas as partes. Os homens se reuniam em volta do chiqueiro, as mulheres em torno de mesas compridas instaladas dentro de um barracão e, em algum lugar no quintal, enormes caldeirões de ferro ferviam água, alimentados por fogueiras feitas com lenha de carvalho e pinheiro. O ar carregado com a fumaça e com o aroma da sálvia e da pimenta e das carnes e do sangue cozinhando. Tenho certeza de que você consegue sentir esse cheiro até hoje.

Você se lembra daquelas duas ou três mulheres de pé bem no meio do campo — um campo sem nada plantado, onde a relva do inverno estava começando a brotar em meio à terra compacta? Elas estavam em volta de um buraco que os homens haviam cavado no dia anterior, profundo e largo como uma cova. As mulheres paradas de pé ali na beira: uma segurava um intestino enorme que mais parecia uma centopeia monstruosa sem pelos. Ela ia apertando a coisa de cima para baixo, em gestos repetidos, fazendo com que seus conteúdos imundos fossem descendo e sendo expulsos, para caírem dentro do buraco; e quando todo o conteúdo tivesse saído, a segunda mulher despejava água fervendo de um balde numa das pontas daquele tubo de carne enquanto a outra mulher o segurava. Ela sacudia gentilmente a entranha para a frente e para trás, para a frente e para trás, como um balão cheio d'água, até finalmente derramar aquela água acinzentada nojenta no buraco fedorento no chão. Durante o tempo todo elas conversavam, os rostos plácidos, os dedos ágeis, os aventais respingados de matéria fecal, o buraco soltando vapor pelo ar como uma enorme panela no fogo, fedendo, exalando mau cheiro.

Com certeza alguém lhe contou sobre a enorme tina de água sobre o fogo, as labaredas azuis e vermelhas lambendo as laterais. Ali eles mergulhavam as carcaças gordurosas para escaldar a pele e os pelos. Quatro homens, dois em cada ponta de duas correntes, erguiam aquela coisa por sobre a tina e, em seguida, a mergulhavam e ficavam girando dentro da água fervente, até que fosse possível esticar a mão e arrancar seus pelos aos punhados. Eles então rolavam a criatura para fora e removiam todo o seu pelo e pele, até ela adquirir um branco rosado similar às barrigas dos peixes mortos. Eles prendiam e espetavam as patas traseiras do porco com uma grossa estaca de madeira, o arrastavam até o velho defumadouro e, em seguida, o penduravam num poste bem alto, mais alto que um homem.

Então alguém pegava um facão de prata e riscava um corte bem fino descendo pela barriga do animal, do reto até a garganta. Ele fazia uma incisão profunda no topo e, com um som de rasgo molhado, como o de uma melancia se arrebentando, a criatura se dividia perfeitamente ao meio, os órgãos delicados eram expelidos que nem vômito, aquelas bolsas finas e lustrosas ali, só esperando para serem extirpadas, uma de cada vez. O sangue que ainda restava ao porco escorria pelo seu focinho em pingos longos e lentos, tingindo a grama marrom do inverno de um vermelho profundo. Mas tenho certeza de que você testemunhou tudo isso, é claro...

Ao mesmo tempo, dentro do galpão, as mulheres se ocupavam com facas, moedores, garfos e colheres; as mesas engorduradas cobertas de sal, pimentas, temperos e pedaços de carne sangrenta, que também estavam prestes a serem transformados em linguiças dentro de panelas, que também estavam cheias de fígado cozido prestes a virar patê. Você se lembra do cheiro das carnes e dos temperos cozinhando, um aroma denso e inebriante? Lembra das mulheres conversando? Um palavrório constante e incontido que aumentava e diminuía, lembranças e fofocas, observações e reclamações, um vaivém, vem e vai, um roda e roda, o ritmo, a cantoria, uma sinfonia caótica.

Do chiqueiro não preciso nem falar, não é? Um espaço aberto e cercado junto de um abrigo colado ao celeiro. Os porcos ficavam confinados a suas baias. E os homens ficavam em torno da cerca, conversando, fofocando, se gabando e reclamando em meio àquele frio, o vapor da respiração subindo e formando uma nuvem sobre a cabeça para, em seguida, desaparecer.

Alguns dos homens mais velhos podiam entregar uma arma a um garoto bem jovem, e lhe dizer para não ter medo, não ter pressa e mirar com firmeza. Os homens ficavam olhando uns para os outros e também para o garoto, com um orgulho compartilhado, enquanto um homem ia até o portão e, com algum esforço, removia as três ripas de madeira que trancavam o chiqueiro. Então, usando um varapau, ele batia no lombo de todos os porcos, exceto o maior deles, que ele conduziria até a área externa, dizendo: Ê, porquinho! Eia! Vamos lá, vamos lá! O porco, um animal de couro grosso e uma pelagem marrom enferrujada, vinha cambaleando em direção ao quintal e tropeçava numa prancha de madeira, soltando um suspiro demasiadamente humano quando sua barriga se chocava contra o chão. O homem o açoitava com o varapau no traseiro e o animal ficava rapidamente de pé, com uma bufada, um grunhido e um guincho. Ele começava a contornar a cerca, olhando para os homens do outro lado sem suspeitar de nada.

Então o porco parava, lançando um olhar muito desconfortante para o garoto que lhe apontava a arma, imóvel e sólido; pode-se dizer que ele parecia um rinoceronte ou um elefante se preparando para atacar. Ele dava mais uma bufada, soltando um jorro de vapor naquele ar gelado. Mas permanecia parado. Seus olhinhos emanando fúria, mas também perplexidade. O garoto então mirava cuidadosamente, bem devagar, sem nenhuma pressa. Ele puxava o gatilho. A arma disparava. O porco dava um pulo, uma bufada: você via um pontinho vermelho aparecer bem no meio dos olhos, escutava o barulho do tiro. O porco se levantava sobre as patas traseiras como um cavalo, e se contorcia, sacudindo a cabeça apenas uma ou duas vezes. Ele parecia cair milagrosamente sobre as patas da frente, porém apenas por um instante. Desabava, atingindo o chão com um baque, e fazia um ruído que talvez pudéssemos chamar de último suspiro — tudo em questão de segundos. Seus olhos se fixavam intensamente no nada. Sua respiração ficava pesada; o pontinho em sua testa jorrava vermelho. O homem puxava um facão de prata comprido, ia até o animal moribundo, segurava um naco de carne debaixo de sua tremenda cabeçorra e, com a mão muito firme, fazia uma incisão longa e profunda na garganta, rompendo a artéria que existia ali. O sangue grosso vermelho-escuro jorrava, fumegando o ar gelado de dezembro, banhando as mãos e os sapatos do homem. O porco estremecia: se arrepiava: colapsava: as patas se mexiam espasmodicamente, como as de um cão que dorme, até que, dentro de alguns minutos, ele parava de se mexer, deitado sobre uma poça vermelha.

Mas você viu isso, não viu? Quando era mais jovem? Talvez...

É claro que esse estilo de vida evaporou. Já seria bem difícil encontrar um chiqueiro hoje em dia, quanto mais um porco. Não, as pessoas agora vão no A&P pra comprar linguiças, no Winn Dixie pra comprar patê, e no Food Lion pra comprar presunto curado. Aparentemente ninguém mais come conserva de pé de porco e *chitlins*...

Mas os fantasmas dessa época são teimosos; e, embora os porcos não estejam mais em suas baias, é possível ouvir um bando pisoteando a grama, as flores e todas as plantas ornamentais, pisoteando as árvores estrangeiras das novas famílias que moram nas casas novas. Um bando fantasmagórico, apenas esperando o abate.

29 de abril de 1984

11h30

... No que se transformar?

Primeiro, Horace estava certo de que se transformaria num coelho. Mas, depois, não mais. Embora fossem ligeiros como pedrinhas que saltitam quando arremessadas na superfície de um lago, coelhos eram vulneráveis, propensos a ser pegos pelas presas de uma raposa ou pelas garras de um gavião. Esquilos caíam muito facilmente em armadilhas. E embora camundongos e ratos tivessem um tamanho quase mágico, no fim das contas eles eram muito menores do que ele desejava ser. Cabeças de cobra eram esmagadas com muita facilidade, e ele não gostava da ideia de ter de deslizar seu corpo inteiro por cima de todos aqueles galhos, fezes e cuspes. Cães careciam do físico gracioso de que ele precisava. Mais do que qualquer coisa, ele queria ser gracioso. Já que se daria ao trabalho de se transformar, era melhor que fosse exatamente assim. Borboletas eram frágeis demais, vítimas do vento. Gatos tinham uma liberdade física que ele adorava observar, os movimentos elegantes, suaves e fluidos dos grandes felinos africanos, mas ele não conseguia imaginar sua transformação em qualquer coisa que não se enquadrasse nas florestas pantanosas do sudeste da Carolina do Norte. Ele tinha de ficar aqui.

Não, pra falar a verdade, o que ele queria mais que tudo, agora percebia, era voar. Um pássaro. Já sabia daquilo, mas, mesmo assim, sentiu a necessidade de parar para refletir sobre as possibilidades. Um ritual de escolhas, para tornar aquilo real. Um pássaro.

Com isso em mente ele levantou, o estômago se revirando de empolgação. Um pássaro. Agora, escolher o tipo. A espécie. O gênero. Ele sabia exatamente qual livro pegar na biblioteca da escola; sabia em qual prateleira ele estava, conseguia ver o livro ali, exatamente em seu lugar, levemente inclinado, entre um volume sobre alimentadores de pássaros que ninguém jamais havia pegado e um tratado sobre coleta de ovos; ele conseguia enxergar exatamente o ângulo em que ele estava inclinado. A bibliotecária, sra. Stokes, costumava brincar dizendo que ele conhecia aquela biblioteca melhor do que ela jamais conheceria. E não é que ela tinha razão?

Ele estava sentado, encostado numa parede nos fundos do terreno da escola, do outro lado do campo de futebol, atrás do ginásio, atrás do prédio principal. Ele queria ficar sozinho, para poder pensar sem distrações. Naquele momento, todavia, ele estava animado com a constatação de que sabia como queria passar o resto do seu tempo nesse planeta. Não como um ser humano torturado, mas como um pássaro, livre para voar para todos os lados, para mergulhar e ziguezaguear por entre os campos de milho e tabaco nos quais ele havia sido escravizado pelo que já pareciam décadas do alto de seus dezesseis anos. Nunca mais ele estaria confinado às leis e regras humanas que ele desprezava, e nas quais constantemente tropeçava. Aquela era a sua chance, agora que havia descoberto um portal através de um homem místico ancestral, um monge, um homem de Deus, e encontrara ali sua salvação. Era tão simples que ele se perguntava como é que ninguém havia descoberto aquilo antes. Ao mesmo tempo, como é que alguém saberia? De repente, o pobre do Jeremiah ou a pobre da Julia desaparecem. Todos ficam perturbados; todos se preocupam. Eles procuram. Esperam. Por fim, o desaparecido é declarado morto. E o povo ignorante retoma a sua vida sem perceber que a pobre da Julia se transformou numa enguia e desceu até as profundezas do mar para ver o que ela queria ver. Não há nenhuma lei moral que diga: Você deve permanecer humano. E ele não permaneceria.

O intervalo da manhã terminou. Os outros alunos voltavam, apressados, para o terceiro período. Mas ele decidiu faltar àquela aula. Que diferença fazia? Dentro de poucos dias ele se transformaria numa criatura do ar. Ele poderia sobrevoar sua aula de física e escutar a sra. Hedgeson fazer sua monótona explanação sobre elétrons; poderia se empoleirar no parapeito e ficar observando os alunos de biologia dissecarem sapos embalsamados; ouvir a aula de espanhol dando nós em suas línguas; planar sobre a banda da escola enquanto eles ensaiariam suas manobras esquisitas no campo de futebol, tocando seus instrumentos reluzentes. Totalmente liberto, livre, sem amarras.

Enquanto andava pelo corredor, de repente se deu conta de que não tinha uma autorização para isso, e que o vice-diretor talvez pudesse aparecer e pedir para vê-la. Mas não. Ele era Horace Thomas Cross, a Grande Esperança Negra, como seu amigo John Anthony o chamou uma vez. Um garoto que só tirava A. Ou pelo menos tirou uma vez. Numa situação em que quase todos os outros alunos seriam levados para um canto para serem repreendidos de forma severa, ele passaria incólume. Dentro de sua cabeça, ele via sua prima Ann dando um sorriso doce e a escutava dizendo com sua vozinha rouca: Mas você ainda não sabe, Horace, que você é o Crioulo Escolhido?

A biblioteca estava vazia, exceto pela presença da sra. Stokes, que, parada ao lado dos armários do catálogo de fichas, sorriu para ele e acenou com a cabeça. Se ela ao menos soubesse — seu cabelo grisalho ficaria todo branco. Ele foi direto ao corredor exato, à prateleira exata, escolheu o livro exato e o levou até a mesa nos fundos da biblioteca, embora fosse a única pessoa naquele espaço imenso. Ele sentou ao lado de uma janela virada para o gramado enorme e verdejante sobre o terreno inclinado que terminava num bosque de pinheiros.

Era um livro colossal. Uma capa de tecido branco com as letras num dourado elegante: *Enciclopédia dos pássaros norte--americanos*, um livro que ele conhecia desde o primário, com as fotografias muito nítidas, os lindos diagramas e as definições intermináveis. Como aquele era um livro de referência, não poderia ser retirado, de modo que, por longas horas, ele ficava ali, sentado, lendo sobre rotas migratórias, a utilidade das penas das caudas, o período gestacional de ovos...

Assim que abriu o livro ele sentiu o sangue subir para a cabeça, e as primeiras páginas coloridas puseram sua imaginação em movimento como uma locomotiva: gaivotas, garças, corujas, cegonhas, perus, águias. Ele folheou o livro cada vez mais rápido. Qual pássaro? Pardal, carriça, gaio. Não, *maior*. Pato-real, perdiz, faisão. *Maior*. Ganso, cisne, biguá. *Maior*. Garça, socó, condor. As páginas viravam; seu coração acelerava; a mente borbulhando de possibilidades. Pega, gralha, melro. Corvo...

Ele bateu o livro, o fechando, ao perceber que estava folheando suas páginas freneticamente, como se fosse um maluco. A sra. Stokes levantou os olhos rapidamente, num susto, mas, em seguida, lhe deu aquele seu sorriso de sempre.

Ele fechou os olhos e pensou na única maneira possível de tomar sua decisão. Pensou no terreno: nos campos de soja em torno da casa do avô, nos bosques em volta desses campos, nos pinheiros altos e majestosos. Pensou nos quilômetros e quilômetros de rodovias, no asfalto despejado sobre as trilhas abertas por mulas que imprimiram suas marcas na paisagem da Carolina do Norte, em direção às praias, com sua areia branca, o mar, turvo e revolto, sua espuma branca, o cheiro de peixe e de madeira carcomida. Pensou nos invernos, no chão dos bosques como um tapete de folhas secas, um tapete de retalhos pretos e marrons. Pensou no céu, não num céu azul desses que se vê nos livros, com meia dúzia de nuvens, mas um céu tempestuoso, negro e hostil, repleto de vento e de ódio, de ira divina, trovões e chuva torrencial. Pensou nas casas, novas e velhas, de tijolos e de madeira, altas e baixas, em seus telhados cobertos de mofo negro, chaminés, para-raios, antenas de TV. Estava tentando pensar como um pássaro, como *o* pássaro, o único pássaro que ele poderia se tornar. E então viu um coelho correndo em disparada por um campo de grama seca e, quando enxergou aquelas garras mergulhando em seu pelo marrom e macio, ele soube.

Mas ele já sabia antes, percebera quando se deparou com o pacto que o velho monge fez com o demônio naquele livro, que se ele fosse se transformar em alguma coisa, irrevogavelmente, incondicionalmente, ele escolheria um gavião de cauda vermelha. Abriu o livro no capítulo das aves de rapina — fazendo uma pausa na águia, porém sabendo que ela era cafona demais, e chamativa demais, além de não ser nativa da Carolina do Norte — e foi folheando até a imagem de seu eu futuro. Não conseguiu conter o sorriso. A criatura estava empoleirada num poste de uma cerca, com as asas erguidas na altura do pescoço e olhar assassino. Muitas vezes ele havia admirado os voos vigorosos daquela ave, a maneira como ela circundava o campo como um abutre, mas não como um abutre, uma vez que os ratos, coelhos e guaxinins que ela espreitava não estavam mortos — ainda. Suas garras apertaram mais forte que um torno a criatura, que se retorcia, seu coraçãozinho batendo em semicolcheias, cada vez mais rápido, impulsionado pelas asas que golpeavam o ar como martelos, e bloqueavam o sol como o Armagedom. Depois, o pescoço sendo furado e um jorro de sangue quente e pegajoso. O gosto da carne crua. Sentiu uma ponta de empatia pelo pequeno mamífero, por sua cauda que revirava com violência em seus últimos espasmos, mas, ainda assim, ele estava maravilhado.

Ele virou, olhou para o bosque e suspirou, o suspiro de um homem velho, de uma decisão resignada, de uma conclusão inevitável. Um suspiro maduro demais para um menino de dezesseis anos. Levantou-se e pôs o livro de volta no lugar. A sirene soou, sinalizando o fim do terceiro período. Pensou que nunca mais percorreria aquele corredor novamente; que nunca mais leria nenhum daqueles livros de novo. Permitiu-se encher o peito. Não de tristeza, mas de orgulho. Tinha descoberto uma rota de fuga, e todos os outros a ignoravam. Mais uma vez, a sra. Stokes lhe acenou com a cabeça. Ele piscou para ela e não voltou a olhar para trás.

Ficou sentado quieto pelo restante das aulas, sem fazer nenhuma anotação, nem prestar atenção em nada, mais por uma formalidade, como se fosse uma despedida. Ninguém o incomodou. Havia percebido que, nas últimas semanas, as pessoas o evitavam, cochichando pelas costas que ele andava estranho. Mas aquilo não importava. Em breve, tudo chegaria ao fim.

Voltou para casa de ônibus, em paz. Os treinos de corrida tinham acabado. Faltavam apenas duas semanas para as férias de verão, mas ele teria faltado aos treinos de qualquer maneira. Acomodou-se no assento e ficou observando os outros alunos em meio às suas brincadeiras e travessuras, as meninas absortas em suas fofocas, os meninos se vangloriando, fazendo quedas de braço, jogando cartas. Pela janela, olhava para o campo, o mesmo campo do qual ele, em breve, alçaria voo. Muito, muito em breve.

Olhando pela janela experimentou uma leve sensação de dúvida. Será que havia enlouquecido? Ultrapassado, de alguma forma, o véu da razão, e descido até as profundezas de um mundo abandonado de fantasia? Só de pensar naquilo sentiu vergonha. É claro que não havia enlouquecido, disse a si mesmo; sua mente era muito racional, acostumada à ciência e à matemática. Mas ele também acreditava num mundo nunca visto, repleto de arcanjos e profetas e de pessoas que levantavam dos túmulos, um mundo que lhe havia sido pregado desde o berço, no qual era incapaz de não acreditar com a mesma firmeza com a qual acreditava na gravidade e na tabuada. Aqueles dois mundos contraditórios não eram contradições em sua cabeça. Naquele instante, não era do mundo de dígitos e casas decimais que ele precisava, e sim do mundo dos messias e dos milagres. Era de fé, e não de fatos que ele necessitava; magia, não matemática; salvação, não ciência. A fé o salvaria, não simplesmente a fé, mas a crença em sua fé. Como Daniel, como Isaque, como a mulher dentro do poço. Eu estou são, pensou, aparando quaisquer arestas em seus argumentos, pegando o medo pelo pescoço. Não tinha alternativa, repetia para si mesmo. Nenhuma outra saída.

Ao chegar em casa, foi direto para o quarto e fechou a porta. Seu avô havia saído, mas ele não queria correr o risco de ser pego em flagrante. Seu quarto, a casa toda, cheirava a pinho e a um aroma persistente de tinta e verniz, das esquadrias de cipreste das janelas, dos móveis de carvalho besuntados de óleo e do pó que cobria as cortinas, aquele pó de fazenda, que vem da estrada de chão batido e dos campos — no entanto, mais do que qualquer outra coisa, havia a presença permanente do aroma de pinho. Coração de pinho, é assim que os mais velhos se referem a isso. O tipo mais resistente que há. Melhor que o carvalho. Um cheiro de setenta e um anos que ele havia sentido a sua vida inteira, por trás das muitas camadas ancestrais de tinta branca, por baixo de todos aqueles pisos muito bem revestidos, por trás de todo aquele pó. Na sua cabeça, aquele era o cheiro das orações, o cheiro dos nascimentos, o cheiro das risadas, o cheiro das lágrimas, das danças, do suor, o cheiro do trabalho, do sexo, da morte.

Nas paredes brancas de seu quarto, seus muitos amigos pendurados. Sobre a cama estava o Feiticeiro — o Conjurador, o

Mago Supremo. Os olhos dele, de um azul misterioso, eram sábios e penetrantes. Acima deles, uma tremenda cabeleira negra que ilustrava sua virilidade; os pelos em suas têmporas, brancos como a neve, que ilustravam sua sabedoria. Sua grande capa vermelha tremulava ao sabor do vento, tão dramática quanto uma tempestade elétrica. Por sua pose, semelhante à de um tigre que se prepara para dar um bote, dava pra ver que ele estava prestes a lançar um feitiço, com as duas mãos envoltas num campo de força azulado. Seu corpo era todo esbelto e musculoso, coberto por uma legging azul colada ao corpo e uma túnica também azul com um ankh egípcio estampado no peito. Um amuleto enorme estava pendurado numa corrente no pescoço, com um olho entreaberto espiando de lá.

Nas outras paredes estavam pendurados um homem enorme, verde e monstruoso, tão musculoso que parecia uma montanha, com os pés descalços e também enormes, vestindo apenas um par de calças roxas esfarrapadas e lançando um olhar animalesco; uma mulher que rodava um laço dourado, vestindo um bustiê no formato de águia e singrando os céus num avião feito de vidro; um viking com longos cabelos loiros e músculos protuberantes, brandindo um martelo tão grande quanto ele próprio, seus olhos azuis e gelados emitindo um alerta solene; um homem coberto por um capuz azul-ultramar com orelhas pontiagudas como as de um gato, e uma capa igualmente azul-ultramar, que tremulava ainda mais que a do feiticeiro, com o emblema de um morcego estampado em seu peito. Havia pôsteres de criaturinhas com os pés peludos como tapetes e barrigas redondas, que fumavam cachimbos enormes. Havia projetos de espaçonaves e diagramas de batalhas galáticas, mapas siderais e celestes, uma lista de nomes de demônios e imagens de grifos, *krakens* e górgonas...

Papéis estavam jogados pelo quarto; sobre a cama, no chão, em cima da escrivaninha, da cômoda e da mesinha de cabeceira.

E livros também. Em grandes pilhas, abertos e sublinhados. Livros velhos e novos. Coloridos e desbotados. Livros lidos pela metade, virados sobre suas páginas abertas, as lombadas apontando para o teto. Menino, diria seu avô, furioso e incomodado, não dá pra você deixar o seu quarto menos bagunçado? O que você vai fazer quando te botarem no Exército? Não tem lugar pra essa besteirada por lá. Porém, os A e os A+ em seu boletim reduziam as ordens de seu avô — Arrume o seu quarto, menino — a meros resmungos, reprimendas leves, sacudidelas de desaprovação com a cabeça.

A biblioteca da escola permitia que Horace, ou qualquer outro aluno, emprestasse apenas três livros por vez. Por isso, ele também tinha ficha tanto na biblioteca do condado, em Crosstown, quanto na biblioteca local, em Sutton. E havia ainda os clubes de livros: o Clube do Livro do Mês, o Clube dos Livros de História, o Clube dos Livros de Ficção Científica... Ele pegava livros emprestados com seus professores e amigos. Quando ia para cidades maiores — Wilmington, Kinston, Goldsboro —, comprava ainda mais livros, geralmente no formato brochura. A maioria ele havia lido, alguns mais de uma vez; outros, principalmente os de não ficção, lia apenas os trechos que o interessavam, que iam da história da China antiga até a construção naval, passando por biografias de empresários famosos e grandes cientistas. Mas isso no passado; agora, ele estava concentrado em ocultismo.

Espalhados pelo quarto estavam livros com títulos como *Magia negra/Magia branca*; *A arte arcana*; *Bruxas*; *Vudu*; *Ensaios sobre as artes ocultas*; *Religiões do terceiro mundo*; *Uma história da magia*; *Magos da Bíblia*; *A enciclopédia Gray do bizarro e do incomum*; *Mitologia dos demônios*. Foi num desses livros que descobrira a chave e, em seguida, passara semanas conferindo duas, três vezes, cruzando referências, estabelecendo correlações, compilando os fatos e depurando o feitiço perfeito. Para ele, esse quarto não era o cômodo de um adolescente num velho casarão de uma fazenda numa rua de chão batido no fim do mundo, mas sim o covil misterioso e isolado de um aprendiz de feitiçaria prestes a ingressar no mundo dos verdadeiros magos. As paredes não eram feitas de madeira; mas sim de pedra, antiga e lapidada. Os livros não eram brochuras e exemplares retirados de bibliotecas; eram pergaminhos ressecados e tomos bolorentos.

Simplicidade. Foi a simplicidade da coisa que o arrebatou. O próprio conceito de que aquela provação, na verdade, não era uma provação — não para aqueles que lessem e refletissem e não tivessem medo. Ele olhou para a lista à sua frente. À primeira vista parecia uma lista de compras, mas, conforme se lia, a estranheza se instaurava. Que tipo de bolo poderia ser feito com urina de gato e uma cabeça inteira de um beija-flor? A lista era longa e complexa, e cada ingrediente exigia algum tipo de cuidado especial e, às vezes, algum método engenhoso para sua obtenção. Ele tinha levado mais de um mês para reunir os itens daquela lista. Como você captura o bafo de uma bruxa de setenta anos? Onde conseguiria encontrar um dente moído de leviatã? Mas depois de ter checado e conferido penosamente receitas e ritos similares, estava convencido de que tudo bem substituir o bafo da bruxa por unhas cortadas. E dentes de tubarão no lugar das presas de um monstro marinho. Estava confiante de que as substituições funcionariam, com exceção de uma: o ingrediente mais poderoso era o corpo de um filhote, que não poderia ter mais de três anos de idade. Ele não conseguiu descobrir se o "filhote" tinha de ser humano ou se poderia ser de qualquer outra criatura. Aquela preocupação lhe causou diversas noites de insônia e muitos sonhos sinistros em que ele invadia uma casa no meio da noite e, em silêncio, levava uma criancinha que o encarava com os olhos tristes, de uma forma inocente e serena, docemente satisfeita com seu polegar dentro da boca. No sonho, ele cantava para a criança, dizendo: *Calma, bebezinho, não vá chorar*, enquanto a sufocava em direção ao sono eterno debaixo de um travesseiro de penas de ganso e, quando ele o retirava, sob a luz difusa das estrelas, a criança quieta o encarava de volta, dessa vez com o olhar um pouco confuso, sem foco, a baba fresca escorrendo de seus lábios levemente abertos, ainda formando um sorriso. Ele despertava desses sonhos com um gemido entalado na garganta e um suor frio que cobria a testa, o medo da ira do único Deus verdadeiro batendo em seu peito, desesperado para fugir. Mas seria loucura cometer um pecado tão horrível para conquistar sua liberdade. Afinal de contas, esse mergulho, essa imersão, esse afogamento no mundo da feitiçaria não era uma tentativa de escapar do pecado que ele certamente cometeria se permanecesse humano?

Assim, confiante de que seu feitiço funcionaria, pegou o saco de pano contendo todos os poderosos talismãs de sua libertação e deixou o quarto, caminhou pelo piso de coração de pinho e saiu pela porta dos fundos. No quintal, depois do gramado, havia um pomar de maçãs, que havia iniciado com as mudas que a mãe de seu avô plantara antes mesmo que a casa fosse construída. A maior parte do quintal costumava ser ocupada por um galinheiro, uma terra sem vida, revirada pelas galinhas. Mas, quando a avó morreu, o avô decidiu livrar-se das galinhas e deixou a grama tomar conta de tudo. Agora, ele cortava a grama do quintal uma vez por semana, de maio até quase outubro, uma grama que nascia cada vez mais forte e mais verde a cada nova chuva de verão.

Naquela época do ano, as macieiras ostentavam frutas de um verde pálido menores que o seu polegar. Por volta de agosto elas estariam pouca coisa menor que o seu punho, e vermelhas como rosas. Eram de um tipo que as pessoas chamavam de maçã de cavalo, pequenas e ácidas, que só serviam para fazer bolos e tortas. Quando julho chegava, ele costumava colher uma aqui e outra ali, lembrando de como era repreendido de modo muito severo quando era pequeno: Menino, essas maçãs verdes vão te dar uma dor de barriga. Você vai sofrer que nem um cachorro. Mas ele as comia mesmo assim. E por algum milagre, nunca teve nenhuma dor de barriga provocada pelas maçãs. Ele adorava aquele gosto azedo e ácido que secava sua boca como se fosse um limão, a textura da carne branca no interior da fruta, até mesmo o som crocante que ela produzia a cada mordida. Enquanto pensava nisso, foi atingido por uma onda de tristeza ao perceber que pássaros não são capazes de morder uma maçã, apenas de bicá-la. E, numa fazenda, as galinhas eram as únicas aves que bicavam maçãs. Mas ele se refestelaria em esquilos e coelhos — trocaria as maçãs verdes por uma chance real de ter uma vida eterna.

O sol estava se pondo. Os dias estavam começando a aumentar, de modo que ele tinha tempo para se preparar; sabia que o avô ficaria fora até bem tarde. No dia anterior ele havia preparado a pira. Uma placa de metal onde colocaria todos os ingredientes. Alguns pedaços de pinho velho, cheirando forte a terebintina. Carvalho e nogueira. Um pouco de alcatrão, porque um dos feitiços levava piche. Então ele espalhou os conteúdos do saco por sobre a pira e começou a conferir os ingredientes sinistros em sua lista. O saco plástico que continha o corpo de um filhote de gato que ele havia matado estava pesado de umidade, o pelo do animal emaranhado, preto e fino. Em seguida, usando um fósforo, incendiou tudo. O fogo demorou para pegar, mas depois de um tempo — havia colocado também um pouco de palha junto — suas labaredas lambiam e arrotavam e peidavam e estalavam de uma maneira que o deixaram empolgado. A fumaça preta do alcatrão subiu por entre as macieiras e foi dançar nas alturas.

Ele começou a recitar palavras arcaicas, da maioria delas não fazia ideia do significado, embora suspeitasse que fossem poderosas, palavras que havia combinado de diversos rituais e cerimônias diferentes, tiradas de conjurações similares de alta feitiçaria. As palavras soavam como alemão e francês e latim e grego e, como ele não conhecia de verdade nenhuma outra língua além do espanhol que aprendia na escola, criou um sotaque especial para aquele cântico, uma possível mistura entre o alto-alemão e o francês. E, no meio daquela cantoria, o cheiro do gato queimando o atingiu com força — um aroma terrível e cru de vísceras e pelos e urina seca e fezes. Mas seguiu em frente enquanto engasgava com a fumaça tóxica e recitava o encantamento com seu sotaque elegante.

Quando terminou de entoar o cântico três vezes — uma ação que faria com que as cinzas se tornassem sagradas e o protegessem do demônio que estava invocando —, ele arremessou o papel contendo o cântico e o papel contendo a lista no fogo, foi para trás de uma macieira e vomitou violentamente, aos espasmos, enchendo os olhos de lágrimas. Enfraquecido, andou até a bica ao lado da bomba que havia sido instalada exatamente em cima do poço do qual, um dia, a bisavó coletara água usando um balde de madeira. Aquela água ainda tinha a mesma doçura e o amargor da água do poço, e um forte sabor de ferro. Primeiro lavou a boca e, em seguida, bebeu grande quantidade daquela água doce e amarga, lavando por fim o rosto com o líquido gelado. Sentou na varanda dos fundos da casa e ficou olhando o fogo morrer aos poucos. O céu, que mais cedo estava azul, levemente riscado de nuvens brancas e finas, agora formava nuvens da cor da fumaça do alcatrão. Um embrulho começou a se formar em seu estômago, de medo do que a formação de nuvens poderia ou deveria significar para um verdadeiro mago.

Cerca de uma hora depois, quando a fogueira não passava de pedaços de carvão morno estalando, ele foi juntar as cinzas incandescentes numa pilha, a fim de prepará-las para a hora de sua transfiguração. Entrou na casa, foi até o seu quarto e começou a arrumá-lo, como nunca havia feito antes. Livros cuidadosamente empilhados, papéis arquivados, roupas dobradas e guardadas dentro das gavetas. Não estava preocupado com os livros que havia retirado das bibliotecas, pois tudo faria parte do seu desaparecimento. Agora estava empolgado e irrequieto. Considerou deixar um bilhete para o avô: Vovô, eu me transformei. Vejo você no dia do arrebatamento. Mas, não, o avô pensaria que aquilo era uma brincadeira peculiar e esquisita. Aquilo apenas o confundiria e, quando o neto realmente desaparecesse sem deixar rastros, aquilo o faria ter pensamentos estranhos e bizarros, porque não teria conhecimento da verdade esplêndida e maravilhosa.

Voltou até a pilha de cinzas, que agora estavam brancas e não tão quentes. Aumentou o tamanho da pilha e voltou para dentro de casa para concluir a última parte do feitiço. O avô havia regressado enquanto ele estivera lá fora e perguntou porque ele não tinha tocado na comida que sua tia lhe deixara. Horace alegou não estar com fome, foi até seu quarto bem-arrumado e deitou na cama, no escuro, ciente de que não dormiria. Programou o alarme para tocar às quinze para meia-noite. Então, aparecendo de repente na porta, o avô perguntou: O que você andou queimando, garoto? Parece que você andou queimando uns pneus ou algo assim. Ele disse ao avô: só uns gravetos velhos que ficavam atrapalhando enquanto eu cortava a grama. O avô ficou ali, parado, em silêncio, durante algum tempo, olhando para o escuro, sua silhueta desenhada pela luz da cozinha. Em vez de perguntar se ele não estava se sentindo bem, como Horace tinha certeza de que faria, o velho deu meia-volta e retornou à cozinha. Horace ficou ouvindo os ruídos do avô lavando seu prato: o som da água correndo pelos canos; a água jorrando; o prato sendo arrumado no escorredor para secar; a porta da geladeira abrindo e fechando. Ouviu a luz ser desligada — pois seus olhos estavam fechados — e o som da correntinha de metal batendo, como um pêndulo, na lâmpada apagada; então ele e a casa mergulharam numa escuridão silenciosa e aveludada. Ouviu o avô arrastando os pés até a varanda, onde sentou na cadeira de balanço e ficou oscilando, as tábuas de madeira do assoalho gemendo num ritmo lento. Se o médico não tivesse mandado o avô parar de mascar tabaco, ele também escutaria o som do cuspe atingindo, com perfeição, o arbusto de azaleias.

Grilos, sapos e cigarras gorjeavam, produzindo o som de milhares de coraçõezinhos batendo. Uma rolinha piava no bosque, à distância, e ele não pensava mais em pássaros, em voar e na liberdade como havia pensado antes, mas em sua humanidade, em sua carne, seu sangue, sua vida que estava prestes a encerrar, prestes a mudar. Ficou refletindo sobre o silêncio profundo chamado morte, e no quanto ela era diferente dessa solidão triste, aqui e agora, em sua cama, cercada por sons quase inaudíveis e uma leve penumbra.

Após cerca de uma hora, o avô parou de se balançar, levantou e entrou em casa. A porta de tela bateu às suas costas fazendo um tremendo barulho. Muito bem, disse o avô, boa noite. Após uma pausa, o avô perguntou se ele estava bem. Rapidamente, talvez até demais, Horace disse sim, num tom quase perplexo. O avô não disse mais nada, e foi arrastando delicadamente os pés até o quarto, sem acender nenhuma luz. Horace ouviu o velho homem tirar a roupa e vestir o pijama — tinha certeza de que era o pijama azul-claro que ele usava no verão, um que a tia havia engomado demais — e deitar-se na cama. Então uma luz se acendeu e ele ouviu um barulho de papel, as páginas finíssimas de um livro sendo folheado. Sabia que era a Bíblia que o avô deixava na mesa de cabeceira, uma vez que aquele era o único livro que o avô havia lido, exceto o *Lady's Birthday Almanac* (que, na verdade, era uma revista). Pouco tempo depois do livro voltar para a mesinha, a luz se apagou, e o avô soltou um longo suspiro, quase um som de frustração. Mais uma vez ouviam-se apenas os ruídos externos, a música minúscula e natural da noite.

Ele não queria olhar para o relógio — embora, na verdade, tivesse dado uma olhadela havia pouco para certificar-se de que estava funcionando. Estava. Então ficou simplesmente ali, deitado, imóvel, pensando naquelas cinzas brancas. Em dado momento o avô levantou para ir ao banheiro. A casa, se acomodando, produzia ruídos que, um dia, ele achou — e, às vezes, ainda achava — que fossem os sons dos fantasmas que entravam e saíam. Mas logo chegou a hora e, cinco minutos antes do alarme tocar, ele se levantou, pegou uma vela dentro de uma gaveta e foi andando silenciosamente até a porta da frente.

A vela era daquelas brancas comuns, mas ele a havia colocado debaixo do púlpito no domingo, antes da missa, e a tirou de lá depois dela, de modo que estava convicto de que havia sido suficientemente abençoada. Assim que saiu da casa riscou um fósforo e a acendeu. Sua luz era fraca, embora intensa o bastante para cegar seus olhos acostumados ao escuro. Uma brisa ficou brincando com a chama até, por fim, apagá-la. Ele a enfiou no bolso e seguiu em frente com a sua tarefa.

Embora a lua não estivesse cheia — os rituais não exigiam lua cheia —, uma crescente de bom tamanho iluminava suas atividades por entre as grossas nuvens. As cinzas agora estavam tépidas; havia apenas um leve brilho bem no meio delas. Ele enfiou uma espátula no centro da pilha e, depois de reunir uma quantia substancial do que considerou ser a mistura que desejava, a carregou até o que era, mais ou menos, o centro do pomar de maçãs, e começou a fazer um desenho com as cinzas no chão. Era um padrão complexo, intrincado, uma mistura do Círculo de Poder europeu e uma figura indígena americana que imaginava ser dos Hopi. Após onze viagens com a espátula, considerou o desenho completo. O vento agora soprava forte, mas sua concentração era tão intensa que ele mal percebera. Por fim, sentou no meio do desenho — tomando cuidado para não pisar nas cinzas — e, novamente, acendeu a vela, protegendo-a do vento com seu corpo.

Já passava da meia-noite, tinha certeza. A hora em que os demônios andavam pela Terra com maior liberdade. Ele tentou limpar a mente de tudo, exceto do nome do Alto Demônio confrontado pelo bom monge que, na história, o obrigou a fazer uma oferta — o demônio imponente e poderoso que poderia facilmente destruir aquela criança insignificante. Mas ele estava preparado para aquilo, protegido não pela armadura da retidão ou pelo escudo da verdade, mas pelo conhecimento ancestral, que acreditava piamente ser ainda mais poderoso. Aquilo havia acorrentado o demônio uma vez e certamente o acorrentaria novamente.

A brisa se transformou em lufadas de vento, que ele interpretou como um sinal de que o encantamento estava funcionando. Um pouco das cinzas foi assoprado em seu rosto, mas ele estava concentrado, muito concentrado, em nome daquele nome. Ajoelhado, começou a repetir o nome terrível em voz alta, o peito batendo forte como se o coração fosse pular para fora e fugir. Quando as nuvens esconderam a lua, ele tomou como sinal da presença maligna d'Ele. Enquanto entoava o nome do demônio, com seus olhos arregalados de pavor, em alguma parte de sua mente ficou imaginando que aparência Ele teria. Alto, talvez maior do que as macieiras, talvez até maior que os pinheiros. Vermelho e feroz, com dentes amarelos enormes e um hálito terrível. Mas não, aquele era um demônio importante, membro da Suprema Corte de

Satã, a Cabala Interna. Talvez assumisse a forma de um centauro, ou de um gigantesco pássaro de fogo; talvez se manifestasse como uma cobra, ou um animal lanoso. Ou talvez até mesmo viesse na forma de um homem, um demônio como aqueles sobre os quais o reverendo Hezekiah pregava, não com chifres e um tridente, mas trajado de terno branco, com um rosto bonito e dentes brancos, sorrindo, como se diz que o diabo costuma fazer.

Ele cantava. O nome se converteu num mantra, perdendo totalmente o significado; era um nome muito bonito, com belas vogais e uma sonoridade estrangeira. Ele o repetia e repetia e repetia. O medo intenso que revirava seu estômago começou a desaparecer e, pela primeira vez, se permitiu pensar em como aquilo tudo era bobo; em como era infantil e idiota e desesperado e impossível e insano; em como jamais havia existido um monge que salvou um vilarejo ao acorrentar um demônio e só o soltou depois de obrigá-lo a fazer uma oferta; em como, na verdade, não existiam demônios que andavam sobre a Terra após a meia-noite, ou a qualquer hora do dia; em como, caso demônios existissem, não tinha a menor ideia de como ele os obrigaria a transformá-lo, ou nem sequer como negociaria com eles; em como todas aquelas pessoas que desapareceram, na verdade, ou fugiram ou simplesmente morreram — assim como ele também faria.

Então começou. Primeiro como um beijo suave, aqui e ali, leve, porém inconfundível. Chuva. Em pouco tempo, o céu desabou. Água e mais água. A vela já estava apagada havia muito tempo. Agora ele estava ali sentado, encharcado com a água que escorria pelos olhos e pela boca. Uma peça, percebeu, aquilo tudo havia sido uma peça muito elaborada que ele pregara em si mesmo. Ele tinha dezesseis anos e estava ali, do lado de fora, de madrugada, no meio de uma tempestade, invocando demônios ancestrais para salvá-lo de — de quê? — de si mesmo? Ele notou que estava chorando; lágrimas quentes espetavam seus olhos. Começou a tremer e desabou, estatelando-se, por fim, na terra molhada e gelada, mas não com o frio congelante do inverno, e sim com um resfriamento superficial, como nadar no mar à noite em julho.

Não percebeu quando a chuva parou ou quando as nuvens se afastaram da lua crescente. Simplesmente ficou ali, deitado, molhado e tremendo; até os seus soluços cessarem, deixando-o com uma sensação vazia de exaustão e confusão. Era como se ele tivesse caído de repente num poço, sabendo que ninguém viria resgatá-lo por dias. O pavor de um futuro horrível, inevitável e conhecido.

Uma voz. Onde? Dentro de sua cabeça? Em sua mente? Em sua alma? Era a voz de um coral, de uma multidão, como aquela que deu boas-vindas a Jesus na Terra naquela noite estrelada em Belém e, ao mesmo tempo, a voz de um homem velho e carcomido torturado pela dor, a própria voz da dor, da angústia e do sofrimento em si, e a voz da luxúria e do ódio e das planícies devastadas pela guerra, com o vento assobiando e sussurrando por entre as árvores, a voz da sabedoria, antiga e onisciente, e a voz da tolice, da ignorância e do êxtase infantil. Mas uma voz. Uma voz.

A voz disse: Venha.

O céu, que agora era um céu clássico de primavera após uma tempestade passageira, parecia mais alto, mais largo, mais limpo. Os sapos, agora molhados e felizes, entoavam seus cânticos ásperos e alegres. Ele sorriu e esticou o braço em direção ao barro, mergulhando a mão no monte de terra onde as cinzas haviam derretido e, num gesto contínuo, esfregou a lama em seu rosto, como se fosse para readquirir a sensação do toque. Sorriu mais uma vez, com uma expressão tão vazia quanto sua alma. A voz disse levante, e ele levantou, despiu-se, como a voz lhe disse para fazer, rasgou suas roupas como se estivessem em chamas e chafurdou na lama como um porco no lugar onde estavam as cinzas, com um desprendimento inocente. A voz lhe disse para entrar na casa e pegar o velho rifle de seu avô. Ele o fez, virou e ficou esperando pela voz em sua cabeça, olhando para os campos iluminados pelas estrelas que levavam até o bosque. A voz disse apenas: Caminhe. Ele o fez, seu corpo coberto de cinzas de madeira e lama seca, sua pele fria, mas não gelada, ouvindo, escutando a voz que agora parecia ser a sua única salvação. Salvação? Então agora era isso? Algo que estava além da esperança e da fé? Simplesmente sobreviver, de alguma maneira. Viver.

Será que ele viu a coruja dar um rasante ou a ratazana correr para se entocar numa vala bem perto dos seus pés descalços? Sua mente agora estava focada em coisas espirituais. Pois aquilo era exatamente o que os pregadores haviam pregado durante todos os anos de sua vida, sempre alertando: existem espíritos deploráveis e perversos, capazes de nos possuir e nos forçar a cometer atos antinaturais. Para ele agora estava claro: tinha sido possuído por um desses espíritos malignos e a chuva era um sinal para provar que ele não poderia ser expulso. Por que continuar resistindo?, disse seu cérebro.

Então ouviu aquela voz, uma voz que era velha e também nova, que era boa e má. Depositou toda a sua fé naquela voz. A voz disse marche, e então ele marchou, cercado por duendes e elfos e fadas más e lobisomens — aberrações iguais a ele, ferozes e selvagens, que saltitavam à sua volta com uma felicidade infernal pela aceitação do seu destino delicioso e cabal, e ele estava feliz, ah, tão feliz, segurando a arma em sua mão como um falo gelado, feliz pela primeira vez em muitos, muitos meses, pois sabia que a voz cuidaria dele e o ensinaria e o salvaria, e havia um sentimento, pleno e obsceno e perigoso, e ele se deleitava com aquela sensação, e com tudo que lhe dava prazer, e seguiu marchando, liderando seu bando endiabrado, ouvindo os comandos daquela voz, daquela única voz, que dizia: Vá, e ele foi, cercado por criaturas que bebericavam cervejas fortes enquanto marchavam, juntas, pelos campos, que dançavam abraçadas aos troncos das árvores e sobre as superfícies dos rios, iluminados pela luz da lua crescente, e fornicavam e tiravam sangue umas das outras em lutas mais violentas que rinhas de galo, esfregando excrementos umas nas outras, se masturbando e se tocando e se mordendo, berrando profanidades e blasfêmias, tudo com alegria e gargalhada, e ele sorriu e se juntou a elas, pois aquela era a sua salvação, a maneira de encontrar sua paz final e, enquanto ele marchava com elas, ciente da arma que segurava firme em sua mão, feliz por estar livre, se livre era a palavra adequada para descrever o que sentia, ele começou a se questionar — embora fosse muito, muito tarde — enquanto estufava o peito andando pela estrada, em algum minúsculo ponto de sanidade em sua mente, ponderou: Talvez no lugar de um filhote de gato eu devesse ter usado um bebê.

Necromancia negra

Quem quer que seja, deixe-o vir...

James Malachai Greene

Confissões

Um dos meus professores no seminário era um homem chamado Schnider. Philip Schnider. Nós o chamávamos de Rabino. Ele se divertia muito com aquilo também, por ser uma das aves mais raras que existem, um judeu cristão. Na época, eu achava aquilo uma das combinações mais fascinantes do mundo.

Às vezes, eu lhe perguntava por que e como — mas principalmente por que — ele havia se tornado cristão. Ele respondia com tremenda honestidade, da maneira que só um homem prestes a contar uma bela história responde: "O motivo é simples, Jimmy".

Ele era um homem baixo, não gordo — mas, como dizem lá em casa, bem alimentado —, usava óculos e tinha uma bela cabeleira negra e indomável. Às vezes, lembrava fotos de Einstein que eu havia visto. Sua voz era um tanto quanto gutural e, mesmo assim, ele a usava de uma maneira que capturava e prendia a sua atenção — perfeita para um professor. "Meu pai era físico", dizia. "Ele trabalhou no Projeto Manhattan, eu acho, ou em alguma coisa desse tipo. Eu era muito jovem pra entender, na verdade. De qualquer forma, ele deixou a minha mãe quando eu tinha uns quatro anos. Pois é. Ou melhor, foi a minha mãe quem o mandou embora."

Ele apagava o cigarro, suspirava e olhava para o lado, para nada em específico. "Sabe", dizia, por fim, "as pessoas precisam de uma certa dose das outras. E se você não recebe isso de um lugar, você vai procurar em outro. Foi isso que a minha mãe fez. Ela era esse tipo de pessoa. Não egoísta, entende, mas ela sabia o que tinha de fazer para conseguir o que queria e, rapaz, ela ia mesmo atrás do que queria."

Esse era o mais longe que ele ia para explicar por que havia renunciado — se é que havia renunciado — à sua fé tradicional para seguir a cruz. Os olhos ficavam quase mareados, não de lágrimas, mas de memórias. Aquilo tudo me deixava desconfortável. Ele sorria de uma forma meio resignada e distante, do mesmo jeito que alguém sorri ao lembrar de uma situação engraçada com um amigo morto há muito tempo. Eu ficava com medo de romper o silêncio.

Algum outro membro de sua família era cristão?

Não.

Sua esposa?

Não era casado.

Nesse ponto eu desistia, por medo de parecer muito ignorante. Mas aquilo não o incomodava nem um pouco. Para ele, simplesmente não importava discutir os porquês e os quandos do seu ingresso no cristianismo. O que eu achava estranho, muito embora ao longo do tempo ele tenha deixado claro para mim que a sua conversão era uma coisa muito pessoal. Ele era um intelectual, não um evangelista; um teólogo, não um proselitista... exceto no que dizia respeito a mim.

Na época eu lecionava em Cary, morava em Durham com a Anne e estudava para obter meu diploma em teologia no verão. Frequentava o Southeastern Seminary, que fica em Old Wake Forest, perto de Raleigh. No começo achava que aquele interesse aparentemente intenso que ele tinha por mim era sexual, o que me deixava relutante. Mas aquilo era tudo menos sexual. Ele me convidou para almoçar um dia, no final de julho. Achei que ele queria falar sobre o fato de meu último trabalho ter alguma coisa a ver com Kierkegaard. Ele ensinava principalmente hermenêutica, o que a maioria das pessoas considerava o caminho mais *difícil*. Mas também dava aulas sobre filosofia da religião e história antiga da Igreja. Tinha escrito apenas um livro, uma interpretação de um movimento muito obscuro na teologia ocorrido na Espanha no século XVIII. Eu o retirei na biblioteca, mas nunca li até o fim. Achei muito específico e chato. Especialmente chato. Como orador ele era um fenômeno, mas estava muito longe de ser bom escritor.

Sentamos numa área cheia de mesas de piquenique no pátio, sob a sombra de um par de sicômoros... por algum motivo a grama no campus do seminário sempre parecia mais verde do que a grama geralmente é. Talvez ela fosse sagrada. Nós dois trouxemos nosso próprio almoço.

"Você", ele disse, tirando restos de pera dos dentes, "você, Green, será um excelente teólogo. Sabe por quê?" Ele falava daquele jeito específico de Nova York que eu considero a um só tempo beligerante e encantador, ríspido e persuasivo.

Antes que eu pudesse responder, ele disse: "Porque você tem um tipo muito peculiar de curiosidade. Você é um curioso com C maiúsculo. Você entende o que eu quero dizer? Olha, isso é um dom. Não me entenda errado. Tá cheio de gente curiosa por aí. Mas não são curiosos com C maiúsculo. Entende? São pessoas brilhantes, claro. Algumas, até mais do que você — embora você não seja bobo, nem de longe. Mesmo assim, elas não têm o que Teilhard de Chardin ou Niebuhr ou o Bonhöffer tinham. Sabe? Elas não têm desejo. Um desejo *real*. Pouca gente tem isso hoje em dia".

Ele terminou de comer a pera. "Eu sei que eu não tenho." Então pegou seu guardanapo e começou a limpar o rosto e as mãos.

"Eles não querem *conhecer Deus*, você sabe do que eu estou falando, da maneira como eles faziam no Antigo Testamento. Como alguns dos profetas, ou Davi, ou José." Fez uma pausa, e ficou me olhando, um pouco constrangido. "Aposto que você mesmo já tinha percebido isso, não é?"

Aquilo era uma pergunta, uma pergunta para a qual eu não tinha resposta. Eu queria perguntar o que o havia feito pensar aquilo… minhas perguntas durante as aulas? Meus artigos? Minha cara?

Mas ele continuou: "Agora, não estou falando também dessa besteirada fundamentalista — que eu até acho ok comparada a esses suburbanos conformistas sem entusiasmo que seguem os ensinamentos de Cristo só aos domingos — mas, por favor, não me entenda mal — estou falando de uma coisa individual, de uma coisa pura, que também é poderosa e, em algumas pessoas — e também vi isso acontecendo —, pode até ser um tanto perigosa. É um dom, sabe? Como qualquer outro. Você sabe do que eu estou falando?".

Não, eu pensei, não tenho a menor ideia do que você está falando. Aquilo não era teologia simples e direta, do tipo que se lê nos livros. Eu não podia apenas aplicar lógica hegeliana àquilo. E não estava preparado para um ataque de baboseira mística tão similar ao Chamado divino para o qual eu vinha me preparando — não daquele representante da instituição "racional" da teologia. Aquilo me pegou de surpresa. Eu sorri graciosamente, como fazem os bons garotos negros sulistas que querem crescer e se tornar pregadores, enquanto ele acendia mais um cigarro. Era um fumante inveterado, ou a coisa mais próxima, para mim, naquele momento, com a minha experiência, de um fumante inveterado.

"O que estou dizendo é que você precisa dar o fora daqui. A Southeastern é legal por um ano. E olhe lá. Mas falando sério. Por que você não tenta entrar na Union ou em Princeton, ou até mesmo na Duke, pelo amor de Deus…"

Mas aí ele disse: Não. Eu tinha que "dar o fora" do Sul, "porra" (embora ele não fosse pastor, ainda assim eu ficava desconfortável de ouvir palavras de "baixo calão" saindo da boca de um teólogo respeitado, em meio a uma conversa sobre Jesus ou Jezebel). Nova York. Boston. Chicago. San Francisco. Filadélfia. Washington. (Embora ele tenha confessado que Washington não era suficientemente *ao norte* para o seu gosto.) Vá para o Norte, meu jovem. Vá para o Norte.

Isso, por outro lado, eu entendia. Não era algo místico nem divino. Meu irmão, Franklin, que havia se formado na faculdade de direito de Howard e sido contratado como advogado júnior numa firma em Washington, e minha irmã, Isador, que trabalhava em sua tese de doutorado em arquitetura em Berkeley, já haviam cantado aquela bola para mim no passado. Deixe a Carolina do Norte. Saia daí. Como se ela estivesse pegando fogo. Como se, assim como aconteceu em Sodoma e Gomorra, o Todo-Poderoso fosse, a qualquer momento, fazer chover fogo para castigar os perversos por todo o mal que fizeram nas terras do Sul.

Mas comigo era exatamente o oposto. E eu resumia tudo a uma pergunta muito simples: "Se todo mundo 'cair fora', quem é que vai ficar?".

É claro que Franklin jogava toda a culpa em cima de Anne. Dizia que o que me segurava aqui na "terra da Ku Klux Klan" não era meu nobre desejo eclesiástico de fazer a vontade de Deus e guiar seu rebanho por entre as plantações de tabaco e os chiqueiros, mas sim uma nobre garota nortista, rica e militante, uma negra gostosa, de pele clara, que havia descido de sua carruagem imponente e decidido que, para ela, o Sul, o malvado e sanguinário Sul, era o lugar onde ela deveria cumprir sua missão, e que ela havia, na base da conversa mole, da lavagem cerebral e da surra de buceta, me feito acreditar que aquele também era o lugar em que eu deveria lutar nas trincheiras, pregando o Evangelho enquanto ela me dava sanduíches, ataduras e munição, me convencendo — nas palavras tradicionalmente provocativas de Franklin — de que havia alguma coisa que se poderia fazer por aquela terra maldita.

Tem vezes em que eu acho que talvez o Franklin não estivesse tão distante da verdade.

No funeral de Anne, Franklin tentou se desculpar, não verbalmente, mas da maneira que os irmãos costumam fazer. Ele nunca fingiu gostar de Anne. Ela sabia disso, e nunca fingiu que isso não a incomodava. Na verdade, eu acredito que foram apenas as circunstâncias que os tornaram adversários, pois eles se dedicavam àquilo com um certo prazer, como se fosse um jogo e apenas desempenhassem um papel: o irmão mais velho direto e severo que lutava pelo que ele achava que era o melhor para o seu irmão mais novo e mais fraco; e a igualmente direta e severa, além de forte e destemida, cunhada que tinha firmeza em suas convicções, que se portava de forma política e até sorria para o seu cunhado, mas não permitia que ele interferisse em seu casamento. Às vezes eu achava que eles teriam sido um casal espetacular com a energia que tinham... talvez até melhor que Anne e eu. Mas ele deixou bem claro o que estava pensando depois do funeral: Agora que ela se foi, não tem mais nada te prendendo aqui. Agora, você pode ir embora.

Cada vez mais eu me pergunto se ele estava certo, se a minha "missão" era apenas medo, da minha parte. Anne era quem tinha coragem de verdade. Ela tinha trocado uma vida confortável em Nova York, a família e os amigos, pelo fim de mundo escaldante que era o Sudeste, para garantir que mulheres grávidas com inúmeros filhos, moradoras de trailers sem água corrente, tivessem leite e calefação no inverno, e para garantir que os homens e as mulheres castigados pela idade tivessem comida no prato e uma maneira de ir até um médico — além de um médico para ir.

Anne não era romântica; eu sim.

E o Horace também. Mas ele tinha mais uma coisa, a maldita curiosidade... com C maiúsculo.

Sigo sonhando com ele, com aquela manhã. Sigo pensando que havia alguma coisa que eu poderia ter feito. Ou dito. Se não naquela manhã, talvez antes, muito antes... mas só estou sendo romântico.

Essas manhãs, as minhas manhãs, geralmente começam com pensamentos como estes. Imagens, claras e nítidas, marcas do meu passado e do meu presente; ou imagens, escuras e turvas, símbolos da indecisão e da dúvida. Geralmente eu me levanto às cinco — não que seja fácil. Eu apenas gosto da manhã. Daquele momento antes do amanhecer. Fico olhando pela janela para o bosque na penumbra, e é quase sagrado, especialmente naqueles dias em que você enxerga uma névoa bem fina pairando sob as árvores.

Mas eu só contemplo a paisagem depois de me mexer um pouco, beber um copo de suco de laranja, tomar um banho longo, me vestir e preparar uma xícara de café. Daí eu me sento na varanda para esperar pelo sol. Enquanto isso, fico pensando nos meus sonhos com a Anne. E com o Horace. E com a minha avó. Como um matemático contemplando a equação para a vida eterna. Por quê? Como?

Nossa casa. Quando a compramos ela estava à beira do colapso. Ficava aqui, pertinho do bosque, a pouco mais de trezentos metros de onde cresci, abandonada havia sete anos. Seus únicos donos haviam sido a família Crum. Foi o próprio Josiah Crum que a construiu (ele casou com uma das irmãs Greene, Virginia, por volta de 1910, com o tradicional auxílio da comunidade). Todos os seus sete filhos saíram de casa na metade da década de 1950. Josiah morreu em 1966. Os filhos puseram tia Virginia num asilo em 1970. Ela ficou lá por três anos. Ninguém veio sequer visitar a casa até que nós a compramos dos filhos em 1975.

O dinheiro que gastamos para reformá-la poderia ter sido facilmente usado para construir uma casa nova. Mas Anne havia se apaixonado por ela. A posição com relação à estrada, separada por uma pequena trilha que cruzava uma plantação de soja, acomodada entre os campos e o bosque. Ela gostava do modo como a varanda contornava a casa inteira, e do velho pinheiro que ficava no quintal da frente. Ela se dedicou ao máximo àquela reforma, pintando, lixando; montando pequenas floreiras e escolhendo móveis e cortinas, tudo com muito cuidado e devoção. Fiquei muito surpreso com a maneira como ela fez a transição de pessoa radicalmente urbana para uma dona de casa rural. Agora, quando eu penso nisso, tudo se encaixa com perfeição, como se ela tivesse algum cenário pré-fabricado na cabeça, uma fantasia pessoal que a acompanhou até a morte, sobre a quantidade e o tipo de lugar onde ela queria viver, e a essência exata de sua vida, desde os presentes que ela distribuía no Natal até a cor do seu banheiro. Não era algo cosmético. Ela amava genuinamente o poder que ela tinha sobre a sua vida. O trabalho social continuou se encaixando com grande facilidade entre as visitas à floricultura, à ferraria e aos correios. Até seu último suspiro, ela estava bem. Satisfeita. Chegava quase a brilhar às vezes, tão cheia de propósito que estava. Sua vida era tão tranquila, ao ponto de ser quase idílica, que chegava a me irritar.

"Ah, você só prega e leciona e faz amor comigo", ela dizia. "É Deus no céu, um bolo no forno e a sra. Williams me esperando para levá-la até o posto da Previdência Social." Ela me beijava suavemente e deslizava para fora da sala.

Acabei ficando bom em saber que horas são só de olhar pra luz do dia, então sei quando está na hora de deixar a varanda e voltar pra dentro de casa. Sirvo mais uma xícara de café e vou para o escritório. O relógio marca seis e meia. No começo eu ficava meio perturbado pela casa, pelo seu cheiro e seu aspecto, desde as capas de almofada de crochê até o tom azulado do tapete na sala de estar, passando pelas facas e garfos da cozinha.

Tudo era Anne. Três anos depois. Tudo Anne. Era como se ela fosse aparecer a qualquer momento, cheia de assunto e querendo encrenca, um pedaço de pão na boca, uma caneta enfiada no cabelo, uma lista na mão. Daí eu pensei que talvez eu devesse dar uma mudada na casa, comprar uns móveis novos, pintar a sala de outra cor... ou, simplesmente, me mudar. Nessa altura, geralmente, eu parava de pensar.

Então eu voltava minhas atenções para o sermão dominical. Houve uma época em que eu o preparava na noite de sábado. Tinha a sensação de que a congregação não percebia — certamente eu já tinha feito aquilo tantas vezes que era totalmente capaz de superar um sermão muito bom de sábado à noite. Mas eu percebia. Era como se eu tentasse escrever o sermão que eu queria ouvir, não o sermão perfeito, mas o sermão perfeito para mim.

Então eu me debruçava sobre a Bíblia, lendo, fazendo anotações, rascunhando ideias. Afastava a minha mente de quaisquer pensamentos sobre o presente, sobre o passado recente e sobre o futuro incerto. Pensava apenas em Deus e em suas leis.

Quase todas as manhãs, a caminho do trabalho, eu parava na casa da tia Ruth para dar uma olhada nela. Geralmente ela estava acordada, sentada na varanda. A conversa era rápida e breve.

Geralmente eu chego ao trabalho às sete e meia, antes dos professores, mas a sra. Just já está lá, denunciada pelo barulho de sua máquina de escrever que ecoa pelos corredores vazios da escola.

Os professores começam a chegar. As crianças também. O dia começa oficialmente. Faço as minhas patrulhas matinais de costume, que muitas vezes envolvem reprimendas e avisos. Professores me visitam para conversar de assuntos que vão de castigos a prêmios aplicados em sala de aula, passando pela hora de liberar os alunos. Reviso os relatórios trimestrais, semanais e quinzenais da escola, faço ajustes, reescrevo. Reúno-me com um supervisor do condado, um assistente do superintendente e um membro do Conselho de Educação. Falo ao telefone com o presidente da Associação de Pais e Mestres, explico por que a diretoria da escola não quer acrescentar mais uma noite de apresentações dos alunos. Reúno-me com o diretor da banda para investigar as queixas de pais sobre os professores e a qualidade dos instrumentos. Ouço as reclamações do supervisor do refeitório sobre o atraso na entrega de insumos, os professores que acham que têm o privilégio de se servirem uma segunda vez, e a configuração dos intervalos entre as aulas em relação ao horário do almoço. Entrego ao sr. Thomas, o zelador, uma lista de tarefas para a semana que inclui janelas quebradas, privadas entupidas e luminárias estragadas; reúno-me com os técnicos de basquete e futebol para falar sobre a nova temporada, as escalações dos times e as solicitações de equipamentos; escrevo cartas para os pais dos alunos que estão com o desempenho fraco; escrevo cartas de recomendação para ex-alunos...

Quando o último professor vai embora em seu carro, quando a sra. Just fecha a tampa de sua máquina de escrever e deixa sua sala, quando o zelador enfia a cabeça pela porta do meu escritório ("Tenha um bom dia, sr. Greene"), eu ainda estou debruçado sobre a escrivaninha rascunhando outra carta. Por fim, a fome me obriga a deixar a mesa e conferir se a escola está bem trancada antes de voltar para casa.

Geralmente é nessa hora do dia que reflito sobre as ironias do meu cargo, sobre ser o primeiro diretor negro dessa escola, o primeiro diretor negro de uma escola mista no condado. De modo que o meu senso de ironia apenas se aprofunda perante o fato de que a escola se parece com uma fazenda de escravos, uma enorme construção georgiana de tijolos vermelhos, completada por colunas brancas que seguram um longo telhado sobre a varanda, com sua fachada comprida, com grandes janelas retangulares de molduras brancas, um majestoso gramado que se estende da frente até a estrada, e as fileiras de ciprestes cônicos que ladeiam o caminho que leva até a porta dupla, alta e pesada da entrada. Esse estabelecimento de ensino similar a uma prisão tem apenas e em média sessenta anos, embora, de muitas maneiras, pareça muito, muito mais antigo — as teias de aranha, as rachaduras no gesso, a maneira como a estrutura está envergada aqui e ali. Mesmo assim, sou eu quem está no comando, eu acho, enquanto ando pelo prédio conferindo se as portas estão fechadas, se nenhuma janela ficou aberta.

Mas minha sensação de regozijo tende a desaparecer quando vou até os fundos da escola e contemplo a ampla planície que serve de playground e espaço para a prática de esportes, na qual o diamante do campo de beisebol vira uma coisinha insignificante. Eu olho para o bosque no fim da planície e fico triste... nem sempre sabendo exatamente por qual motivo; e nem sempre o encarando, mas sabendo que se eu fizer, ele estará ali. O bosque, aquele lugar, é mais que suficiente. Às vezes penso que o bosque é um lugar frio e incompreensível. Coisas selvagens acontecem lá. Quando olho para lá vejo futilidade e desperdício. Como se o próprio ar se tornasse fétido e putrefato. Às vezes fico apenas olhando.

Deprimido, viro para ir embora e ouço o som das crianças que já estão a muitos quilômetros de distância, em casa, contando para os pais suas aventuras do dia na escola, enquanto comem galinha com ervilhas.

Local: O pátio nos fundos da Escola Primária de Tims Creek. *Horário*: 7h05, 30 de abril de 1984.

O sol acaba de despontar por sobre as árvores, ao leste. Seus raios fazem o orvalho brilhar sobre a grama. JIMMY *está de pé, nos fundos de um prédio de tijolos vermelhos e moldura branca. Ele está parado no começo de um enorme campo. Do outro lado do gramado,* HORACE *caminha perto do bosque. Ele está vestindo um enorme casaco azul-marinho de lã. Não está vestindo mais nada, nem calças, nem sapatos, nem camisa. O casaco não está abotoado.* HORACE *carrega uma arma. Ele faz um gesto para que* JIMMY *vá até ele.* JIMMY *hesita a princípio, mas anda lentamente na direção de* HORACE. HORACE *avança na direção de* JIMMY. HORACE *tem um sorriso estranho no rosto, quase como o de um palhaço.*

JIMMY (*perplexo*): Horace? O que... O que você está fazendo aqui? O que é isso que você está vestindo? O que está fazendo com a arma do tio Zeke? Sabia que você pode pegar uma tuberculose andando praticamente nu por aqui? Você ficou louco?

HORACE (*apontando a arma para* JIMMY): Acho que ele... ficou louco... por mim, eu quis dizer.

JIMMY (*furioso*): O que é isso no seu rosto? Horace, isso é algum tipo de brincadeira?

HORACE (*sorrindo*): Nada tema, Missionário.

JIMMY: Horace, eu não...

HORACE: Chefe, eis um comunicado: A: Meu nome não é Horace. B: Não estou nem aí para o que você acha.

JIMMY (*hesitante no começo, depois sarcástico*): Ah, não está, é? Qual é o seu nome, então... senhor?

HORACE: Você gostaria de saber, não é?

JIMMY (*fazendo uma pequena pausa, com uma expressão de descrença*): Horace, eu realmente não estou no clima pra essas coisas. Minha paciência está se esgotando. Você quer explicar isso...

HORACE: Não. Eu não quero explicar nada pra você, amigo.

JIMMY: Horace! Que droga...

HORACE: Ha ha ha! O Horace não está mais aqui.

(*Eles ficam parados desse jeito por minutos,* JIMMY *aperta os olhos como se tentasse encontrar alguma lógica naquela visão estranha. Por fim, balança a cabeça, encolhe os ombros e dá as costas.*)

JIMMY: Ok, Horace. Faça o que você quiser. Se você quer brincar de índio, ou sei lá do quê, vá em frente: se você quer continuar com essa palhaçada de não explicar nada e ser grosseiro, tudo bem; mas eu...

(HORACE *corre e para na frente de* JIMMY. HORACE *aponta a arma para o rosto de Jimmy.*)

HORACE: Acho que não, Missionário. (*Pausa.*) Entre no bosque comigo.

JIMMY (*sussurrando entredentes*): Você está louco?

HORACE (*sorrindo*): Estou muito mais que louco, querido. Pode-se dizer que insano não é uma palavra forte o bastante para descrever o que eu estou.

(HORACE *gesticula para o bosque com a arma.* JIMMY *empurra a arma para o lado, com raiva, e começa a andar.* HORACE *golpeia a barriga de* JIMMY *com a arma.* JIMMY *desaba e cai de joelhos na grama.*)

JIMMY (*recuperando o fôlego*): Eu vou matar você.

HORACE: Promessas, promessas. Levante-se.

JIMMY: Horace, por que você está fazendo isso? Acabou a brincadeira. Tá bem?

HORACE (*irritado*): Levante-se, Missionário. Levante-se.

(HORACE *puxa* JIMMY *pelas lapelas de sua jaqueta.*)

Escute, querido. Em primeiro lugar, meu nome não é Horace. Ok? Ele não vai mais voltar. Em segundo, estou acostumado a fazer as coisas do meu jeito. Então, quando eu digo Ande, eu estou dizendo... Ande.

(JIMMY *e* HORACE *se encaram durante um longo tempo. Aos poucos,* JIMMY *vai ficando visivelmente nervoso, ao perceber que* HORACE *está falando sério.* HORACE *dá um passo para trás e gesticula mais uma vez na direção do bosque.* JIMMY *vai depois de hesitar um pouco.*)

JIMMY: Se você não é o Horace, então quem é você?

HORACE (*rindo*): Bom, meu nome não é Legião porque não sou muitos. Mas suspeito que você entendeu o que eu quero dizer, Missionário.

(*De forma repentina,* JIMMY *vira para encarar* HORACE. *A expressão em seu rosto, novamente, é de raiva e descrença.*)

JIMMY: Ah, qual é, Horace? Se você espera que eu vá cair nesse papo de possessão, é melhor pensar duas vezes. Não sei o que você está pensando, rapazinho, mas botar a culpa no diabo não vai te tirar da encrenca em que você se meteu.

(HORACE *levanta a arma. Uma expressão calma e serena em seu rosto. Ele engatilha a arma, com o cano a menos de cinco centímetros da cabeça de Jimmy.*)

HORACE: Agora, você pode continuar com a sua pregação, Missionário. Ou você pode fazer o que estou falando. Porque se você me irritar, eu simplesmente vou explodir essa merda dessa sua cabeça. Simples assim. Você me ouviu, padre?

(*Horrorizado, Jimmy arregala os olhos. Ele engole em seco.*)

JIMMY: Você espera que eu acredite que o meu primo foi possuído? Por um demônio?

HORACE: Sim. Mais ou menos isso.

Eu não preparo refeições muito elaboradas para mim mesmo. Em muitas noites eu como direto de uma lata. Nas noites em que não tenho nenhum compromisso da igreja, nenhuma reunião do conselho diaconal, nenhuma roda de oração, nenhuma reunião suplementar ou do conselho de administração, eu procuro ler. Ainda gosto de Agostinho e de Erasmo. Talvez um pouco de Freud, ou Jung, ou Foucault. História negra: Franklin, Quarles, Fanon. Às vezes, ficção. Mas invariavelmente acabo caindo no sono após cerca de noventa minutos, para acordar, sem falta, por volta das onze horas para assistir ao noticiário noturno. Em seguida volto para a cama, o que, em muitos aspectos, parece ser o objetivo de levantar dela em primeiro lugar.

8 de dezembro de 1985

9h30

Sobre suas cabeças um céu de inverno, cinza-claro e desolado que se estendia para cima e para os lados como a mão de Deus, enquanto lá dentro, os ruídos mecânicos do aquecedor do carro espalham os cheiros do carro novo, plástico, metal e borracha. Ezekiel Cross ia sentado no banco do carona, olhando a paisagem deslizando veloz do outro lado da janela. Suas mãos estavam frias, e ele as esfregava e esticava na frente das saídas de ar, assoprando-as, mas elas continuavam frias. Meu Deus, será que essas mãos nunca vão esquentar? Todo dia de frio é como uma praga sobre este corpo, as juntas não funcionam direito, as costas sofrem com dores infernais e parece que eu não consigo me esquentar nem que minha vida dependa disso.

O caminho até Fayetteville era bem simples. Você pega a autoestrada 50, sentido norte, vai até Warsaw, e daí pega a autoestrada 24, que te leva até Clinton, e vai te levar direto até Fayetteville. Assim que chegar a Fayetteville, ele lembrava, você vira à esquerda (para pegar uma rua de cujo nome ele não conseguia lembrar, se é que soube algum dia), e isso te leva até o Hospital dos Veteranos, onde Asa Cross, seu primo, agoniza no leito de morte. Pelo jeito o câncer vem para levar a nós todos. Eu lembro de uma época em que essa palavra não existia — pelo menos, não no meu conhecimento —, que não existia câncer. As pessoas simplesmente morriam. Ele lembra que, no ano anterior, seis pessoas morreram na pequena comunidade de Tims Creek. E cinco foram de câncer. Todos ou tinham a sua idade, ou eram mais jovens. Teve a Emma Frazier — ela tinha setenta e oito. Acho que ela — deixa eu ver, acho que ela nasceu em 1906, é, acho que é isso, porque ela era seis anos mais nova que eu. E teve o Carl Jones, e ele não tinha mais do que cinquenta e nove, e teve o...

"Acho que é melhor eu parar pra abastecer, agora. Porque o Sam Pickett diz que aqui é mais barato que em qualquer outro lugar no caminho até Fayetteville."

Jimmy tirou o carro da estrada e entrou no posto à sua direita com a placa da Sunoco pendurada bem alto, que deveria ficar girando mas não girava. Pensando bem, fazia muito tempo que eu não via nenhuma dessas placas girando. Será que é pra economizar energia ou algo assim?

"Vocês querem alguma coisa?", Jimmy virou-se para Zeke e Ruth, encarando-os com aquela expressão forçada que diz "eu sou o padre agora" que sua avó, Jonnie Mae, havia lhe ensinado.

"Nãããoo!", disse Ruth, mais cantando que falando, olhando pela janela, jogando o peso de um lado para outro, impaciente. Zeke sabia que, hoje, aquela miserável estava atrás de sarna pra se coçar.

"Não, obrigado, Jim", ele disse, da maneira mais solar possível, para contrastar com a melancolia e o azedume de sua cunhada. Suas mãos ainda doíam de frio, e ele se contorceu quando um espasmo fez com que elas se retesassem.

Jimmy saiu do carro e começou a abastecê-lo com gasolina comum. De dentro do carro, Zeke conseguia ouvir os zunidos e cliques da bomba e os jorros e cuspes do combustível. Uma picape cinza parou atrás do Oldsmobile. Um homem branco que Zeke não reconheceu estava sentado no banco do motorista. Zeke esticou o pescoço para enxergar o nome da cidade na placa pelo espelho retrovisor, mas não conseguiu vislumbrá-la. Ruth estalou a língua, impaciente.

"O que você está procurando?", ela perguntou.

"Só tô tentando ver quem é."

"Por que é que você tem que conhecer todo Tom, Dick e Peter que aparece?"

"Ruth, você está se sentindo bem hoje?"

"Sim, eu estou bem. Por que você está me perguntando se eu estou bem? Eu não pareço bem? *Você* está bem? Bom Deus, eu..."

"Ruth! Ruth, me desculpe, eu só perguntei. Não quis te ofender."

Ela estalou a língua mais uma vez, jogando o peso do corpo para os lados, como uma galinha que se acomoda em cima de um ovo. Ele podia ver o rosto dela pelo espelho, tenso e retesado; ela é má — por que diabos essa mulher é tão má? Imagino que se eu fosse o Jethro, eu também acabaria bebendo. Um homem não consegue suportar por muito tempo uma pessoa mal-humorada desse jeito. Lá pelas tantas o cara começa a se afastar... uma fisgada de dor atravessa sua mão mais uma vez.

Após pagar pelo combustível no posto, Jimmy retorna para o carro e eles voltam para a estrada. Eles passariam, hoje, por diversas cidadezinhas e vilarejos, povoados e comunidades de nomes como Hankensville, Turkey, Bull Rush, Vander, Roseboro. Na maior parte do tempo eles atravessariam o campo, estendendo-se por quilômetros, nos dois lados da estrada, ou florestas de árvores muito altas, compostas principalmente de pinheiros. Aquela constatação o fez pensar em estradas. Ficar lembrando. Houve um tempo em que não existiam estradas pavimentadas — apenas picadas de chão batido e trilhas para se fazer a pé. Agora, é claro, tinha aquela estrada de tábuas de madeira entre Fayetteville e Wilmington, mas, puxa vida, era melhor pegar um trem em vez de atravessar aqueles cento e poucos quilômetros numa carroça puxada por uma mula. Mas, hoje em dia, o pessoal anda de carro. E nem dá muita bola. Entra no carro pra ir pra cá. Entra no carro pra ir pra lá. Nunca para e pensa: como é que a gente se locomovia antes do au-to-mó-vel?

Eu lembro do primeiro carro que vi. Um Ford Modelo A, antigo, era do velho Geoffrey Hodder, o único homem no condado que tinha tanto dinheiro quanto aquele diabo velho, o Ben Henry. Ele veio até Tims Creek aquele dia naquela coisa fumegante, em brasa, fazendo mais escândalo que um cavalo picado por uma cobra. E parou no velho Armazém do Henry. Todos os negros e todos os brancos foram até lá dar uma conferida. Todos, menos o velho Henry, ele ficou ali, sentado dentro da loja, olhando pela janela — tentando fingir que não estava dando a menor pelota para aquilo tudo. Com uma inveja infernal. Acho que até hoje eu ainda não vi nada que superasse o que aconteceu ali — que serviu para mostrar como é que os brancos têm tanto dinheiro: não é que o Geoffrey Hodder começou a levar o pessoal para dar uma volta? Brancos e pretos, um centavo por cabeça — um centavo não era pouco dinheiro naquela época — e ele os levava pra dar uma volta de carro — três ou quatro pessoas por vez. E as pessoas ficaram malucas, aquilo foi um acontecimento. As pessoas já estavam ali para fazer seus negócios — imagino que fosse um sábado, porque senão não teria tanta gente assim — mas, pensando bem, as pessoas costumavam trabalhar aos sábados naquela época, como se fosse qualquer outro dia da semana — e não parava de chegar mais gente e quem estava lá não ia embora. Porém o velho Henry, por mais que estivesse incomodado com toda aquela situação, sentindo-se diminuído, já que não seria o primeiro a ter um automóvel, também se aproveitou da coisa toda, como um bandido, porque as pessoas estavam comprando tudo, inclusive aquela limonada azeda que ele vendia, eu não suportava aquilo, imagino que o resto do pessoal também detestava, mas era a única coisa gelada além da água, e não havia nenhum poço ali por perto — isso deve ter sido no verão, pouco antes do período de colheita do tabaco, porque eu me lembro que a tia Sally tinha vindo com a tia Viola, que tinha vindo de

Wilmington pra nos visitar e tinha chegado antes na cidade e parado pra me ver porque eu estava carregando carroças para o velho Henry antes de o tabaco do papai estar no ponto para ser colhido.

Sim, eu lembro perfeitamente bem, porque também houve uma briga. Tanto o tal do Cyrus Johns quanto o velho Cicero Edmunds estavam loucos por aquela garotinha, Amy Williams, que, para começo de conversa, era jovem demais para dois homens adultos como eles, mas sua família era tão pobre que sua mãe queria mais era empurrá-la para se casar com o primeiro que balançasse o rabinho perto dela. Só que aquela menina sabia tanto sobre galanteios quanto um pé de artemísia, e os dois homens poderiam fazer uma proposta a qualquer momento. Cyrus era mais alto que Cicero, mas Cicero era um homem grande, forte como uma mula; e claro que, até onde eu me lembro, Cyrus também não era fraquinho. Então o velho Cicero resolveu pagar pelo passeio de Amy naquele carro, e ele sentaria ao seu lado no banco traseiro, mas não perguntou ao velho Cyrus o que ele achava daquele esquema — não que ele fosse gostar muito daquilo, de qualquer maneira. Senhor, eu ainda consigo ver aqueles rapazes (ambos estão mortos agora — Amy também — e todos os três se casaram com outras pessoas, muito embora tenham me contado, e eu não sei se acredito ou não, que ela acabou tendo um filho de cada um deles depois de se casar, já que o marido dela não era tão louco por ela quanto eles dois), poeira levantando do chão, sangue pingando por toda parte, roupas rasgadas e voando pelo ar — a garota só ficou berrando e pulando e gritando: Parem já com isso! Ai, parem! Por favor, parem! Alguém, por favor, separe esses dois! Mas ninguém foi burro o bastante para se meter naquela confusão, então o que o pessoal fez, bem, o que os homens fizeram — bom, pra falar a verdade, eu lembro que as mulheres eram tão deploráveis quanto eles — foi começar a fazer umas apostinhas aqui e ali pra ver quem seria o vencedor. E aquilo durou um bom tempo, atrapalhando de forma considerável o negócio de caronas do velho Geoffrey. Ah, mas foi tão divertido. Aqueles dois rapazes, grandes e fortes como touros, teriam lutado até o sol se pôr, mas quem acabou com a briga foi a velha srta. Lystra Edmunds, a mãe de Cicero, que era tão grande e preta e forte quanto ele próprio, e ela pegou um varapau — imagino que ela tenha ido até a loja no meio de toda aquela confusão e poeira e berreiro e gritaria e apostas e viu seu filho brigando — e com esse varapau ela começou a bater na cabeça daquele rapaz com toda sua força — e vou te dizer que ela era uma negra muito briosa —, batendo nele com o varapau numa das mãos e segurando a barra da saia com a outra, correndo atrás dele na mesma velocidade que ele corria, batendo e açoitando aquela cabeçorra e perguntando, sem parar: Você ama Nosso Senhor Jesus Cristo? Você ama Nosso Senhor Jesus Cristo? Hã? É melhor que você ame, porque é hoje que eu te mando lá pra ele...

"... rádio?"

"Hã?... O que você disse, Jim?"

"Eu disse 'Tudo bem se eu ligar o rádio?'."

"Puxa vida, rapaz, esse carro é seu. Você pode fazer o que você quiser."

"Tudo bem se eu ligar o rádio, tia Ruth?"

Com a voz baixinha, Zeke disse: "Meu Deus, por que você foi perguntar pra ela?".

"O que você disse, Ezekiel Cross?"

"Nada, Ruth. Eu não disse nada."

"Hmpf. Não. Não, rapaz. Não estou nem aí para o que você faz", ela disse, de forma seca, olhando pela janela. "Só não liga muito alto, só isso. Não suporto barulheira nos meus ouvidos. Não entendo por que vocês..."

"Bom, então eu não vou ligar, tia…"

"Não, não, vá em frente, ligue, rapaz. Eu só estou dizendo pra não ligar muito alto, só isso. Única coisa que estou pedindo."

Consternado, Jimmy girou o botão. Um riff estridente de guitarra explode dos alto-falantes como um foguete. Uma voz seca e maníaca grita alguma coisa fora do tom e sem ritmo por cima de tudo, como se ele, ou ela, estivesse em cima desse foguete, a caminho de Vênus. Zeke leva um susto com aquilo tudo.

"Mas, Jim…", começa Ruth.

"Perdão, tia Ruth." Rapidamente, ele abaixa o volume e troca de estação. Com sua voz suave e aveludada, Dionne Warwick canta: *Walk on by. Walk on by, foolish pride. That's all that I have left so…*

Mais uma vez ele sente uma dor excruciante nas mãos, apesar de agora elas estarem um pouco mais quentes. Ou é artrite ou reumatismo, eu mesmo não sei a diferença. É tudo dor. Quando as pessoas dizem que querem viver para sempre elas nunca param para pensar no quanto o corpo começa a se entregar depois de certo tempo. Este meu corpo existe há quase oitenta e quatro anos. Quase oitenta e quatro anos. Oitenta…

Para ele, aquela música tocando no rádio era doce. Ele gostava de músicas bonitas, embora não houvesse nada melhor que uma boa canção de igreja. Ele pensou no pai, e no quanto ele gostava de cantar. Era sempre assim que ele lembrava do pai, cantando. Ele tinha uma dessas vozes graves, profundas. Imagino que tenha ficado decepcionado que a minha voz não ficou grave como a dele. Ele adorava puxar um canto, fosse numa roda de oração, num funeral, uma missa, trabalhando no campo…

What have I to dread,
What have I to fear,
Leaning on the everlasting arms?

I have blessed people
With my Lord so near,
Leaning on the everlasting arms.

O velho Thomas Cross foi o segundo presidente do conselho diaconal da Primeira Igreja Batista de Tims Creek, e seu pai, Ezra, que, segundo dizem, herdou muitas terras da velha família Cross, na década de 1870, depois que a escravidão foi abolida, foi o primeiro — inclusive foi ele quem doou o terreno no qual construíram a igreja. (As pessoas gostam de dizer que conseguimos a nossa terra porque pertencemos à família Cross, a quem praticamente metade da Carolina do Norte foi dada no século XVIII. Mas a verdade é que a maioria dessas terras que, de fato, tinham uma extensão considerável, não significavam nada para um homem que possuía milhares e milhares de hectares de terra, tanta terra que ele próprio não tinha visitado nem um quinto delas — claro que perdemos quase três terços disso nos anos 1930. Então o que nós temos hoje, conquistamos exclusivamente com o nosso trabalho duro. Ninguém nos deu nada.) Mas o vovô não devia ter mais do que uns treze anos, mais ou menos, na época da Abolição, porque ele costumava nos contar uma história de como ele era um garoto trabalhando nos alojamentos na época em que Lincoln veio até Crosstown para se encontrar com Geoffrey Cross, que tinha sido senador pela Carolina do Norte antes da Guerra Civil. De como ele — e eu suspeito que tenha acrescentado algumas coisas nessa história, sejam elas verdadeiras ou não — espiou por uma janela do casarão e viu Lincoln e o velho Geoffrey fumando charutos e jogando pôquer. Mas o vovô era um bom contador de histórias. Ele era capaz de contar a maior mentira que eu já vi sair da boca de um homem sem dar sequer uma risadinha. Da mesma forma, ele narrava viagens de navio até a África e a Europa e para diversos outros países, falava sobre as montanhas e colinas verdejantes, sobre os coqueiros à beira-mar e a cabeça de girafas despontando por cima deles, sobre selvagens canibais com roupas feitas de cabelos humanos, sobre navegar pelo Mississippi lutando com índios, sobre a vez que ele subiu até o Canadá para caçar ursos e teve que matar um deles usando uma faca de pesca… e nós ficávamos ali, sentados, boquiabertos, acreditando em cada palavra que ele dizia e, ao mesmo tempo, sabendo muito bem que vovô nunca tinha ido muito mais ao sul do que Wilmington, muito mais a oeste do que Fayetteville, nem muito mais ao norte do que Raleigh — e isso quando já tinha pelo menos uns sessenta anos…

A música de Dionne Warwick foi abaixando para dar vez a uma canção de James Taylor: *Just yesterday morning they let me know you were gone…* O som do violão despertou uma coisa familiar dentro dele, o dedilhar suave, o ritmo relaxante. Ele começou a produzir um zunido só por zunir, nem um pouco parecido com a melodia, sem a menor intenção de acompanhá-la. Quando se tornou o diácono-chefe após a morte do pai, decidiu que uma de suas principais tarefas seria a de guiar a congregação através da música. Mas as canções de seu pai eram diferentes das suas: para ele, suas canções soavam mais como peixe frito e broa de milho… com um toque de uísque de milho. As canções do pai eram mais como uma colheita em outubro, como o suor em agosto, uma alegria equilibrada, meio contida, meio triste. Durante algum tempo sentiu-se incomodado com aquilo, de modo que ficava acordado até tarde da noite, estudando. Não que suas canções não fossem poderosas como as do pai, mas porque, no fim das contas, ele não havia crescido e se tornado um homem como o pai, exatamente como o pai e, para ele, isso era algo difícil de aceitar, pois, por algum motivo estranho, aquilo o alegrava.

Thomas Cross era um homem solene. Seus olhos — Zeke ainda conseguia vê-los — eram como os de um animal selvagem. Ele parecia ser capaz de absorver mais coisas com seus olhos do que a maioria das pessoas. Ele não olhava para você, ele te olhava por dentro, via tudo, e isso era uma coisa trivial, para ele. Então você ficava com a impressão de que não havia jamais ocultado nenhum segredo daquele homem, porque ele conseguia ver exatamente o lugar em que você escondia seus segredos mais sórdidos, e o pior de tudo é que você nunca sabia se ele aprovava o que tinha visto, se desprezava, se amava... você simplesmente nunca sabia nada daquele homem. Nunca. Às vezes eu morria de medo dele. Você estava fazendo alguma coisa — cortando lenha, consertando uma cerca, alimentando os porcos — e, quando virava, ele estava ali, sentado, olhando bem no fundo da sua mente, lendo seus pensamentos, eu juro, como se ele fosse o diabo ou algo assim... Uma ou duas vezes eu lembro que deixei escapar um grito, do susto que levei. Mas ele era assim. Silencioso como um índio. Não falava muito, sempre se esgueirava... bom, na verdade ele não se esgueirava, mas se movia de forma tão rápida e discreta... você virava, ele estava lá; você piscava, ele desaparecia. Às vezes o Horace me perguntava alguma coisa sobre o meu pai e eu não conseguia pensar em nada pra dizer, exceto que ele era um homem cristão, grande, forte e trabalhador, que trilhou o caminho da retidão, mas agora acho que deveria ter falado dos olhos que ele tinha, e do modo como se movia, e a maneira como eu queria ser igualzinho a ele... naquela época. Sim, e de fato eu queria. Eu o imitava — a maneira como ele ficava parado, seu jeito de andar, de falar, tentando fazer a minha voz soar grave e poderosa. Me pergunto se ele chegou a perceber.

A música no rádio foi baixando e, em seu lugar entrou um locutor, um homem branco, falando alto, de um jeito aparvalhado, sobre um novo filme para o qual estavam distribuindo ingressos para as primeiras cento e cinquenta ligações. Irritado, Zeke parou de ouvir e olhou as casas deslizando lá fora: casas velhas de madeira que precisavam muito de uma pintura, casas novas de tijolos de barro com molduras brancas e telhados de pão de mel, casas com revestimentos brancos lustrosos, casas de madeira vermelha tratada, casas quadradas, casas ovais, casas de dois andares, casas em morros, casas em vales, casas bonitas, casas feias… Me pergunto se meu pai prestou atenção em mim quando construímos aquela casa. Eu não devia ter mais que catorze anos — era um pouco mais jovem que Horace — quando construímos aquela casa. Eu, papai e Jonnie Mae — meu Deus, ela não tinha mais de onze ou doze anos — moramos num barraco por mais de uma semana. Mais do que nunca, eu estava tentando ser ele ou pelo menos eu estava mais ciente daquilo do que jamais estive. A srta. Edna ficou com as outras duas crianças em Burgaw. E todo mundo que morava nas cercanias de Tims Creek fez questão de vir nos ajudar a levantar a casa, a fundação — o velho Fred Wilson ajudou o papai com aquilo, e o tio Louis e o tio Frank, os irmãos do papai, e William Chasten, e mais um monte de gente — e, por fim, a chaminé. As pessoas estavam mais dispostas a ajudar do que agora. Hoje em dia, se uma pessoa tivesse que construir uma casa dessa maneira, acho que teria que fazer isso sozinha. O velho Herman Williams nos vendeu madeira bem barato. E as molduras das janelas, de cedro puro — nos dias de hoje, provavelmente você não conseguiria molduras de cedro para as janelas sem pagar o olho da cara por elas — foram personalizadas lá pros lados de Thomasville. Papai queria que elas fossem personalizadas, dizendo que durariam mais que qualquer outra coisa na casa, talvez até mais que a chaminé.

Não levou muito tempo, também. Praticamente todos os homens sabiam alguma coisa sobre carpintaria. Então ela foi erguida rapidamente. E eu e o papai e Jonnie Mae deixamos o barraco para morar nela quando a estrutura foi erguida. É uma coisa muito estranha dormir entre postes e tábuas, sem paredes nem telhado sobre a sua cabeça. Parecia uma brincadeira. Era como acordar num sonho, mas assim que você abria os olhos, lá estava o papai tirando uma medida aqui, andando pra lá. Logo em seguida colocaram o telhado; e, depois disso, não faltava mais muito. Papai cuidou da maioria dos pequenos detalhes, mas numa casa eles são muitos. Parece até que ele passou o resto da vida tentando terminar o que havia começado.

"... aquela menina da Ida Mae?"

"Não, senhora, não sei. O que houve com ela?" Jimmy olhou para Ruth pelo espelho retrovisor.

"Não sei", ela disse. "A Henrietta que me falou no telefone hoje de manhã. Disse que foi a mesma coisa que ela teve antes. Aposto que ela está grávida de novo. Aquela vadia. Já tem um pequeninho e ainda nem saiu da escola. É lógico que ela vai ficar doente desse jeito."

"Ora, tia Ruth", disse Jimmy. O tom em sua voz sugeria que ele não poderia dizer mais nada, e nem o faria, avisando-a e pedindo para que ela mudasse de assunto. Zeke não gostava da personalidade de Ruth, mas gostava menos ainda da maneira como Jimmy se comportava como uma criança em torno dela. Essa foi uma coisa que eu aprendi com meu pai: não se acovarde perante ninguém. Meu filho, Sam, ele também aprendeu isso muito bem, mas aquele meu neto, o Horace... Senhor, ele era que nem esse Jimmy aqui. Quietinho. Educado. Não tem nada de errado em ser quieto. Meu pai era quieto. Nem educado, porque o meu pai também era tão cavalheiro quanto eles todos. Mas tinha uma diferença — lá vai ele, novamente, tomando o pai como medida das coisas. Será que ele ainda não havia aceitado o fato de que não era Thomas Cross e que estava tudo bem — tudo bem — ser Ezekiel Cross?

Agora, o pai de Horace — este sim, o Sammy era completamente diferente. Sammy era esperto, mas era malandro com a sua esperteza, manhoso que nem um gato. Não passava o seu tempo estudando nos livros. Não, a coisa que ele gostava tinha duas pernas, um belo traseiro e uma linda periquita. O menino gostava mais de buceta do que qualquer homem que eu tenha conhecido; e olha que, no meu tempo, eu também aprontava bastante e não tenho vergonha de admitir… mas eu mudei, graças ao Senhor Jesus. Mas o velho Sammy. Sammy. Sammy. Sammy. Sammy. Sinto saudades daquele moleque. Sinto saudades das suas tiradas espirituosas. Ele sempre me fazia rir. Pai, você sabe por que os negros nascem para serem pobres? Menino, pare já com essas suas bobagens. É porque se ele fosse rico ele teria de ser branco, senão os brancos o matariam. Sammy, grandalhão que nem o avô, Sammy, da cor da mãe, marrom como uma pinha, marrom, Sammy, rindo no meio das plantações de fumo como se tivesse o dinheiro de um Rockefeller — Papai, você não ficou sabendo que a gente não precisa mais rezar? Menino, é melhor você voltar ao seu trabalho. Não, pai, é que o inferno já é aqui: não tem mais nada pra gente se preocupar; porque você não vai morrer — você consegue imaginar algo mais infernal que uma lavoura de fumo em agosto? Sammy bebendo seu uísque, Sammy discutindo com a mãe, Sammy correndo atrás de mulher, Sammy chegando em casa às três da manhã.

Menino, não posso admitir que você more nesta casa, fazendo todo esse monte de barbaridade que você faz…

Barbaridade?

Barbaridade! Se pretende continuar aqui, é melhor se endireitar.

Me deixa em paz, velhote.

Menino, não me falte com o respeito. Esta é a minha casa.

Pai, eu tô cansado. Deixa eu dormir.

Não, não vou aceitar isso. Esta casa tem regras. Se quer morar aqui, tem que segui-las.

Eu sou adulto, velhote.

Então vá morar na sua própria casa.

Meu Deus. Pode deixar.

Não diga o nome de Deus em vão nesta casa.

Ah, puxa, me desculpe, sr. Diácono. Desculpe ter feito pouco caso do nome de seu precioso senhor. Mas, pra mim, parece que é o senhor quem está fazendo pouco de si mesmo, seu velho burro.

Você me entristece, menino. Você me deixa muito triste.

Ah, pois é. Espera só pra ver. Espera.

"… Zeke?"

"Hã? O que você disse, Jimmy?"

"Eu perguntei se você sabe em que andar o Asa está internado."

"Não, não sei. Tudo que eu sei é que é na UTI. Aquela menina me disse, mas eu já esqueci." Zeke solta um grunhido. Agora estavam nos arredores de Clinton, onde a autoestrada 50 se transforma numa rodovia de quatro pistas, com viadutos e grandes cruzamentos, semáforos e placas verdes enormes com informações de onde ir a partir daqui e por onde sair a partir de lá. Aquilo tudo era muito confuso para ele. Muita coisa pra organizar e decidir. Aquilo o fez sentir-se velho. Clinton tinha crescido demais para mim. Ela sempre foi uma das maiores cidades da região — por causa daquele depósito de madeira, acredito — mas não chegava nem perto de Wilmington ou mesmo Kinston. Mesmo assim, depois que eles construíram aquela fábrica de processamento de carne e, depois, aquela fábrica enorme da Du Pont, em seguida já se viam várias outras fábricas e depósitos, shopping centers (eles justamente passavam por um naquele momento, um novo, que tinha uma tremenda loja da Belk's Department empoleirada bem no meio), uma escola técnica… puxa vida. As coisas mudam. Isso com certeza. O vovô costumava dizer, se você não se acostumar com a mudança, você nunca vai se acostumar com a vida. Mas eu me pergunto o que isso significa para mim. Não consigo parar de pensar na sepultura. Eu dentro dela. Eu sei que o paraíso é o meu lugar, onde adorarei a Deus, mas eu tenho sempre o mesmo sonho, várias vezes, sempre o mesmo. Me pergunto se tem alguma coisa aí. O Livro Sagrado diz: Os jovens terão visões, e os velhos sonharão sonhos. Mas este sonho…

A temperatura do carro estava perfeita, agora. Ele afundou a cabeça no peito… *um funeral…* um grande funeral, a igreja tomada de gente, pessoas que havia anos eu não via, pessoas que não via desde que eu era criança, pessoas que eram velhas quando eu nasci, pessoas que morreram antes de eu nascer, que existem apenas na minha cabeça, a igreja é a Primeira Batista, mas não essa de agora, com os tapetes novos, os bancos acolchoados, as paredes brancas e o piano; a velha, com o piso de tábua de madeira, sem forro no teto, só as vigas sobre nossas cabeças, toda empoeirada e cheia de teias de aranha, como um estábulo, Jesus nasceu num estábulo, e as pessoas estavam bem-vestidas, mas com roupas antigas, de cores vibrantes, verdes e vermelhas e laranja e azuis, ninguém de preto, nenhum véu, ninguém chorando, mas sem sorrir também, todo mundo simplesmente quieto, muito quieto, e eu acho que ouvi o barulho de água, borbulhando, mas não vi nada, será que é o rio Jordão? Vejo um caixão, bonito e novo, num tom de bronze amarronzado, lustroso, com detalhes em prata, brilhosos, e o estofamento e os tecidos e os travesseiros e os véus num marrom-claro que combina muito bem com o tom do caixão, e eu me vejo ali, dentro do caixão, e o meu rosto está retesado e escuro e velho, eu pareço mais preto que o carvão, meu rosto está pálido, meus lábios estão muito retorcidos, apertados, meus olhos parecem não caber dentro das pálpebras, minhas maçãs do rosto muito protuberantes, como as de um índio. Estou dentro do caixão olhando para fora, flores por todos os lados, crisântemos e lilases, macios e vibrantes, lavanda e rosas, vermelhas e amarelas, e margaridas, brancas, mas sem cheiro, o único cheiro que eu sinto é o de incenso, e eu suspeito que seja de olíbano e mirra, mas eu nunca cheirei nem olíbano nem mirra, mas eu sei, eu sei que é olíbano e mirra, eu sei, e eu estou olhando para todas as pessoas, e todas as pessoas estão olhando para mim, o reverendo Barden está lá, e o reverendo Hensen, que veio antes dele, e o reverendo Thomas, que veio antes dele, e o reverendo Fitzhugh, que veio antes dele, e Jimmy, que é o reverendo agora, e ali está Ruth e o seu velho marido, o Jethro, e a minha irmã, Jonnie Mae, e o seu marido William, e seus filhos Rachel e Rose e Rebecca e Ruthester e Lester, mas ninguém está chorando, e ali estão Sammy e Horace e Retha, Aretha? Retha, não, e agora estamos todos do lado de fora, a água está borbulhando e pingando, pingando, mas eu ainda não a vejo, esse não é o cemitério certo, tem muitas árvores pra ser o Cross-Davis, e eu ainda sinto o cheiro de olíbano e mirra, e escuto aquela água pingar e pingar e pingar nos meus ouvidos, e Jimmy e Hezekiah Barden vêm fazer suas preces, mas eles dizem coisas diferentes, Jimmy está rezando um casamento, se alguém souber de algum motivo pelo qual esses dois não devem ficar juntos, fale agora ou cale-se para sempre, e o reverendo Barden está rezando uma missa de Natal, e os dois pisando o mesmo chão, pastores eternos em seus campos, zelando por seus rebanhos à noite, e, veja só, o anjo do Senhor desce sobre eles, e a glória do Senhor os banha com Sua luz, e eles sentem muito medo, e o anjo diz a eles, nada temam, pois, vejam, eu lhes trago boas notícias que trarão grande felicidade, então um rato, um troço enorme, com os olhos vermelhos e parecendo estar faminto, se move perto dos meus pés, e eu tento gritar, mas ninguém me escuta, ou ninguém presta atenção, e o coral para de cantar, e Retha vem até o caixão e esmaga um crisântemo amarelo no meu rosto, e eu não sinto nenhuma pétala, nenhuma, mas sinto o rato subir pela minha perna, Retha, ah, Retha, querida, detenha-o, por favor, me tire daqui, Senhor, Senhor, por favor, e ela se afasta, não está sorrindo, não está chorando, Sammy e Horace vêm para fechar a tampa, parem, rapazes, parem, me deixem sair daqui, agora, eu não estou brincando, vocês não estão vendo aquele rato? Vocês dois já estão mortos mesmo, Sammy, você está morto, e Horace, você está morto, e você também está morta, Retha, não me deixem morrer também, não ainda, não com esses dois padres que não sabem o que estão fazendo, eles olham para mim, mas não me ouvem, eles começam a fechar a tampa, homens mortos enterrando um homem vivo, a tampa está se fechando, por favor, Senhor, não, clique. Nada além da água borbulhando e daquele maldito rato subindo.

"Você não está dormindo, não é, meu camarada?"

Os olhos de Zeke queimam ao se abrir. Ele precisou limpar a garganta, que parecia mais seca do que cinzas. "Não… não, só estava dando uma conferida nas minhas pálpebras pelo lado de dentro."

"Tudo bem com elas?"

"Estão como eu as havia deixado."

Finalmente ele estava aquecido, e o zunido confortável do motor do carro o tinha feito cochilar, amolecendo sua mente.

Nos dois lados da estrada, grandes árvores se erguiam, pinheiros muito altos cercados por uma densa vegetação. Eles atravessam uma ponte sobre um pântano raso e turvo, cheio de enormes carvalhos, com suas raízes nodosas e retorcidas se estendendo até as margens. A estrada serpenteava por entre florestas, fazendo o carro oscilar e balançar. Isso dificultou a batalha de Zeke contra o sono, mas ele se ajeitou no banco e sacudiu a cabeça, determinado a não sucumbir.

Retha. A imagem do sonho o deixou com um sentimento agridoce. Um sentimento que vinha crescendo dentro dele ao longo dos anos. Será que o relacionamento deles tinha sido o que ele achava que tinha sido? Ou o que ele havia imaginado? O que ele havia criado em sua mente? Será que era uma ilusão para agradar a si próprio? Um dia, poucos anos após a morte dela, ele começou a ser, lentamente, dominado pelo medo de que ela nunca tenha sido realmente feliz em seu casamento. Eles haviam se casado quando ela tinha dezesseis, e ele dezoito anos. Ela estava grávida, não de Sammy, mas de um outro menino, Thomas, que morreu cinco anos depois. Em seguida ela teve uma menina, que viveu apenas um ano. Ela se chamava Edna. E depois de Sammy teve um outro menino, que nasceu morto, e parou por aí. Todo mundo sabia que Zeke queria ter filhos, e Zeke sabia disso também. E, sim, ele teve filhos com outras mulheres — bem, puxa vida... um rapaz de vinte e dois anos... bem, ele tinha as suas necessidades, bom, talvez não fossem necessidades, mas eram desejos muito poderosos. E eu digo uma coisa, quando você enfia algo na sua cabeça, aquilo se torna uma necessidade. Não tenho vergonha (ah, tenho sim) de admitir que eu a traí do jeito que eu a traí — e sim, eu também me diverti fazendo aquilo... aquela garota, a Pickett, ela sabia como fazer um homem feliz. Houve um momento em que eu desejei ter me casado com ela em vez de Retha — não, não, não, seu velho, isso não é coisa que se diga. Não é mesmo.

Provavelmente tive outros dois filhos fora do meu casamento com Retha, um com essa garota, a Pickett — e desse a Retha sabia, disso eu tenho certeza —, e outro com a Clara Davis, mas foi só. Eu era jovem, meu Deus, como eu era. Não tinha mais de vinte e cinco anos. Jovem demais. Não tinha o bom senso que

Deus me deu. E, Senhor, você sabe que eu implorei perdão por ser mulherengo, e fiz por aqueles garotos tudo que era certo quando eles precisaram de mim. Depois que Sammy nasceu eu não tive mais olhos para nenhuma outra mulher além de Retha… e essa já é uma outra mentira, também. Mas, ainda assim, eu amei Retha, eu ainda a amo. Retha me educou, me resgatou. Ela e o meu pai. Mas, no começo, o papai não gostou de Retha.

Rapaz, o que você quer com aquela garota de perna fina e bunda caída? Ela não vai ter condições de lhe dar filhos. Essas meninas que moram do outro lado do riacho…

Mas eu tenho que fazer isso, papai.

Por quê?

Bom…

Você acha que ela será uma pessoa mais decente se você se casar com ela, rapaz? É isso? Você não é o primeiro a desperdiçar sua semente por aí. E nem será o último. É só trazer o menino pra cá quando ele nascer que eu e a srta. Edna vamos criar ele direito.

E quanto ao velho Davis? Você acha que ele e a sua espingarda vão aceitar esse acordo?

Bom…

E além do mais, papai, eu acho… bem, eu acredito que eu a amo.

Acha? Acredita? Você *acha* que está apaixonado por aquela garota de bunda caída e porque você *acredita* que a ama você vai se casar com ela?

Sim, scnhor…

Bem…

Eu vou.

Arrã. E ela vai ter um filho seu, não é?

Sim.

Bom… traga ele para cá quando nascer, como eu disse, porque eu não acredito que nenhuma garota lá do outro lado do riacho saiba criar uma criança. E você é besta demais para criar alguém direito. E deixa eu te dizer uma coisa, rapaz: não é o amor que é necessário para manter um casamento. É outra coisa.

O que é?

Você vai descobrir quando precisar.

Papai?

Quê?

Por que você acha que vai ser um menino?

Porque eu disse que vai, é por isso. Seu bobalhão.

Mas Retha era uma mulher decente e trabalhadora. Ela cozinhava melhor que a srta. Edna quando se concentrava nisso. A única vez que papai lhe fez um elogio foi depois de comer um de seus almoços de domingo — a galinha frita que ela empanava numa mistura que ela chamava de especial, com todo tipo de tempero, a casquinha era melhor que a carne; e pão de frigideira, leve e fofinho, bom pra comer com um bagre frito, fresco, recém-pescado. Ela era capaz de fazer a comida comum, como tripa de porco, folhas de nabo e ervilhas, parecer uma coisa que você nunca havia provado na vida. Torta de pêssego, de batata-doce. Eu consigo sentir até agora o cheiro dos seus biscoitos de leitelho numa manhã de inverno, bem levinhos, com melado e bacon crocante, puxa, ela fritava de um jeito que não chegava a queimar, mas ficava bem crocante. A srta. Edna jamais conseguiu fritar um bacon daquele jeito.

Mas o jeito que aquela mulher trabalhava me assustava. Acho que foi por isso que comecei a me preocupar tanto com ela. Por que ela trabalhava tanto? Dentro de casa ela limpava, varria o piso, passava pano, esfregava, tirava pó, lavava as janelas, deixava a cozinha brilhando e, quando finalmente construímos um banheiro, ela deixava ele brilhando também. E cozinhava e cozinhava. Para duas, para três cabeças. Trabalho. E na lavoura, amarrava as folhas de tabaco, ajudava a separar e classificar o fumo curado. Milho. Ajudava a colher e debulhar. Pepinos.

Os porcos, ajudava a alimentá-los, cuidar deles, matá-los e defumá-los depois. Criava galinhas, matava galinhas, limpava e cortava em pedaços. Cuidava do jardim, couve, vagem, tomate, beterraba, mostarda, milho-doce, abóbora, feijão-manteiga. E também fazia conservas e, quando compramos um freezer, ela começou a congelar também. Trabalho. Parecia que era a única coisa que ela sabia fazer. É claro que eu esperava que ela trabalhasse, que estivesse ao meu lado... um homem que tem uma fazenda precisa de ajudantes. Ele não precisa de uma mulher que não trabalha. Não lhe serve de nada. Eu sou muito grato. Mas... não consigo entender direito. Talvez fosse o seu rosto. Um rosto amargo? Não, ela não era uma mulher amarga. Ela nunca estava de cara fechada. Será que era triste? Talvez. Mas o negócio é que ela nunca disse um "a". Ah, a gente conversava sobre as pessoas, sobre o trabalho, mas ela nunca me disse como se sentia. Será que algum dia ela se desarmou e disse que me amava? Que me odiava? Será que eu fiz isso?

Mas ela amava aquele garoto, o Horace — quantos anos ele tinha quando ela morreu? Dez? Onze? Do dia em que o Sammy o levou lá pra casa até o dia em que ela morreu, o menino era a sua alegria. Eu sabia que ela estava feliz. Fazia muito tempo que não tinha uma criança para tocar, para abraçar, para alimentar, trocar as fraldas. Fazer todas essas coisinhas, colocar talco nele, ensiná-lo a falar, vê-lo dando seus primeiros passos. Quando chegou a idade, ela o ajudou a aprender a ler e escrever. Ele era tão inteligente. E, nossa, como ela ficava orgulhosa do seu neto. Os professores passavam lá em casa para dizer pra ela o quanto o seu netinho era inteligente; nossa, como ela ficava feliz por ele.

Eu esperava que a sua morte tivesse algum efeito naquele menino. Talvez eu só diga isso por dizer, achando que isso aliviaria a culpa de quem quer que deveria senti-la. Mas não, o menino ficou bem durante toda a escola primária. Meio quieto, um pouco tímido, desgraçadamente apaixonado por livros. Mas passava bem. Nunca me deu nenhum problema. E as filhas da Jonnie Mae ajudaram muito — ele era um ingrato, esse era o problema. A vida foi fácil demais para ele. Eu botei Sammy para trabalhar. E eu trabalhava bem ao seu lado. Dois homens, juntos. Então eu tinha alguma ideia do que passava pela sua cabeça. Mas Horace. Ah, ele até trabalhava alguns dias na plantação de tabaco no verão — eu tinha parado de trabalhar no campo quando ele tinha idade suficiente para começar, e arrendei todas as nossas terras — mas, agora eu vejo, não foi o suficiente. Quando ele me disse que queria participar da equipe de corrida eu fiquei tão feliz que ele finalmente queria fazer alguma outra coisa além de ler um livro que eu disse, vá em frente. Mas aí ele começou a mudar. Quando ele estava no primário não tinha problema nenhum em ter os seus amiguinhos brancos, até porque estava acostumado com eles. Eram seus colegas de escola. Do jeito que deveria ser. Mas quando começou a frequentar a South York High School e a andar com os brancos de lá, o seu "grupo", como ele chamava... aquilo bagunçou sua cabeça. Ele furou a orelha. Eu não podia dizer que ele não podia fazer coisas com eles depois do colégio. Aquilo não seria certo também. Ele se tornou um estranho para mim. Ficou tentando ser como os brancos, foi isso que aconteceu. E naquele verão que eu deixei que ele trabalhasse no teatro. Senhor... teria sido melhor tê-lo botado pra trabalhar no campo. Foi que nem o Sammy, tudo de novo. Chegava tarde em casa. Voltava bêbado.

Rapaz, por onde você andou? Você sabe que horas são? Passei a noite em claro, aqui, preocupado com você. Esperando e esperando e esperando.

Sim, senhor. São três horas.

Rapaz, esta é a minha casa, e se você está achando que já é grande demais para obedecer às minhas regras, eu espero que você vá embora daqui.

Desculpe, senhor. Teve... teve uma festa... foi uma noite de estreia.

Não fale desse jeito comigo, rapaz. Você andou bebendo.

Senhor?

Eu perguntei se você andou bebendo. É claro que sim! Olha pra você. Olha só pra você.

Eu disse... eu disse me desculpe. Não acontecerá de novo.

Eu sei que não.

Um dia houve centenas, talvez milhares deles, espalhados por toda a Costa Leste, Zeke havia lido. Ele também havia lido que este era o último que ainda existia. Ele lembrava de ter ouvido o avô lhe contar histórias sobre os mercados de escravos, sobre como as pessoas eram tratadas quando postas à venda. Ele não se sentia capaz de imaginar aquela humilhação.

O mercado de escravos de Fayetteville ficava bem no meio do trânsito, no que Zeke imaginava ser o centro da cidade, ou, talvez, muito perto do centro. Tijolos vermelhos. Arcadas suntuosas. Flores. Ele não saberia dizer quantas vezes tinha ido até Fayetteville, nem quantas vezes tinha visto aquele... monumento?... mas ele sempre ficava decepcionado. Na sua cabeça, certamente um mercado de escravos teria de ser uma coisa enorme e opressiva, para representar o que representava. Mas não. Olha só pra isso. É um mísero casebre de um cômodo. E ele tinha ouvido dizer que a Câmara Municipal queria derrubá-lo, alegando que aquilo só servia para jogar sal sobre velhas feridas, mas houve muita comoção por conta de ser um dos últimos dois ou três que ainda existiam. Algumas pessoas sentiam que era necessário preservá-lo. Como um alerta. Ou pelo menos como um lembrete. Ele não sabia o que pensar.

O carro se movia em meio ao tráfego como uma barcaça num rio muito movimentado, uma multidão de carros de cores diferentes — vermelhos, azuis, brancos, pretos — ia passando por eles, acionando suas buzinas, arrancando e sumindo. Jimmy virou apenas uma vez, à direita, numa bifurcação e, pouco tempo depois de chegarem à cidade, eles estavam lá.

O Hospital Memorial era um grande bloco de tijolos postado não no topo de uma colina, mas de um vale, na parte de baixo. Do outro lado da rua havia um cemitério cheio de lápides brancas, que pareciam um bando de pássaros esperando um bom vento para levá-los dali. O gramado do hospital, coberto pelo centeio do inverno, parecia uma grande onda verde, que ia descendo. Seu estacionamento, cercado pelo verde por todos os lados, era um enorme labirinto de asfalto e listras amarelas, ladeado por fileiras de cedros no formato de cones. Tão perfeitos que nem pareciam reais. Jimmy ficou circulando até encontrar uma vaga para estacionar. O ar gelado, embora menos frio do que mais cedo, invadiu o carro assim que a porta foi aberta, atingindo-os no rosto, pescoço e mãos. Zeke ficou imaginando quando suas juntas voltariam a doer novamente.

"Bom, srta. Ruth, parece que chegamos."

30 de abril de 1984

1h15

Os olhos amarelo-claros se focaram ferozmente quando o dragão partiu a galope na direção de Horace. Ele podia ouvi-lo rosnar e gemer enquanto se lançava para a frente, e podia ver a linha fina que era sua boca, firmemente fechada, numa concentração inabalável.

O demônio disse: Mate-o.

A horda nas duas margens da estrada urrou e berrou para que ele assassinasse aquele monstro. Então ele foi andando até o meio da estrada negra de asfalto e apontou sua arma, mirando entre os faróis do caminhão de galinhas que se aproximava.

Ficou parado naquela posição, com o dedo no gatilho, enquanto um gnomo gritava: Mate-o! Mate-o! Mas, por algum motivo, ele estava paralisado, transfixado naquele ponto da estrada. A luz dos faróis ficou mais intensa, iluminando-o por completo, e ouviu-se então o som de pneus cantando, e o caminhão virou para a esquerda, caindo no acostamento, e voltou para a rodovia após balançar para um lado e para o outro, as galinhas lá dentro totalmente indiferentes àquele movimento brusco. Talvez o caminhoneiro, com os olhos injetados após dirigir vinte horas sem parar, e uma enorme pança cheia de café com rosquinhas e uma torrada com dois ovos, tenha cochilado por um segundo, um mísero segundo, e só tenha acordado diante de uma aparição no meio daquela estrada rural; e quem sabe agora ele esteja esfregando os olhos e o rosto, refletindo sobre o que ele viu, ou acha que viu. A primeira coisa que pensou: um menino negro nu com uma arma. Um pensamento que ele descartaria rapidamente após se dar conta do quanto isso seria improvável e ridículo. Em seguida ele flertaria com a ideia de ter sido um fantasma, o que o faria rir de nervoso e, então, concluiria que não tinha sido nada além de um cervo, e se convenceria de que o café e as rosquinhas e os ovos e as vinte horas dirigindo sem parar o haviam feito enxergar um garoto preto onde havia apenas um cervo, e talvez ele aumentasse sua fita do Willie Nelson e voltasse a se concentrar na faixa branca no asfalto que ele percorria, um tanto atordoado, e se esquecesse completamente daquele incidente.

Por que você não o matou?, perguntou o demônio.

Horace encolheu os ombros, cabisbaixo.

Eu perguntei: Por que você não o matou?

Horace virou para encarar o guerreiro Masai à sua frente, os olhos brilhando num tom laranja neon, seus dentes num branco luminoso contrastando com sua pele, que tinha a mesma cor do ar noturno.

Por quê?, ele perguntou.

Não consegui.

O guerreiro o atingiu no estômago com o cabo de sua lança. Horace se contorceu, enquanto a dor se espalhava pelo seu corpo num movimento circular. Ele ficou ali, o corpo dobrado, até ouvir a voz dizer: Ande, caramba. Ande. E assim ele fez.

Ruídos emanavam das profundezas nas laterais da estrada: o bater de asas, leves pisadas de cascos sobre restos de pinhas, garras estalando ao mergulhar na casca de carvalhos. Mas ele não estava prestando tanta atenção a esses sons da natureza quanto aos sons sobrenaturais que se multiplicavam em sua cabeça. Ali, à sua esquerda, debaixo de um antigo sicômoro, uma crucificação era conduzida, um homem com um grande par de asas, brancas e gloriosas como as de uma garça, com o corpo gracioso e esbelto de um atleta, com seus braços abertos, encostado no majestoso tronco. Ele havia sido escalpelado, retalhos de carne crua pendiam da cabeça, os olhos esbugalhados e mortos, vidrados num ponto distante, o sangue escorria pelo seu corpo magro, respingado naquelas asas que, um dia, já foram magníficas. Próximo à base da árvore, um bando de criaturas reptilianas se ocupava acendendo uma fogueira aos seus pés, enquanto entoava uma canção sem palavras.

Horace perguntou: Por quê?

O demônio deu uma risadinha. Por que não? E depois ordenou: Siga andando. Siga andando.

Descendo pela estrada, bem onde a rodovia faz a curva e uma placa enorme anuncia o cais marítimo a apenas quarenta quilômetros de distância, Horace enxergou os poucos prédios aglomerados que se autorreferem como o vilarejo de Tims Creek.

Continue, disse a voz.

Ele seguiu andando pela estrada. À sua esquerda, à distância, ele ouvia o som de cães latindo. O imenso milharal que se estendia até os limites da cidade brilhava sob a luz das estrelas enquanto a brisa ondulava gentilmente as folhas verdes e molhadas dos talos de milho, como um mar tranquilo.

Pare, disse o demônio. Você sabe onde está?

Horace assentiu com a cabeça.

Onde?

Na minha igreja.

Arrã.

Por que... Horace começou a falar, mas o demônio disse Shhh.

A Primeira Igreja Batista de Tims Creek erguia-se à sua frente naquela noite clara como uma visão sinistra, sombras da lua projetadas em sua torre branca, os tijolos vermelhos adquirindo um aspecto lúgubre na luz fraca da manhã. Os galhos do carvalho gigantesco que crescia à esquerda do prédio balançavam ao sabor da brisa. Sob seus pés descalços, Horace percebeu que a grama recém-cortada o pinicava e, ao detectar o aroma adocicado, começou a sentir saudades daquilo. Conforme se aproximava da entrada, duas portas altas e caiadas, ele começou a ouvir a música que vinha lá de dentro e os vitrais nas janelas foram se iluminando.

Ao chegar na porta, parou. Abra, disse o demônio.

Mas... como?

Uma criatura pequena parou às suas costas, com pouco mais de um metro de altura, o rosto pintado de branco, como o de um palhaço, e o nariz ridiculamente vermelho. Ele tinha uma expressão de escárnio no rosto. Apontando primeiro para a arma de Horace e, depois, para a porta, fez uma mímica sugerindo que o garoto enfiasse a arma entre as duas portas para forçá-las a abrir. Seus olhos se arregalaram, como se ele dissesse Presto! A criatura olhou para Horace, revirou os olhos enquanto limpava o pó de suas luvas e depois saiu andando em direção à escuridão. A cantoria lá dentro continuava.

Faça isso, disse a voz.

As portas emitiram um tremendo barulho de madeira se quebrando e depois abriram, produzindo um rangido gótico. O demônio riu. Horace entrou no vestíbulo e foi recebido pelo familiar aroma bolorento de poeira, dos bancos, dos hinários e das teias de aranha. À sua esquerda pendia a corda do sino da igreja, e ele lembrou da alegria que sentia, quando criança, toda manhã de domingo, depois da catequese, quando seu avô o deixava soar o sino para anunciar a missa.

Toque o sino.

Tocar o sino? Mas está tarde.

Estou cagando pra isso, disse o demônio. Toque.

Quando Horace se aproximou da corda para puxá-la de leve, para que ela então ondulasse como uma serpente e por fim subisse, o nó em sua ponta se desfez, revelando duas presas amarelas e compridas. Horace deu um pulo para trás, num susto.

A voz deu uma risadinha. Você é um covarde de merda. Toque a porra do sino!

Quando Horace segurou a corda não sentiu nada vivo nela, só o velho toque familiar do cordão puído pendurado no teto dessa igreja, e nesse sino, há mais de cinquenta anos.

Ele a puxou e ouviu os ruídos característicos do campanário, os rangidos e gemidos das engrenagens, hastes e mecanismos antigos, e sabe-se lá do que mais — quem tinha visto o que havia lá em cima? O sino soou, com verdade e clareza. Ele puxou a corda mais uma vez. E mais uma vez. O sino dobrava impulsionado pelo seu próprio peso, seu som ressoava e repicava nas alturas, aquele tremendo ornamento balançava, provocando uma enorme comoção, fazendo a igreja inteira tremer, fazendo Horace pensar, como ele sempre pensava, que aquilo tudo poderia despencar a qualquer instante.

Pare. Pare. Basta.

Horace soltou a corda, que ficou oscilando para a frente e para trás, perdendo velocidade à medida que as batidas lá em cima diminuíam, o eco reverberando dentro de sua cabeça e, então, de repente ele se lembrou das pessoas da comunidade, daquelas que talvez houvessem abandonado seus sonhos de trabalho, luxúria e amores há muito perdidos, e tivessem sido acordadas, se perguntando: Quem está tocando esse sino a essa hora da noite?

Entre.

Horace empurrou as portas que levavam ao santuário e entrou. O santuário de Tims Creek estava gravado tão profundamente em sua memória quanto a sua casa, ou o reflexo do seu rosto no espelho, mas ele simplesmente não lembrava das paredes serem tão intensamente brancas, ou do carpete que percorria o corredor até o púlpito ser tão vermelho, ou dos bancos de carvalho para os fiéis terem um polimento tão lustroso — e os bancos estavam abarrotados, todos eles, lotados com mais pessoas do que Horace se lembrava de ter visto em toda a sua vida. Elas cantavam:

Me conduza, me guie
pelo caminho
Senhor, se Você me conduzir
eu jamais me perderei
Senhor, permita que eu ande
todo dia ao lado Teu
Me conduza, ó Senhor
Me conduza.

O coral nos fundos da igreja, debaixo de um vitral gigantesco, dançava no ritmo da canção, entoando com fervor, vestido de túnica vermelha. Ele avançou com cuidado para dentro da igreja, mas ninguém pareceu notá-lo, ou o bando de entidades maltrapilhas que entrou apressado, logo atrás dele. Ele procurou pelo avô e o viu usando seu terno e gravata azul-marinho, sentado ali, no seu lugar, em meio aos demais diáconos, na primeira fileira de assentos, cantando.

A lembrança do avô o afetou. Suas mãos eram grandes e escuras, calejadas pelas longas jornadas nos campos e nos estábulos. Ele lembrou do cheiro da sua colônia pós-barba Old English, e do leve odor do café preto e forte que ele bebia todas as manhãs. Seus gemidos e resmungos, que soavam distantes, quase como as manifestações de um rei. Ele era um homem direito, Horace vinha escutando aquilo desde muito cedo, um homem que andava e falava e dormia com Deus nos seus lábios, ao seu lado, em seu peito. O avô, durante a sua infância, era aquele homem sério conversando com as pessoas na sala de estar, pessoas que vinham até ele para falar dos problemas, fardos, preocupações.

Horace as via chegarem, carregando todo o peso de suas dores. Às vezes, algumas olhavam pra ele de cima para baixo, afagavam sua cabeça, lhe davam doces — que seu avô tomaria mais tarde — e depois retornavam ao seu sofrimento e ingressavam naquele espaço de confissão, de arrependimento e renascimento. Mas a maioria das pessoas ia embora tão melancólica quanto havia chegado, o que fazia com que Horace refletisse sobre o avô, muito embora sua mente não lhe desse outra escolha.

Conforme foi ficando mais velho passou a entender quem seu avô era, e o que significava ser o presidente do conselho diaconal. Por causa dele, as pessoas da comunidade eram levemente mais simpáticas com Horace, levemente mais respeitosas, o tratavam um pouco diferente dos outros meninos que corriam por aí com o nariz escorrendo e a camisa para fora das calças. Como lhe foi explicado, o avô era o centro, a fonte de todas as memórias da igreja, a conexão com o terrível passado que todos tinham de lembrar. Seu pai e o pai do seu pai, antes dele, também tinham sido líderes religiosos, e havia caído sobre ele a responsabilidade de liderar, de conduzir, de aconselhar seu povo, o povo deles. Um chefe, um grande ancião. Ele estava acima do pastor e, para Horace, aquilo parecia algo tão próximo de Deus que ele percebeu, um dia, que o avô era quase como um Davi. Ele era o neto de um xamã.

Me conduza, me guie
pelo caminho

Sentadas à frente dos diáconos e autoridades da igreja estavam as mulheres, as diaconisas, as fiéis mais idosas, as mães da igreja. Sóbrias e potentes, lá estavam elas, com seus leques em punho, e o corpo acompanhando a música de uma maneira jovial. Sua avó estava entre elas, usando seu vestido azul, e, ao lado dela, estava Horace, um garoto de não mais de cinco anos de idade, sentado bem ereto em seu terno marrom, cobrindo um bocejo com a mão.

Ele lembrava que as mãos de sua avó eram pequenas e firmes, também calejadas pelo trabalho duro, mas, ainda assim, macias, de uma maneira feminina. Delicadas. As pessoas a chamavam de Retha. Aretha Davis Cross. Uma mãe da igreja. Sua mãe. Eram delas as mãos que eram os seus começos: *No começo havia mãos, e as mãos eram o começo; todas as coisas que eram feitas, eram feitas por mãos e, sem mãos, nada que pudesse ser feito era feito.* Em suas mãos estava a vida; e a vida estava em suas mãos. Suas mãos alcançavam até as trevas. Suas mãos erguiam e apoiavam. Desfaziam e faziam. Confortavam. Repreendiam. Alimentavam. Vestiam. Banhavam. Suas mãos ensinavam, enviavam, recebiam, consertavam, ajeitavam, reforçavam. Suas mãos falavam e ouviam, sorriam e encorajavam. Ela morreu quando ele tinha dez anos.

Ela está morta, disse Horace. A maioria dessas pessoas está. Eu...

Todos nós estamos, garoto, disse o demônio.

Mas como essas pessoas podem estar aqui? Quer dizer... elas são fantasmas?

Você é mesmo tão burro quanto parece?, perguntou o demônio. Sabe, para quem é tão instruído, você não sabe de porra nenhuma. Fantasmas? É, você pode chamá-los de fantasmas. Fantasmas do passado. A presença do presente. A matéria-prima da qual é feito o futuro. Este é o eflúvio das almas que rodeia os homens diariamente. Tudo que você precisa fazer é remover suas películas para olhar e ver. Você está vendo. Eu removi as suas películas.

Por quê?

"Por quê? Por quê?", zombou o espírito. Olhe, porra, e veja por quê.

Senhor, se você me conduzir
eu jamais me perderei

Toda a congregação estava ali com suas melhores roupas, em tons pastel cor-de-rosa e verde e vermelho e azul, absorvendo e refletindo a luz do começo da manhã nas paredes imaculadamente brancas do santuário. As expressões em seus rostos cobriam toda a gama de sentimentos que Horace havia experimentado quando sentava naqueles bancos: tédio; expectativa pelas refeições que faria depois, pelo sermão, por um jogo de futebol, pelo reencontro com um amigo após um longo tempo; cansaço; preocupação; conforto; contentamento. Eles eram gordos e magros, claros e escuros, altos e baixos, fazendeiros, professores, encanadores, motoristas de ônibus, açougueiros, carpinteiros, vendedores, mecânicos, barbeiros, enfermeiras, mães, pais, tias, tios, primos, amantes, amigos. Aquilo era uma comunidade, não uma palavra, mas uma existência. Horace sentiu aquilo como se fosse pela primeira vez. Aqui, em meio àqueles seres que cantavam, se abanavam e respiravam, estava o seu povo, a sua família. Ele os conhecia? Eles o conheciam? Era deles que ele estava fugindo. Por quê?

Suas tias estavam sentadas juntas perto da primeira fileira, atrás da fileira das carpideiras, perto das mães da igreja, perto de sua tia-avó Jonnie Mae, que, embora parecesse impassível, cantava impassivelmente a canção:

Senhor, permita que eu ande
todo dia ao lado Teu

Ela, tão intimidante quanto seu avô, tinha sido a pessoa que lhe perguntava sobre o que havia aprendido na escola toda semana; ela, que tricotava blusões e meias e toucas e cachecóis multicoloridos para ele, que fazia sua torta de pecã favorita quando ele tirava um A+, e que lhe passava uma descompostura quando ele tirava menos que um B em qualquer de suas provas, que ele tinha de lhe mostrar sempre; ela, que lhe dava sermões sobre as dificuldades pelas quais sua família havia passado ao longo de todos aqueles anos, e sobre a responsabilidade que ele tinha para com essa mesma família; ela, grandalhona, preta e quieta, mas que ria, quando ria, de uma maneira exuberante e sincera; ela, que lhe dava um dólar para juntar com um ancinho as folhas do seu quintal no outono e o levava com ela para colher mirtilos e lhe contava as histórias das aventuras do seu bisavô depois da escravidão e como ele veio parar em Tims Creek; ela, que morrera no ano anterior, a mãe de suas tias.

Rachel. Rebecca. Ruthester. A tia Rachel era sua favorita. Sua pele era cor de canela e gengibre. Ela tinha um espírito rebelde, cru e sem censura. Dizia qualquer coisa que vinha à sua cabeça; tudo que ela sentia, ela expressava. Era a mais nova das três. Tia Rebecca era escura, cor de café sem leite. Ela era a mais velha, e a mais parecida com sua mãe. Tia Ruthester era de uma cor entre as outras duas, cor de madeira, de mel. Era a emotiva, afeita a chorar e brigar, facilmente influenciável, gentil e delicada. Elas estavam todas sentadas juntas, na fileira atrás de Horace, vestindo casacos de tweed feitos sob medida, vestidos exuberantemente estampados, chapéus em cores berrantes, luvas. Dançavam junto com a música.

Olhando para elas, aqui, com a mãe delas, sua avó, seu avô do outro lado, imersos nos ritmos e batidas da sua infância, ele se lembrou do dia em que sua avó morreu. Aconteceu enquanto ele estava na escola, cursando o quarto ano. A tia Rachel veio buscá-lo no colégio. Eles foram andando pelo corredor de pé-direito alto até o refeitório, onde suas outras duas tias o esperavam sentadas, uma bem pertinho da outra, dentro daquele espaço enorme. Ela o conduzia pela mão. Seus passos ecoavam, os saltos do sapato estalando, os pés pequenos dele se arrastando pelo chão de maneira imprecisa.

Ruthester soluçava, respirava com dificuldade, olhava pelos janelões molhados por uma chuva de primavera. "Senhor, ela se foi. Ela se foi." Ela se embalava para a frente e para trás, como uma criança deixada sozinha.

Rebecca e Rachel trocaram um olhar. Rebecca estava com os olhos marejados, mas não chorava. Ela revirou os olhos e desviou seu olhar. Rachel deu um suspiro e aproximou-se da irmã que estava chorando, acariciando suas costas e falando num tom baixo e reconfortante. Rebecca chamou Horace, gesticulando com o dedo. Ela o sentou em seu colo e ergueu sua cabeça para falar, olhando bem para ele. Seus óculos, de armação leve e prateada, estavam pendurados no pescoço, repousando sobre o peito.

"Sua avó fez a passagem esta manhã." A voz de Rebecca estava tranquila como a noite.

"Quer dizer que ela está morta?"

"Sim, Horace, isso mesmo."

"Ela está no paraíso?"

"Ah, sim. Acredito que sim."

Ruthester soltou um suspiro dolorido e assoou o nariz. Rachel olhou para Rebecca, irritada.

"Eu estou bem. Estou mesmo, de verdade", disse Ruthester, afastando-se de sua irmã. Ela levantou e deixou o refeitório.

Rebecca não o abraçou, apenas pôs as duas mãos sobre seus ombros e os apertou com força, levantando-se, em seguida, como sua irmã. Foi Rachel quem o envolveu em seus braços e sussurrou: Está tudo bem, Tigrinho.

Naquele instante, elas ingressaram no vazio deixado pela morte de Retha Cross. Elas cozinharam, limparam e cuidaram daqueles dois homens sem mulher. Transformaram-se, num certo sentido, na mãe de Horace.

Agora, Horace estava ali, de pé, sujo e desnudo, no meio delas, com vergonha e com frio, mas a voz disse a ele para andar até o altar. Ele o fez.

O pastor levantou. Um homem careca, com a pele escura. Não era muito corpulento, mas, em seu terno preto, parecia emanar uma aura, não de santidade, mas sim de sabedoria, sardônico e perspicaz.

Este é o reverendo Barden, disse Horace. Foi o último pastor que tivemos antes do Jimmy.

Não brinca?, provocou a voz. Achei que fosse o Malcolm X.

Enquanto Barden folheava a enorme Bíblia no atril, Horace chegou mais perto. Ele lembrava do bom reverendo Hezekiah Barden com carinho — sempre houve algo de extremamente honesto e sincero naquele homem destemido, embora ele fosse tão firme e direto quanto qualquer outro pregador que abusa das referências ao inferno e à danação eterna em suas pregações. E ele não tinha o menor constrangimento em ser daquele jeito.

Barden começou: "Me conduza, me guie... pelo caminho... Senhor... se Você me conduzir... eu não vou me perder. Percebam, irmãos e irmãs, o que disse o autor dessa canção. 'Eu não *vou*... me perder'".

Barden voltou-se para o coral: "Essa foi uma excelente escolha, minhas crianças. De fato foi".

Em uníssono, a congregação murmurou, Aham.

"Me conduza. Me guie." Barden tirou o lenço do bolso do peito com um gesto ensaiado, mas não o passou no rosto; em vez disso o depositou em cima daquele livro enorme. "Agora, algumas pessoas não querem ser conduzidas. Não querem que ninguém pregue para elas. Elas acham que sabem de tudo. Vocês sabem que isso é verdade."

Algumas risadinhas abafadas vieram dos fiéis.

"E aí você tem aquelas pessoas que sabem que estão fazendo a coisa errada, mas, veja você, elas não admitem, e nem param de fazer a coisa errada para fazer a coisa certa. Pois é. Bem, irmãos e irmãs, eu não posso fechar meus olhos para isso."

Oh, não, disse a congregação.

"Agora, alguns de nós acham que se pode levar a vida simplesmente fazendo aquilo que desejarmos. Que se... como é que eles dizem? 'Se você se sentir bem, faça.' Agora, estou falando dos desejos carnais. Vocês me perguntam: 'Do que você está falando, irmão Barden?'. Vocês sabem do que eu estou falando. Meu Jesus. Agora, vou pisar em alguns calos nesta manhã, mas este é o meu trabalho, não é mesmo?"

... Ah, é...

"Isso mesmo. Agora, escutem o que Paulo diz em Romanos, Capítulo Um:

"'Eles não têm desculpa: por conta disso, quando conheceram Deus, não o glorificaram como Deus, nem lhe deram graças; mas se tornaram vãos em suas imaginações, e seu coração insensato se obscureceu.

"'Dizendo-se sábios, tornaram-se loucos,

"'E mudaram a glória do Deus incorruptível em semelhança da imagem de homem corruptível, e de aves, e de quadrúpedes, e de seres que rastejam.

"'Por isso também Deus os entregou às concupiscências de seus corações, à imundícia, para desonrarem seus corpos entre si;

"'Pois mudaram a verdade de Deus em mentira, e honraram e serviram mais a criatura do que o Criador, que é bendito eternamente. Amém.

"'Por isso Deus os abandonou às paixões infames. Porque até as suas mulheres mudaram o uso natural, no contrário à natureza.

"'E, semelhantemente, também os homens, deixando o uso natural da mulher, se inflamaram em sua sensualidade uns para com os outros, homens com homens, cometendo torpeza e recebendo em si mesmos a recompensa que convinha ao seu erro.

"'E, como eles não se importaram de ter conhecimento de Deus, assim Deus os entregou a um sentimento perverso, para fazerem coisas que não convêm...'"

O reverendo Barden fez uma pausa, pegou o lenço e o desdobrou lentamente, olhando para ele com muita atenção, como se organizasse seus pensamentos. Secou a testa, que estava molhada de suor, fez uma pausa por um instante e, em seguida, dobrou novamente o lenço e o colocou delicadamente sobre o livro. Juntou as duas mãos como se fosse fazer uma prece, porém, em vez disso, apertou os olhos com um ar vingativo.

"Agora, na semana passada", ele começou, "eu vi uma coisa na TV que me deixou muito incomodado. Era um desses programas de auditório, vocês sabem, onde você tem o apresentador e ele conversa hoje com fulano e amanhã com ciclano e assim por diante. Todos vocês já assistiram a um desses, vocês assistem todo dia. Bom, naquela manhã, em específico, eu liguei a minha TV e sabem o que eu encontrei?"

... Não, senhor...

"Bom, o apresentador estava conversando com umas seis pessoas naquele palquinho dele (eram todas brancas, vocês sabem). Duas mulheres, quatro homens. E o assunto era..." O reverendo Barden parou e se inclinou para a frente, esticando os ombros, como se prestes a compartilhar um segredo. "... Viver junto com quem você ama." A expressão em seu rosto dizia: Dá pra acreditar nisso?

"E vocês sabem que eles não estavam falando sobre homens e mulheres que moram juntos da maneira que o nosso Senhor descreveu aqui." Apontou um dedo firme para a Bíblia. "Não em sagrado matrimônio. É claro que não. Eles falavam sobre homens com mulheres, homens com homens e mulheres com mulheres — Jesus, me ajude — vivendo juntos, em pecado. Como se não fosse nada de mais. Normal. Tolerável. Correto. Meu Deus, sim, isso estava passando na TV entre

Os Pioneiros e *Os Waltons*, de modo que os seus filhos, os meus filhos poderiam ver essa nojeira, como se aquilo fosse tão natural quanto uma égua parindo ou uma galinha trocando as penas. Mas, meus queridos... não é. Simplesmente não é. Vocês ouviram o que diz o livro.

"Agora, vocês podem me dizer: 'Bom, irmão Barden, você não é um homem *liberal*. Não está acompanhando os *novos tempos*'. E, honestamente, eu lhes diria..." Ele deu um soco na Bíblia. "Esta é a minha liberação, esta é a minha salvação, minha rocha e meu escudo, o lugar para onde eu vou quando estou cansado, aquilo que me levanta quando eu caio, e coloca os meus pés no chão firme. *Liberal? Novos tempos?* Irmãos e irmãs, não existe nenhum tempo senão o agora, e agora eu lhes digo: Isso é uma imundícia. Vocês ouviram o que Paulo escreveu aos Romanos: Imundícia."

... Imundícia...

"É isso mesmo. Imundícia. É exatamente o que isso é. Imundícia. E vocês sabem disso." O reverendo Barden pegou o lenço e secou o rosto enquanto dizia, agora mais calmo: "Eu sei que algumas pessoas que estão aqui hoje não querem escutar o que eu tenho a dizer. Acham que eu estou fazendo o que alguns chamam de pisar em calos...".

Alguém na primeira fileira, Horace achava que era a velha srta. Christopher, disse: Pisa, reverendo. Vai lá e pisa.

"Mas eu não posso testemunhar o mal e virar as costas. Isso me entristece. Ah, como entristece. Ver pessoas, especialmente pessoas que, um dia, estiveram no caminho da retidão, se desviando para esse lugar. E vocês sabem o que é, não sabem? Vocês sabem o que provoca isso?"

O quê, reverendo?, perguntou Zeke.

"Ora, um espírito fraco. Não é nenhuma outra coisa. Não dá pra dizer que as pessoas não sabem disso, porque elas sabem. Mas é como dizem as Escrituras num outro ponto: o espírito é forte — Ó meu Jesus, me ajude esta manhã — mas a carne é fraca. Não é nenhuma outra coisa, além de pessoas de espírito fraco. O que mais poderia causar essa bagunça, crianças?"

… Continue, reverendo, pregue para nós…

"Isso é a obra do diabo. É como diz em Tiago: 'Ninguém, sendo tentado, diga: De Deus sou tentado; porque Deus não pode ser tentado pelo mal e a ninguém tenta. Mas cada um é tentado, quando atraído e engodado pela sua própria concupiscência. Depois, havendo a concupiscência concebido, dá à luz o pecado; e o pecado, sendo consumado, gera a morte'."

… Meu Jesus…

"Vocês precisam fazer como disse o autor da música quando ele escreveu:

Não ceda à tentação
Pois ceder é pecar

"E é isso que ele faz. Esse é o seu trabalho. Sabem, o diabo não é igual a nós. *Não*, ele não é preguiçoso. Ele não fica deitado na cama a manhã inteira *pensando* no que fará. Ele está fazendo. Está trabalhando. Está sempre ocupado. E com o que se ocupa? Com tentações. Ele está atrás da sua alma… Agora, me ajudem na minha pregação esta manhã…"

… Continue. Diga…

"Sabem, a alma é uma coisa muito valiosa. E é nossa responsabilidade cuidar dela, como se fosse uma casa. Vocês precisam reformá-la, limpá-la, redecorá-la de tempos em tempos. Vocês precisam trancar as portas quando forem se deitar ou podem encontrar, ao acordar, alguém que não estava lá quando foram dormir. Vocês não estão me ouvindo esta manhã…"

… Continue…

"Sabem, isso é o que ele faz, Satã e seus demônios, eles vêm macular a alma de vocês, vêm estragá-la: Oh, sim, é isso o que ele faz, ele vem e vem e sussurra e sussurra: Oh, sim, no seu ouvido, e ele te diz — ha ha — para fazer o que é errado.

Quando vocês abaixam a guarda — mesmo que só por um instante — ele está só esperando: Oh, sim, para vir e colocar vocês no caminho do inferno, do fogo e do enxofre preparado por ele e por seus anjos — meu Senhor! Ele virá atrás de vocês no meio da noite..."

... Sim...

"Ele virá atrás de vocês quando estiverem exaustos..."

... Sim...

"Ele virá atrás de vocês quando estiverem perdidos..."

... Sim...

"Ele virá atrás de vocês quando as coisas estiverem difíceis e vocês não souberem para onde ir..."

... Oh, sim...

"Ele virá atrás de vocês quando estiverem de joelhos, chorando..."

... Sim...

"Ele virá. Oh, sim. Certamente ele virá. Virá mesmo. E ele não virá com o cenho franzido e um olhar de malícia. Não, ele virá com um sorriso. Ó meu Jesus! Sabe, a última coisa que o diabo quer é assustar vocês. Ele quer seduzir. E se vocês estiverem fracos..."

... Fracos, Senhor...

"... e atormentados..."

... Atormentados...

"... e não conhecer o seu caminho..."

... Meu Senhor!...

"É por isso, meus queridos, que nós temos de rezar e zelar pelas nossas almas, sem temer. Temos que rezar para que Deus Nosso Senhor nos liberte do mal. Nem o terror que voa durante o dia, nem o terror que anda durante a noite nos dominará. Sejam vigilantes. Sejam fiéis. Sejam verdadeiros."

Quando o pastor fechou os olhos e sua voz possante começou a ressoar em prece, a voz sussurrou: Que saco. Mate-o.

Quê?

Mate-o, agora.

Mas eu não posso.

Você não pode? Ou você não quer fazer?

Não.

Rapaz, o que você está pensando que é isso? Um pesadelo?

Um grito longo, agudo e horripilante, uma mistura de um choro de bebê, uma mulher sendo violada e uma sirene de ambulância, penetrou os ouvidos de Horace; em seguida, uma harpia de olhos vermelhos e rosto amarelo, com o cabelo arrepiado como se estivesse eletrizado, veio andando até ele, sua cantoria revoltada ecoando na cabeça dele. Com um golpe de sua garra, ela abriu um rasgo no rosto de Horace, derrubando-o. Seu rosto começou a arder, e ele sentiu o sangue morno escorrendo.

Você é imprestável, o demônio disse a Horace.

Em meio ao sangue, suor e lágrimas, Horace escutou passos no carpete ao lado, junto com o barulho de tecido se movendo, e se virou para ver uma criatura alta, toda vestida de preto, usando um capuz e carregando uma cimitarra prateada brilhante.

A voz na cabeça de Horace parecia rir, enquanto a criatura avançava na direção do púlpito. Horace não ouvia nenhum barulho, nem o barulho das idosas se abanando na primeira fileira, nem o de uma criança — ele próprio? — se ajeitando no banco, nem o do pé do pianista escorregando ou dos carros passando lá fora, na estrada. Tudo que ele ouvia era o barulho daqueles malditos pés negros pisando, no ritmo da batida do seu coração, um passo após o outro, em direção ao púlpito. Ele ficou olhando, mas teve de tapar os ouvidos — e, mesmo assim, não conseguiu abafar o barulho. A criatura carregando a cimitarra, com suas vestes que tremulavam magnificamente, foi andando até o púlpito e parou bem ao lado do pastor que rezava. Os lábios do reverendo Barden estavam se mexendo. Horace não conseguia ouvi-lo, mas sabia que o pastor estava rezando, suplicando para que Deus livrasse todos os seus filhos do pecado. Horace não precisava ouvi-lo, sabia que todos que estavam ao alcance da voz do reverendo Barden o escutavam, mas não precisava ouvi-lo para saber que ele não estava incluído naquela prece.

A criatura ergueu a espada reluzente e, num movimento contínuo, desceu-a sobre o pescoço fino e enrugado que sustentava a cabeça do velho pregador, decepando-a com tanta elegância que Horace a registrou primeiro com admiração em vez de terror; e, enquanto a cabeça girava pelo ar, rodopiando como uma bola de futebol, a boca ainda se mexendo, pronunciando palavras sagradas para o seu Deus, rolando na direção de Horace, ouviu-se um estrondo profundo, que foi ficando cada vez mais alto. A cabeça atingiu o carpete na frente de Horace, produzindo um baque surdo, e, com seus olhos o encarando, Horace ouviu uma palavra sair de seus lábios marrons: Imundícia.

Horace levantou a cabeça para encarar a criatura encapuzada de pé no púlpito e viu a si mesmo, sorrindo, todo vestido de preto.

O tanque batismal da Primeira Igreja Batista ficava atrás do púlpito. Horace sabia disso. Quando era criança e assistia às missas, sua mente com frequência se distraía pensando no fato de que, atrás do pároco, com seu discurso acalorado, havia muitos litros d'água. Agora, as ripas de madeira no assoalho do púlpito começavam a tremer e a estalar, a água estava borbulhando, como se alguma coisa quisesse sair por ela. Então, de forma estranhamente repentina, a água se ergueu — sim, e ele pensou, enquanto testemunhava aquilo, que era como se ela estivesse viva — como uma onda, lançando para o ar lascas de madeira, cadeiras, luminárias, Bíblias, plantas, retalhos de carpete e hinários numa explosão molhada, de fogo e água. A criatura vestida de preto desapareceu. Mas a água começou a cair como chuva sobre Horace, parado na frente do altar, e todos aqueles objetos e tábuas despencaram sobre ele, e ele começou a perder o fôlego, a ser incapaz de ficar em pé, tentou resistir e correr, mas foi derrubado e não conseguiu fugir da água, e não conseguiu buscar ar, e pensou: vou morrer desse jeito, e quando ele finalmente desistiu, desorientado e apartado, e pensou: Morte, venha me levar, fez-se um silêncio repentino.

Com medo de abrir os olhos, os ouvidos se abriram primeiro, e ele escutou:

Me leve para a água
Me leve para a água
Me leve para a água
Para ser batizado

Ele sabia onde estava agora, em meio àqueles que o haviam gerado. Abriu os olhos, constatou que seus ferimentos haviam desaparecido e ficou se perguntando onde estaria aquela voz onipresente.

Eu sei que tenho uma religião
Eu sei que tenho uma religião

Ele podia ver dali onde estava. O tanque batismal, o assoalho do púlpito — nada estava destruído — mas sim equilibrado sobre estacas, como a boca aberta de um crocodilo. Para Horace, o tanque parecia uma cratera profunda de concreto, da mesma cor das nuvens de tempestade. No meio do tanque estava o reverendo Hezekiah Barden, com a cabeça repousando em segurança entre os ombros e uma expressão solene e reconfortante. Agora ele vestia uma túnica branca especial, que ondulava em câmera lenta debaixo d'água. Horace podia ouvir a água que pingava da torneira que havia ficado aberta a noite passada inteira para encher o tanque para esta manhã. As idosas e os idosos cantavam:

Me leve para a água
Me leve para a água
Me leve para a água
Para ser batizado

Assustador. Ancestral. Aquele cântico evocou nele sentimentos de um funeral, embora não de tristeza. Aquilo o comoveu de uma maneira solene; suas vozes se combinavam, se mesclavam, se concentravam... nele? A música parecia emanar de suas almas em conjunto, para empurrá-lo para a frente. Mas ele sentiu medo quando chegou à borda do tanque — era muito íngreme, ele certamente cairia, abriria a cabeça no concreto frio e tingiria de escarlate aquela água purificadora.

O sacerdote lhe estendeu a mão. Aquilo era ao mesmo tempo um gesto de gentileza e um comando. Horace viu a mão, velha e magra e marrom. Ele foi andando em sua direção. E foi descendo. E descendo. E descendo. Parou e virou para olhar para o avô, que estava sentado, de olhos fechados, cantando:

Me leve para a água
Me leve para a água
Me leve para a água
Para ser batizado

Conforme ele entrava no tanque, seus dentes começaram a bater, de tão fria que estava a água. Ou será que eram os nervos? A água girava e formava redemoinhos à sua volta à medida que ele ia avançando.

Barden pôs sua mão magra na cabeça de Horace e levantou a outra na direção do teto, como se estivesse prestes a lançar um feitiço, dizendo: "Nesse tempo, veio Jesus da Galileia ao Jordão até João, a fim de ser batizado por ele. Mas João tentava dissuadi-lo, dizendo: 'Eu é que tenho necessidade de ser batizado por ti e tu vens a mim?'. Jesus, porém, respondeu-lhe: 'Deixa estar por enquanto, pois assim nos convém cumprir toda a justiça'. E João consentiu".

Alguém começou a gritar: Senhor, Senhor, Senhor.

A voz do pastor começou a subir de volume, tornando-se quase um grito, e ele jogou a cabeça para trás, como se pregasse para os céus:

"Eu te batizo, meu irmão, em nome do Pai, do Filho e do Espírito Santo."

O reverendo cobriu a boca e o nariz de Horace com a mão e, com a outra na parte de trás de sua cabeça, o afundou, de costas. Horace sentiu uma pressão e borbulhas nos ouvidos, e seu coração acelerou, em pânico. Ele ponderou: O que, de fato, ocorre aqui embaixo? Com os olhos fechados, submerso? Como pode a água destruir seu antigo eu, perverso, e substituí-lo em seu corpo por um novo eu, correto e salvo? Será que as bolhas que escaparam pela sua boca continham aquele seu antigo eu perverso?

Quando emergiu, estava sufocando, e perdeu o equilíbrio e afundou novamente, se debatendo. Voltou à superfície repentinamente, cuspindo água. O reverendo Barden o segurou firme e o conduziu até os degraus, que ainda estavam gelados, mas ele os subiu, sua calça jeans pesada, sua camisa colada ao corpo. Sua tia Rachel o esperava com uma enorme toalha branca, e o envolveu no que parecia um novo útero, enquanto ele ouvia a voz calorosa do avô entoar um novo hino, mais acelerado.

Na Cruz, na Cruz
Onde eu primeiro vi a Luz
E tudo que pesava em meu coração desapareceu, desapareceu

Lá eu tive uma visão
Recebi a minha fé
E agora estou feliz o tempo todo, o tempo todo.

Ele olhou para o avô e, por um instante, seus olhares se encontraram.

O avô sorriu.

Como ele queria ser o avô naquele momento mas, naquele momento, ele estava sobrecarregado por uma tristeza que era vermelha e azul, e, naquele momento, ele percebeu que jamais seria como o avô, jamais seria o avô e, o mais doloroso de tudo, que ele não queria, afinal de contas, ser como o avô e, naquele momento, ele perdeu as forças e desabou, para encontrar-se não com os braços de sua tia, mas com o chão, e com o fato de que as luzes estavam apagadas e ele estava nu, ajoelhado no púlpito, com a arma do avô em suas mãos, soluçando. A música havia parado agora; ele ouvia apenas rajadas de vento ocasionais, que batiam nos beirais e produziam um ruído discreto. A luz da lua, filtrada pelas janelas nos fundos da igreja, projetava sombras grotescas na penumbra da madrugada, distorcidas e profanas, por sobre os bancos e o altar e o próprio Horace.

Ele sentou numa cadeira que parecia um trono no púlpito, sentindo seus testículos delicados repousarem suavemente sobre o veludo do estofamento, e deixou a arma aos seus pés. Enquanto esfregava os olhos, voltou a pensar no demônio. Para onde tinha ido? Ficou escutando, tentando ouvir a voz, tentando ouvir os ratos da igreja andarem dentro do piano, tentando ouvir os estalos e gemidos da igreja enquanto o prédio se acomodava sobre a sua fundação, tentando ouvir o silêncio a ser perturbado.

No começo ele não queria perceber nas sombras a coleção de formas e aparições de membros, e não queria vê-las se converterem e intercambiarem num infinito de padrões, ele não queria ver os formatos que elas assumiam e abandonavam, e assumiam novamente, e se transformavam. Então as vozes começaram, primeiro vindo de um canto, depois de outro, de cima da sua cabeça, depois do chão.

Perverso. Imoral.

Abominação.

Amante de homem!

Molestador de criança!

Bicha!

Mestiço!

Idosos, garotinhas, viúvas e trabalhadores, ele não via seus rostos, não sabia seus nomes, só ouvia suas vozes...

Filho da puta imundo!

Você devia ter vergonha!

Boqueteiro nojento!

E os xingamentos ficavam cada vez mais altos, e as sombras mudavam de forma cada vez mais rápido.

Chupador de pica!

Negro de alma branca!

Ele pegou a arma, levantou e correu até a porta da frente, passando pelas sombras, deixando as vozes para trás. Seu coração o lembrou mais uma vez de sua mortalidade, e ele começou a implorar, Parem. Parem. Por favor. Parem. As vozes ficaram mais altas, e mais duras.

Homossexual!

Que vergonha!

Viado!

Filho da...

Ele atravessou a porta correndo e lá estavam eles, todos eles, rindo e vaiando e apontando. As vozes da igreja haviam cessado, sendo substituídas por um coral mágico, profano e malévolo de elfos e duendes e grifos e lobisomens e fantasmas de rosto branco e, estranhamente, ele sentiu um alívio.

A voz retornou, dessa vez com uma tremenda gargalhada vinda das profundezas, Horace tinha certeza. Você não está vendo?, ela disse. Agora, você não está vendo? É melhor desse jeito. Melhor. Tem que ser desse jeito. Não tem outro jeito. Você pertence.

Horace soltou um suspiro. Não havia mais lágrimas. Nem oportunidades. Nunca mais.

A Escola Primária de Tims Creek, na sua grandiosidade que lembrava uma fazenda de escravos, fez Horace se questionar sobre o inferno. Enquanto ele e seus colegas andavam pelo lugar, ele pensava: Será que a vida lá será tão dura quanto a vida dos escravos? Existirão hierarquias e privilégios e diferenças a serem combatidas? Injustiça e ganância? Ou será que a temperatura seria sua maior preocupação?

Eles avançaram por entre as árvores na lateral do prédio, aproximando-se cobertos pelos galhos dos carvalhos mais próximos ao chão. Dali ele conseguia ver as enormes janelas por trás das quais a sra. Crum lecionava para o quarto ano. Leituras da *Weekly Reader*. Projeção de slides. Problemas de matemática. Quebra-cabeças. Ditados. A biblioteca. Aqui estava o mundo que ele havia aprendido a amar, seu campo missionário, sua igreja fora da igreja. O mundo real. Aqui ele havia sido apresentado a palavras, frases e livros. Livros. Ele se deleitava com os livros, livros sobre religião, história, ciência. Livros que dissecavam sapos e insetos, pássaros e elefantes. Livros que lhe revelaram o hinduísmo e o islamismo, o judaísmo e o budismo. Livros que reencenavam batalhas sangrentas em Gettysburg e Beijing, Paris e Cairo. Em casa, não havia respostas, apenas perguntas, somente fé, esperança e crença. Aqui, em meio aos livros e às ferramentas modernas de informação, havia respostas, puras e concretas.

Ele se viu seduzido por esse novo mundo, encantado com as muitas coisas que ele continha — havia lares, casas, palácios, pequenos e colossais, grandiosos e lúgubres, espalhados por esse imenso planeta azul em vários países (Rússia, Etiópia, Japão, Grécia, Inglaterra, Argentina), habitado por raças de homens e mulheres que adoravam deuses esquisitos e diversos em lugares estranhos e incomuns — tão diferentes de Tims Creek e da Primeira Igreja Batista e suas cruzes, de forma surpreendente, revigorante e fascinante. Tudo lhe atraía, os números, os governos, a história, as religiões, lhe contando sobre outras e outras e outras coisas... muito embora ele nunca tenha conseguido identificar muito bem o que eram essas outras coisas que o instigavam de forma tão intensa. Ainda assim, desejava e se esforçava por aquilo; como se a sua própria vida dependesse de saber essas coisas; como se, de alguma forma, ele precisasse mudar sua vida.

Agora, andando em direção ao velho prédio de sua escola, vendo-o envolto nas sombras e luzes da lua, Horace ficou se perguntando se, naquela época, ele já sonhava em se transformar através do conhecimento. Mas em quê? E por quê?

Até a televisão cumpria um papel em sua busca misteriosa. Ela era uma caixa azul mágica, que logo se tornaria o parâmetro com o qual ele media o mundo. Ele aprendeu a amá-la e assisti-la quando não estava lendo; e, embora lesse muito, ninguém o impedia de passar muitas horas sentado na frente daquela incrível máquina reluzente. Talvez suas tias tivessem percebido seu encanto hipnótico, o poder estonteante que ela exercia sobre mentes fracas. Ele conseguia lembrar, vagamente, de seus protestos.

Mas eu estou dizendo, isso não é bom pra ele, Ruthester. Eu estava lendo outro dia no...

Se Horace não lesse tanto seria outra coisa, mas...

Tem programas bons na TV também. Ele vai ficar bem. Se...

Mesmo assim, seus protestos nunca resultaram em nada. Elas também acabaram sucumbindo ao poder da caixa falante, e Horace continuou assistindo TV. Ali, tudo estava certo no mundo. Ou era o que parecia. Na verdade, estava mais próximo do certo, uma vez que o mundo dentro da tela era mais parecido com a maneira como ele deveria ser. Suas doutrinas eram simples. Os programas, leves e bem-humorados, não tinham nenhuma controvérsia racial, nenhum conflito, nenhuma dor. O único horror aparecia num eventual filme de vampiro. Pobreza não envolvia desnutrição; injustiças certamente seriam corrigidas. Tudo estava certo e, no fim, tudo ficava bem.

Mas ele tinha bom senso. Os males do mundo haviam se apresentado a ele, de forma concreta e manifesta. Ele tinha ouvido as conversas sobre os brancos na barbearia e na lavoura; tinha ouvido suas tias e as mulheres xingarem e amaldiçoarem o nome dos brancos; tinha ouvido seu avô dar discursos e tecer loas sobre a maneira como os negros eram maltratados na mão dos brancos. Ele tinha ouvido. Ele estava ouvindo. Mas será que ele entendia?

Todas aquelas informações estavam lá, nas profundezas de sua mente, a expressão no rosto dos homens conversando sobre aquilo, a tensão, as veias que saltavam em suas testas, os punhos cerrados. Assim como eles, ele também odiava a maioria pelas injustiças cometidas, e odiava as injustiças e as coisas que lhe haviam sido negadas como resultado delas. Mas nunca chegou a personificar sua raiva, permanecendo mais curioso do que bravo, mais intrigado que hostil.

Não que ele não tenha tido seus próprios encontros com o racismo. Desde o seu primeiro dia na escola houve distribuição de apelidos, atitudes ofensivas e arrogantes, piadas sem graça, insinuações desagradáveis e brigas generalizadas entre brancos e negros. Ele era frequentemente chamado de lado e instruído para lidar com "essa gente". Suas tias tinham convicções a esse respeito e, apesar de agora lecionarem para crianças brancas, elas as viam com profunda e intensa cautela, especialmente a tia Rachel: Olha, eles podem te chamar de várias coisas — e eles vão chamar. Mas você ignora. Você sabe quem você é. A maioria deles não tem nem penico pra mijar. Mas se um deles bater em você, eu quero que você cague ele a pau. Tá me ouvindo? Isso nós não podemos admitir. Se eles ficarem com a impressão de que você é um saco de pancadas, é isso que você será pelo resto da sua vida. Você precisa aprender a se proteger e a se defender. Mais do que os outros.

Ele sabia que elas tinham razão. Mesmo assim, ele nunca conseguiu imaginar a si mesmo tendo que cagar alguém a pau.

Venha até a frente, ordenou a voz.

Horace e seu bando começaram a andar até lá, caminhando debaixo da luz de um poste noturno, que iluminava a entrada da escola, mas Horace não pensou que alguém pudesse vê-lo da estrada, nem no fato de que ele estava nu. Eles foram andando até a ampla varanda, e Horace viu uma luz acesa na sala do diretor. Ele foi na ponta dos pés e espiou pela janela, pensando: O que o Jimmy está fazendo no seu escritório até tão tarde?

Mas Jimmy não estava em sua mesa. Um homem branco de meia-idade estava ali no lugar dele e, quando Horace olhou para a porta, ficou surpreso de ver a si mesmo sentado no banco na outra ponta da sala, com no máximo dez anos de idade, ao lado de um garotinho branco com o cabelo cor de palha e os dentes tortos. Willy Smith, Horace lembrou. Os dois meninos tinham os lábios feridos, com sangue vivo e brilhoso. O sr. Stubbs, que era o diretor na época, estava sentado à sua mesa escrevendo alguma coisa com uma mão que corria sobre a página e uma expressão consternada. Ele era um homem redondo e de rosto vermelho que se desconcertava com facilidade; seus óculos pareciam escorregar constantemente e ele parecia colocá-los constantemente de volta no lugar.

Willy tinha acusado Horace de roubar seu gibi do Quarteto Fantástico, uma edição especial de aniversário. Mas Horace havia comprado a revista na semana anterior, numa farmácia em Wilmington. O menino o empurrou e o chamou de mentiroso e de ladrão, e os dois foram parar na sala do sr. Stubbs.

De repente a porta se abriu e suas tias entraram apressadas. Horace percebeu que elas estavam muito bem-vestidas, em tons terrosos, o cabelo alisado, sem um fio sequer fora do lugar, sua postura impecável. Ele quase conseguia sentir o perfume delas dali onde estava.

O sr. Stubbs levou um susto e ficou vermelho como uma beterraba. Ele levantou e, imediatamente, começou a se justificar.

"Escutem, sra. Edgar, sra. Johnson e sra. McShane, seu primo foi pego brigando, *brigando*, com…"

"Por quê?", Rachel disse seca, seus olhos apertados como os de um animal. "Você chegou a perguntar a ele *por quê*?"

"Bem, eu…"

"E você perguntou às pessoas que estavam lá?" Rebecca o encarava com desprezo, uma expressão calma, embora ameaçadora, no rosto. "Quem era a professora responsável? Como ela *deixou* isso acontecer?"

"Creio que era a senhora…"

"Horace é um Cross." Ruthester apontou o dedo para o sr. Stubbs, que se retraiu involuntariamente, como se tivesse sido fincado com uma agulha. "Ele não é uma criança brigona. Tenho certeza de que ele não brigaria se não fosse provocado."

"Senhoras, eu…"

"E cadê essa professora? Quem você disse que era?"

"A senhora…"

"Cadê o outro pestinha? Você perguntou para ele?"

"Senhoras, sério, eu…"

"Eu quero ver o Horace. Agora. Onde ele está? Ele pode estar machucado!"

"Sim. Agora."

"Isso mesmo. Agora."

"Senhoras!" O sr. Stubbs estava agora da cor de um suco de morango. O suor cobria a testa, e ele engoliu em seco para se acalmar antes de apontar para o banco atrás delas, dizendo: "Os dois estão bem aqui".

"Ooooooooohh!" Ruthester pegou alguns lenços da mesa do diretor, correu em direção a Horace e, ajoelhando-se à sua frente, começou a limpar seu lábio inchado. "Está tudo bem, meu bebê?"

"Sim, senhora", ele disse, tímido.

Horace lembrava agora, vendo essa cena peculiar do outro lado da janela, como ele havia se sentido, ao mesmo tempo, resgatado e com pena de Willy. Ele estava ali, sentado naquele banco duro de madeira, e agora não era mais um acusador malvado e cheio de ódio, mas apenas um menino sozinho, com o lábio machucado, sem um bando de tias vindo em seu socorro como se fossem leoas. E por ter sentido essa ambivalência, Horace ficou com a sensação de que ele estava errado, por dentro, por não estar se sentindo da maneira que deveria. Ele ainda estava com raiva, mas havia uma sensação esquisita de injustiça e desigualdade, e era tudo a seu favor.

Perplexo e derrotado, o sr. Stubbs entregou Horace às mãos capazes, como ele mesmo as classificou, de suas tias para que elas aplicassem "uma reprimenda severa e completa" por ele ter se envolvido numa briga. Ele também prometeu, com toda a credibilidade à disposição daquele cavalheiro branco sulista perante aquelas três nobilíssimas Fúrias negras, que conversaria pessoalmente com a sra. Smith e se certificaria de que o pequeno Willy recebesse um castigo "igual e justo". Horace entendeu que aquilo significava que nada aconteceria a nenhum dos dois.

Mais tarde, elas o parabenizaram por ele ter se defendido — e, apesar do que "aquele homem" havia dito, ele sempre tinha de brigar caso fosse necessário, e às favas com as consequências, porque não brigar teria consequências muito mais sérias e vergonhosas do que qualquer castigo que o diretor pudesse aplicar. Havia uma armadura que podia ser usada para se proteger das consequências, invisível, embora poderosa e evidente; uma blindagem que ele ouvia no fundo da voz do avô, na postura que a tia-avó tinha ao andar, no brilho em seus olhares quando eles se encontravam com os brancos. Integridade. Dignidade. Orgulho. Naquela época, essas palavras não estavam ao seu alcance. Mas ele as sentia, ele as via em sua presença, as ouvia em suas falas. Não possuir essa qualidade seria, ou deveria ser, equivalente a estar perdido. Ficou claro para ele que tinha de alcançar aquele estado misterioso, tinha de aprender a se revestir com aquela carapaça e, dessa forma, evitar as consequências.

As imagens na sala do diretor foram sumindo como o vapor que se dissipa num espelho, e Horace virou para continuar dando a volta no prédio. Um carro passou zunindo pela estrada, mas nem passou por sua cabeça que ele poderia ser visto, distraído agora pelos cães infernais que se engalfinhavam ao pé da escada e pelos cavalos azuis galopando pra lá e pra cá pelo pátio do colégio.

Quando chegou à lateral do prédio, olhou para o gramado ao lado do caminho e foi tomado pela ansiedade. O quarto, quinto, sexto, sétimo e oitavo anos foram todos naquele prédio. Aquela época foi como uma batalha para que um bonequinho de argila ganhasse forma, para que uma estranha criaturinha criasse penas e asas e se tornasse majestosa. Apenas quatro anos. Mas tanta luta em tão pouco tempo, tanta feiura, inveja e desigualdade. Professoras. Comida do refeitório. Espancamentos. Leite com chocolate e biscoitos Lorna Doone. O conceito do ensino médio era tão distante e impossível quanto os da morte ou do casamento, ou de qualquer outra coisa além dos domínios de Tom Swift e dos Flintstones. Para Horace agora a inocência não parecia tão atraente, a ignorância tão repelente, as dores tão horríveis. Ser criança.

Mesmo assim, houve momentos felizes, mais que felizes, exultantes. Dias verdes, amarelos, laranja e vermelhos de excursões e corridas de saco e experimentos científicos e brincadeiras e livros, sempre os livros. John Anthony fora seu amigo desde o jardim de infância. Um garoto alto e magro, com a pele acobreada, que no começo do ensino fundamental também amava os livros. Eles conversavam sobre robôs e foguetes e monstros. Eles projetaram uma espaçonave e fizeram planos de construir uma base em Europa, a Lua de Júpiter. Eles imaginaram uma cidade no fundo do oceano Atlântico, no meio de sua fossa mais profunda. Juntos, criaram uma sociedade de jovens cientistas e a batizaram Clube dos Jovens Magos, que tinha apenas dois membros, Horace e John Anthony, e brigaram pra decidir quem seria o presidente. Eles passaram muitos recreios especulando e fantasiando sobre se tornarem geólogos-biólogos-químicos-egiptologistas aventureiros, que rodariam o mundo para salvar o planeta dos homens maus. Mas, conforme os anos foram se passando, suas conversas começaram a incluir metas mais imediatas e menos grandiosas.

John Anthony foi o primeiro a ter uma namorada — Gina Pierce, uma menina de pernas compridas, meio artista e maluquinha, para quem todos os meninos piscavam, e que tinha a audácia de piscar de volta. Aos onze anos, John Anthony sabia tudo que se podia saber sobre as mulheres, e sobre mulheres e homens, e sobre sexo. Horace com frequência juntava informações para compreender a procriação de modo, ao mesmo tempo, clínico e solene. Embora houvesse algo de misterioso e secreto que rondava a coisa toda, a mecânica estava bem clara para ele. Mas tinha de haver um algo mais, alguma coisa molhada, doce e proibida, até mesmo poderosa. Foi John Anthony, com sua preciosa sabedoria e experiência — a maior parte de segunda mão, oriunda das histórias sem censura do seu irmão mais velho, Perry —, que preencheu as lacunas no conhecimento preciso, embora terrivelmente incompleto, que Horace tinha sobre sexo. Primeiro, foi uma questão de ampliar o seu vocabulário para incluir palavras como...

Foder.

Quê? Feder?

Não, idiota, "foder". Você sabe o que é, não sabe?

Eles estavam no topo do trepa-trepa, distantes do resto da turma. John Anthony dobrava, de forma muito máscula, seus cotovelos enfiados por entre duas barras.

Não... Nunca ouvi esse troço antes.

Horace, Horace, Horace. Por que você fala desse jeito tão caipira? Todas as suas três tias professoras e você sempre diz "troço".

O que eu deveria dizer, então, sr. Fala Perfeita?

Você deveria dizer: "*Nunca* ouvi essa palavra antes".

Tá, mas o que é, então?

O quê?

Feder.

Foder!

Tá, foder. O que é?

Você sabe, sua besta. Quando um homem e uma mulher fazem aquilo.

"Aquilo"? O que é "aquilo"? Você quer dizer relações sexuais?

Jesus! Escuta só esse cara: "relações sexuais". Você fica aí usando essas palavras compridas e complicadas e nem sabe de que diabos está falando.

Sei, sim. É quando um homem insere seu pênis na vagina de uma mulher e ejacula seus espermatozoides dentro de seu útero, onde eles crescem até virar um feto e depois um bebê. Viu?

Bem, eu não sei disso tudo aí. Tudo que eu sei — e eu sei porque o Perry me contou — é que um homem pega a sua piroca e enfia na buceta da mulher e eles fodem. Viu?

Piro... o quê?

Piroca, seu imbecil. Você também nunca ouviu ninguém falando desse troço?

O que... o que é isso?

Mas é um idiota, mesmo.

Caramba. E uma buceta é...

Sim.

Ah... Então foder é...

Isso.

Ah. Mas por que as pessoas fazem isso?

Cara, você é a pessoa mais idiota do mundo. O Perry diz que as pessoas fazem isso porque é a melhor sensação do mundo.

Ah, é?

É o que ele diz.

Caramba.

Mas aquilo tinha sido a escola primária, muito antes de ele descobrir a verdade muito mais complexa sobre os homens e as mulheres. Ele pensou então no John Anthony que, no ensino médio, se destacava em três esportes, estava sempre cercado de garotas e tinha uma aura de masculinidade agressiva.

Não era mais aquele garotinho vesgo que sonhava em construir espaçonaves para viajar até Urano. Agora, eles passavam semanas, até meses, sem se ver. E quando o faziam, apenas trocavam um E aí, como você está, vamos fazer alguma coisa um dia desses. Horace estudava química, trigonometria, inglês avançado, teoria musical; John Anthony estudava mecânica de automóveis, educação física avançada, processos de escolha de jogadores para times profissionais, construção civil.

Horace ficou obcecado pela ideia de ter uma namorada. Ele tinha a sensação de que se uma garota visse algo nele, talvez sinais potenciais de homem, talvez beleza irresistível, ou talvez apenas o fato de que, se alguém legal gostasse dele, alguém de fora de sua família e dos membros da igreja, ele se tornaria completo. Decidiu, quando estava no sexto ano, que teria uma namorada, mais como um caçador que captura um cervo do que um cavalheiro que conquista uma donzela.

Não teve a menor sorte. As garotas fugiam dele como se fosse um gambá. Ele sorria, falava bonito, escrevia cartas de amor, até dava um ou outro presentinho, mas as garotas, como peixes teimosos, nunca mordiam sua isca. É claro que ele não era o único camarada sem uma cara-metade, mas ele simplesmente não entendia. Por que não ele? Não era bonito? Cheirava mal? Tinha mau hálito? Suas roupas não eram decentes? Chegou a perguntar à tia Rachel, de uma maneira disfarçada: Eu tenho algum problema? Ao que ela respondeu com tantos louvores à sua beleza, inteligência e charme que ele acreditou somente em um quarto do que ela disse, e percebeu que essa provavelmente era a medida correta.

Então um dia ele se deparou com o que, se não era a verdade, era algo muito perto dela. E veio de Emma Dobson, que, embora não fosse um anjo perfeito, preenchia todos os requisitos para ser sua namorada — era bonita e encantadora o suficiente para isso. Horace andava tão ansioso àquela altura que ela começou a correr sempre que ele se aproximava, e lhe confessou, no dia em que ele a encurralou nos fundos do refeitório, que ele era simplesmente muito "esquisito".

E quando ele perguntou o que "esquisito" queria dizer, ela respondeu: "Bom... Não sei. Tudo que você faz é ler livros e tal. Você não joga bola como os outros caras. Você é tipo... sei lá... meio que nem o Gideon. Quer dizer, não que você seja fresco nem nada — e na verdade você até que é bem bonitinho, mas, mas... caramba, Horace. Eu não posso ser sua namorada! Eu não quero ter um namorado que todo mundo acha *esquisito*! Agora me deixa!".

Isso é verdade, ele ponderou. Ele não era como os outros caras. Não se interessava muito em jogar futebol americano, futebol de campo, beisebol e basquete. Aquilo tudo o entediava. Ele não era uma criança gorda, mas também não era esbelto e musculoso como John Anthony, que jogava tudo, e era sempre o capitão, sempre o jogador que marcava mais pontos, sempre aquele que as garotas idolatravam, e por quem torciam — uma pontinha de inveja fincou Horace de leve. Apesar de tudo, John Anthony era seu amigo, mas Gideon... ser comparado a Gideon era o fim da picada.

Gideon Stone era, sem dúvida, o menino mais bonito na turma de Horace. E todo mundo usava essa palavra para se referir a ele. Bonito. Gideon tinha, como diziam os mais velhos, o mel. Mas, ao contrário das pessoas decentes, ele não era muito reservado a esse respeito; na verdade, fazia questão de se exibir. Ele cultivava um ar sensível e feminino, delicado e afrescalhado. As mãos esculpiam gestos floreados em pleno ar, e o andar era cheio de maneirismos. As pessoas davam risadinhas. E embora Horace desprezasse o "jeito" de Gideon, que era como as pessoas se referiam àquilo, o verdadeiro motivo pelo qual Horace detestava Gideon era porque ele era conhecido como o mais inteligente da turma.

Não apenas inteligente, Gideon também era tremendamente malvado. A maioria das pessoas dizia que ele só era honesto. Ele era o filho caçula de Lucius Stone, o único produtor de bebida de Tims Creek. Um homem alto e magro, Lucius tinha asma, era fraco que nem um gatinho e passava mais tempo do que devia bêbado do uísque de milho que ele próprio produzia. Mas seus filhos — eram sete: Henry, John, Michael, Peter, David, Nathaniel e Gideon (ou Bo-Peep, Bob-Cat, Shotgun, Bago, Hot Rod, Boy-boy e Gideon) —, todos puxaram à sua esposa, Viola, que era uma Honeyblue, e os Honeyblue eram conhecidos por serem pessoas malvadas, de ossos grandes, sempre lembradas pela sua preguiça pela força física, jamais por suas habilidades. Viola era a força por trás de Lucius, sempre garantindo que ele tivesse o seu uísque à disposição e tomando conta do seu dinheiro. Para eles, Gideon era como um presente de Deus, e ele sabia disso, o que o fez desenvolver uma arrogância que ele usava como arma contra todos os estranhos. Aos olhos do pai, ele nunca faria nada de errado, e raramente o fazia.

As pessoas da comunidade que não compravam o elixir de Lucius Stone torciam o nariz quando um membro da família passava pela rua. E muitos dos que compravam também. As mulheres, principalmente, fugiam de Viola, limitando-se a lhe dar bom-dia e, mesmo assim, de má vontade. Os Stones eram considerados apóstatas vergonhosos, que era como Ezekiel Cross se referia a eles na mesa de jantar. Esse pessoal esqueceu, se é que soube algum dia, os caminhos do Senhor. Gideon tinha escolhido Horace, ou era assim que ele via, para descontar todo o ódio que sentia pela comunidade que o apedrejava.

Sentado na varanda, Horace viu de repente um bando de garotos correndo no espaço à sua frente.

Eram cinco: Horace, Rufus, Willie John, John Anthony e Gideon. Horace sabia que os estava vendo como eram na época do sétimo ano, com doze e treze anos de idade. Gideon estava um pouco mais afastado do grupo, com uma expressão de pura raiva em seu rosto.

"Então diz aí pra nós, Gid." John Anthony cutucou Horace. "Como é beijar um homem?"

"Ah, eu sei lá." Calmamente, Gideon chutou o chão. "Seu pai nem é tão homem assim." Os garotos olharam para John Anthony, dizendo: Ooooooh, esperando pela sua reação.

Ele fechou o punho. "Não fala do meu velho, sua bicha."

Rufus correu para as costas de Gideon. "E aí, Gid. Tá a fim de confusão? Hã? Vamos lá."

"Quê? Com você? Eu não encosto em animais que nem vocês, caipiras." Mais uma vez, ouviu-se todo tipo de ooohs e aaaahs.

"Ei, Giiiiideooooon!" Willie John se apresentou, imitando a maneira afeminada de andar e falar de Gideon, com seu punho quebrado, suas costas arqueadas, uma mão na cintura. "Você pode me dar umas dicas de maquiagem?"

"Willie John, querido. Com essa sua cara não tem salvação."

Todos os meninos caíram na gargalhada, apontando para Willie John, que fechou a cara e saiu de perto de Gideon.

Antes que a risada morresse, como uma cobra que se prepara para o bote, Gideon provocou: "E aí, Horace? Você não vai provocar o viado também?". Gideon parecia a um só tempo se divertir e se entediar, revolvendo o cascalho do chão com os pés. "Você não tem nada melhor do que os seus amiguinhos para me atacar? Vamos lá. Não me deixe aqui esperando."

"Oooh, Horace. Ele está a fim de você. Ele está implorando. Vai, Horace. Pega ele. Faz ele te chamar de papai." Os garotos começaram a gritar mais alto que antes. Willie John empurrou Horace pra cima de Gideon.

Confuso, Horace deu uma ombrada cheia de fúria em Willie John e ficou ali parado, olhando para Gideon.

"Tá com medo, Horace?"

"Cala a boca, frutinha."

"Ah, vamos lá, você consegue mais que isso."

"Você sabe o que eu acho de você, Gideon?" Horace forçou uma expressão de nojo. "Sabe?"

"Com certeza você deve ter sonhos ótimos comigo." Gideon abriu um sorriso. Depois veio o oooh obrigatório dos meninos.

"Eu te acho nojento, Gideon Stone. Eu acho que você é baixo e... e... imundo. Uma abominação!"

"Ah, Horace. Você fala tão bonito." Gideon piscou para ele.

"Vai se lascar, Gideon."

"Tenho certeza de que você tem outras coisas em mente." Com isso, Gideon jogou um beijinho para Horace e virou para sair andando.

"Viado." Horace quase sussurrou aquela acusação, mas ela ficou pairando no ar.

Gideon virou e olhou para Horace. Ele não prestou a menor atenção nos garotos que riam às suas costas; foi em Horace que ele fixou aquele olhar, cuja intensidade o apavorou. Agora, olhando para aqueles fantasmas, Horace percebeu que aquilo parecia muito mais que um olhar de raiva. Era mais como uma maldição. Uma profecia.

Gideon virou de novo sem dizer uma palavra e saiu andando, deixando os garotos irritados, e então todos os fantasmas desapareceram.

Horace permaneceu sentado nos degraus por um instante, nu, sentindo a brisa noturna acariciar suas ancas. Então é com isso que o medo se parece? Ele se lembrou da primeira vez em que percebeu seu grave defeito, mas, ao vê-lo ali, naquela situação, soube que estava ciente de sua verdadeira natureza já naquela época. E apavorado demais para refletir sobre o que aquilo significava. Na verdade, tinha certeza de que naquela época — quando tinha doze ou treze anos — ele não fazia a menor ideia de quais seriam as consequências. Mas pressentia que existiam.

No oitavo ano já tinha aprendido a pecar usando as mãos. Sabia que estava condenado ao fogo do inferno e à danação eterna, uma vez que, por mais que tentasse, não conseguia parar. Ele passava dias, semanas sem se tocar, mas logo em seguida sucumbia numa deliciosa fúria, sentindo a culpa de um assassino. A imagem de Deus que ele carregava na mente era sombria — o Deus do Velho Testamento, de Abraão e de Davi, que não aceitava tolices e castigava com todo o peso de sua palavra. Um árabe vingativo, de pele escura, com os cabelos brancos e os olhos elétricos. Esse Deus trovejava em sua mente após seus orgasmos; esse Deus berrava em sua cabeça quando o desejo surgia e Horace conjurava as imagens pornográficas que ele havia visto de homens e mulheres em intercurso profano. Será que foi aí que a verdade se despiu, revelando-se, nua e crua, à sua frente? Quando pensar numa mulher não conseguiu deixá-lo excitado, mas pensar num homem sim?

Vamos dar uma volta, disse a voz.

O quê?

Venha. Tem uma casa aqui ao lado. Vamos.

A casa ao lado pertencia aos Sapphire. A sra. Daisy Sapphire tinha sido professora de Horace no segundo ano. Ela era uma mulher abominável, alta, com longos cabelos compridos e sebosos, que nunca sorria e que, por algum motivo, parecia sentir prazer com o ato de punir Horace sem motivo algum. Ela também comia de um jeito estranho, sozinha nas mesas do refeitório, cortava seus hambúrgueres em bocados, com garfo e faca, e espetava os pedaços com o garfo. Todas as outras professoras a evitavam.

O marido dela era agricultor, um cidadão de bem mascador de fumo com uma pança redonda, que Horace só via ou sentado em cima de um trator ou deitado embaixo de uma caminhonete. Seu nome era Mason.

Ao redor da casa havia nove nogueiras-pecã agrupadas em cada um dos cantos do terreno quadrado. A casa em si era branca, térrea, com uma varanda envidraçada na frente e uma porta na lateral que dava para a cozinha. À esquerda ficava a horta da sra. Sapphire, cerca de dez fileiras de ervilhas e couve e mostarda, ervilha-de-cheiro e milho, beterraba, nabo e abóbora. Um espantalho enfiado numa estaca no meio do milharal. Horace ficou parado bem onde começava a horta, com os dedos dos pés enfiados na terra úmida, pensando na sra. Sapphire e no segundo ano.

Muito bem, muito bem, muito bem, disse o demônio. Faça o seu pior.

Sem hesitar, Horace largou a espingarda e começou a arrancar as plantas e cavoucar a terra da horta. Os goblins e os duendes urravam e berravam e tagarelavam. Mas ele estava concentrado em arrancar os nabos e os brotos de couve, torcer e quebrar galhos, pisotear espigas... A destruição não demorou muito tempo. Depois, andou para cima e para baixo pelos canteiros, saturando as plantas arruinadas com sua urina.

O demônio riu baixinho, com prazer. Agora, ele disse. O carro.

O carro?

Vá até a garagem.

Dentro da garagem havia um Buick 1967 verde cor de vômito. Seu design moderno era agora risível, seu interior espaçoso, de uma elegância exuberante, embora surrado, opaco e sujo pela vida do campo, apesar de só pegar a estrada eventualmente aos sábados ou domingos.

Vamos até lá, disse a voz.

Agora?

Sim.

Mas como?

Olhe para dentro, disse a voz. Olhe para dentro.

Os moradores de Tims Creek estavam acostumados a compartilhar uma espécie de confiança despreocupada entre si. Não havia motivos para trancar portas, ninguém entraria sem ser convidado; não havia motivos para guardar a enxada, ninguém a pegaria sem pedir; não havia motivos para tirar a chave da ignição, ninguém a giraria sem que fosse solicitado. As chaves estavam ali, reluzindo prateadas sob a luz suave das estrelas.

Entre, disse o demônio. Temos de ir a alguns lugares antes do sol nascer.

Horace entrou, submetendo-se à voz, oferecendo cada vez menos resistência a ela, começando a identificar algo parecido com o prazer no ato de obedecê-la. A porta velha produziu um gemido metálico quando ele pressionou o botão na maçaneta e a puxou, abrindo-a. O interior do carro cheirava a lavanda e milho e, bem de leve, a graxa. Quando Horace sentou no banco gelado emborrachado, sua pele se arrepiou e ele tremeu. Ao seu lado, vinha sentado um porco estranhamente peludo e, pelo espelho retrovisor, ele viu duas mulheres sem olhos, de túnicas azuis, que começaram a cantar: *Michael está remando, Aleluia! Michael está remando, Aleluia!* Horace pisou uma vez no acelerador, depois mais uma, e então girou a ignição delicadamente, *Irmã, ajude-o com a vela, Aleluia! Irmã, ajude-o com a vela, Aleluia!*, mas ele estava absorto na tremenda comoção promovida pelo carburador e as velas e os pistões e as serpentinas e o chassi inteiro que tremia. E então ele pensou em Mason Sapphire revirando-se pesadamente para o lado em seu sono, e a sra. Sapphire acordando devagar, pensando: Isso é o nosso velho Buick, e depois: Certamente não, porém, talvez, mudando de ideia depois de ouvir a marcha a ré ser engatada e as engrenagens todas girarem e as rodas passarem por cima do cascalho do pátio, *O rio Jordão é grande e fundo, Aleluia! O rio Jordão é grande e fundo, Aleluia*, e talvez ela tenha acordado o sr. Sapphire, mas, quando o velho camponês abriu seus ouvidos só conseguiu escutar o carro acelerando pela estrada a mais de cem quilômetros por hora e, quem sabe ele tenha dito em meio ao estupor do sono: Bom, parece mesmo o nosso velhinho, mas, sério, Daisy, quem é que ia querer roubá-lo? Ainda mais às duas da manhã, *Aleluia*.

Ciência sagrada

Uma renúncia voluntária à dignidade da ciência é,
talvez, a lição mais dura que a humildade pode ensinar.

Samuel Johnson

James Malachai Greene

Confissões

O quarto dela era grande, comparado ao resto da casa. Mesmo assim, a cama ocupava quase todo o espaço e, em meio ao calor sem vento do começo de agosto, ela estava ali, deitada debaixo de um ventilador de teto que lentamente mesclava as sombras, me contando histórias sobre a minha avó, o meu avô, e seus pais e suas mães. Enquanto isso eu olhava para as paredes daquele quarto cinzento, sentado numa velha cadeira de balanço, vasculhando aquele lugar atrás de respostas. Ela tossia de vez em quando, uma tosse seca e violenta que desencadeava espasmos por seu corpo frágil. Ela ria enquanto envolvia o catarro num lenço de papel e o jogava na lata de lixo já lotada; ela me olhava com os maiores olhos castanhos que eu já tinha visto, de uma maneira quase cômica, e voltava a contar a história de onde havia parado. O cheiro da doença parecia ter se impregnado no quarto, como o aroma denso de tripa com couve, um cheiro que me fazia lembrar...

Margurette Honeyblue não era extremamente velha; ela me disse que faria setenta e três anos no seu próximo aniversário, no dia 22 de novembro ("Seu bisavô, Thomas Cross, olha, aquele homem estava arando a lavoura no seu aniversário de oitenta e dois anos! Com uma mula! Sim, senhor. No dia em que morreu tinha acabado de arar a terra ali perto do Cemitério de Pickett para o plantio da primavera! Naquele mesmo dia. Oitenta e dois!") Ela não fazia a menor ideia se conseguiria chegar até os setenta e três. Em janeiro, os médicos haviam lhe dito que ela teria apenas seis meses ("Hoje em dia, pelo jeito, eles saem dizendo pra todo mundo, 'Seis meses', 'Seis meses'. E a verdade é que eles não sabem. Eles não sabem de bosta nenhuma… ah, perdão, garoto. Quer dizer… Esqueci que você é pastor e coisa e tal").

Uma tigresa parda e esbelta que jamais havia sido gorda, ela parecia agora um esqueleto, braços e pernas esquálidos ("Olha aqui, eu consigo dar a volta completa na minha coxa com a minha mão. Bem assim, ó. Bem assim. De mim sobrou só a carne que tá grudada no osso. A carne grudada no osso"). Ela vinha vivendo na penumbra havia tanto tempo que seus olhos, que já eram grandes, tinham um aspecto meio infantil de curiosidade. Ela ficava com o olhar perdido, encarando o nada, um olhar abatido e incrédulo, aqueles olhos lindos e enormes como os de uma garota de dezoito anos, em busca de algo.

O quarto estava repleto de sombras, cheio de cômodas e cadeiras emprestadas de outros cômodos para que as muitas visitas pudessem sentar, as janelas abertas com as cortinas fechadas. Ela se remexia na cama que, em resposta, rangia baixinho. Ela olhou para o relógio na mesinha de cabeceira e gritou: "Viola! Viola! Cadê você? Tá na hora do meu remédio!".

A sra. Sarah Atkins estava no quarto conosco. Com uma explosão de energia que veio do nada, a sra. Margurette inclinou-se e olhou para a sra. Sarah. Com o mesmo olhar de uma criança travessa em seu rosto, ela pediu: "Veja se ainda tem água naquela jarra, querida". Ela pegou uma caixinha de comprimidos e a balançou. Estava vazia. Franziu o cenho, jogou a cabeça de volta no travesseiro e gritou: "Viola! Eu disse pra trazer o meu remédio!".

Um minuto depois, ouvi a tela da porta da frente estalar como um tiro de espingarda e os passos de Viola, que vinha andando de pés descalços. Ela ficou ali parada, e lançou um olhar acusatório, nem para mim, nem para a sra. Sarah. "Não tem mais nada naquele vidrinho?"

"Se tivesse eu te chamaria?"

Viola ajeitou a postura, para demonstrar seu incômodo. Usava um vestido bordô desbotado bem marcado em seus quadris. O suor se acumulava na testa e escorria pela lateral do pescoço, e ela tinha uma cerveja na mão.

"E ainda tem aqueles outros dois que eu tenho que tomar agora. E também estou precisando de água."

"Tá bem." Dessa vez ela olhou para mim. Havia algo parecido com desprezo em seu olhar. Mas eu já estava acostumado a ele àquela altura. Viola Honeyblue Stone lançava aquele olhar para todo mundo. Entretanto, o fato de eu ser pastor e um Green não me ajudava muito.

"Ô Viola." Viola deu um rosnado quase inaudível para sua mãe. "Me traz uma cerveja em vez disso."

Um sorriso malicioso se abriu no rosto de Viola. Ou melhor, um sorriso acintoso. Ela olhou diretamente para mim. Fez-se uma pausa, como se ela estivesse esperando que eu respondesse, talvez repreendendo a sra. Margurette — sobretudo porque era domingo.

Mas a idosa virou para mim e para a sra. Sarah, dizendo: "E vocês, querem beber alguma coisa também?". Como se ela dissesse, sem dizer, que não estava nem aí para quem estava sentado ali com ela. Ela ia beber o que quisesse, mesmo que o próprio Deus em pessoa estivesse sentado ali.

A sra. Sarah se agitou na cadeira ao meu lado. Parecia nervosa e sedenta. Ela olhou para mim e desviou os olhos para o chão, e então mirou a sra. Margurette, oferecendo uma nova preocupação: "Escuta, Margie, você acha que deveria beber no seu estado?".

A sra. Margurette jogou a cabeça para trás, numa risada interrompida pela tosse devastadora. "Minha filha, do jeito que eu estou, não faz a menor diferença se eu bebo um suco de laranja bem fraquinho ou um uísque caseiro de corroer as entranhas. Quando chega a hora de partir, não tem jeito."

"Vá em frente, sra. Sarah." Eu tentei ser o mais direto e menos autoritário possível — como se eu tivesse alguma autoridade naquele quarto. "Se você quiser beber também, vá em frente. Não tem problema."

"Não tem problema." Viola deu uma risadinha e, por um breve instante, nossos olhares se cruzaram naquele quarto. Ouvi um passarinho bater as asas contra o vento do outro lado da janela. Como eu poderia dizer que eu não era, e nem queria ser, o ditador fervoroso e santificado que era o pastor ao qual elas haviam se acostumado a vida inteira, que a minha presença não tinha nada a ver com o fato de eu condenar ou não o seu estilo de vida, que eu estava pouco me lixando para o alambique que seu marido, Lucius, tinha, no meio do mato, nos fundos de sua casa, e para o fato de que ela, ele e sua mãe vendiam todo tipo de bebida ilegal feita na cozinha, ou que a última vez que eles haviam pisado na igreja tinha sido no velório do marido de Margurette, vinte anos antes. Não tinha como eu dizer: Não vim até aqui para julgá-las. Ou dizer: Eu quero implementar uma nova maneira de abordar a fé cristã, voltada para cuidar das pessoas. Eu não quero ser a polícia do pecado, um juiz que limita seu povo com normas e regulamentos falando o que você deve ou não fazer. Mas, ao encarar aqueles olhos carregados de dores, rejeições e acusações do passado, eu pude apenas sorrir e deixar que as coisas acontecessem.

"Não, muito obrigada."

Viola voltou com quatro frascos de comprimidos e pílulas e duas latas de cerveja. Ela abriu uma das latas produzindo um estalido e a entregou à mãe. A outra ela deu à sra. Sarah, que a abriu rapidamente, tomou um golinho e a colocou debaixo da cadeira, como se quisesse escondê-la de mim. Viola deu os remédios à mãe, um, dois ou três comprimidos, a sra. Margurette os engoliu com um gole de cerveja e por fim voltou a se deitar. Ela ficou lá deitada, tão quieta e imóvel quanto a própria cama. Uma brisa morna balançava as cortinas, e ela me deu uma piscada, respirou bem fundo e soltou um suspiro.

Local: Primeira Igreja Batista de Tims Creek.
Horário: 13h35, domingo, 10 de junho de 1983.

Diversos grupos de pessoas estão reunidos no pátio da igreja. HORACE, *de terno, está parado em pé na entrada lateral, parecendo nervoso. Dois idosos saem lentamente pela porta. Eles estão conversando. Falam com* HORACE *e ele responde respeitoso, acenando com a cabeça. Por fim,* JIMMY *aparece, vestindo sua túnica azul e branca de pastor, conversando com a* SRA. CHRISTOPHER. HORACE *olha para ele, mas não sorri nem diz nada.*

SRA. CHRISTOPHER: … e que belo sermão o de hoje, deixa eu falar. Estamos muito felizes. Felizes de ter você aqui, Jimmy — ah, acho que é melhor chamá-lo de reverendo Greene de agora em diante. (*Risadinhas.*)

JIMMY: Ah, sra. Christopher, a senhora me chamou de Jimmy a vida inteira. Não tem motivo para mudar meu nome agora.

SRA. CHRISTOPHER: Bom, eu fico feliz. Muito feliz. E eu sei que Jonnie Mae está orgulhosa. Muito orgulhosa.

JIMMY: Está mesmo.

SRA. CHRISTOPHER: Bom, é melhor eu ir ver como está o sr. Christopher. Mas quero que saiba que estou orgulhosa de você como se você fosse meu próprio filho. (*Ela olha para* HORACE.) Ora, ora, olá, Horace. Como vai?

HORACE: Eu vou bem, sra. Christopher. E a senhora?

SRA. CHRISTOPHER: Bem, bem. Bom, vejo vocês mais tarde.

JIMMY: Obrigado, sra. Christopher. Tenha um bom dia.

HORACE: Até logo.

(*A* SRA. CHRISTOPHER *sorri e sai andando.*)

JIMMY: Bem, Horace. Como você está?

HORACE: Bem. (*Pausa.*) Jim? Eu posso... a gente pode... conversar... Digo...

JIMMY: Algum problema?

HORACE: Não, não. Eu... eu só queria conversar.

JIMMY: Ok.

(*Outros dois homens saem pela porta e passam pelos dois.*)

HORACE: Não. Aqui não.

JIMMY (*sorrindo, consciente*): Ok, onde, então?

HORACE: Ali. (*Ele aponta para uma árvore na lateral da igreja, longe das pessoas.*)

JIMMY: Ok.

HORACE (*solenemente*): Jimmy... eu estou com um problema.

JIMMY: Qual é o problema?

HORACE: Eu...

JIMMY (*em tom de brincadeira*): Não é uma garota, é?

HORACE (*quase gritando*): Não! É... bom, é quase isso.

JIMMY: Quase isso? (*Pausa.*) O que foi, Horace?

HORACE: É muito difícil falar sobre isso.

JIMMY (*ficando visivelmente preocupado*): O que foi, Horace, você...

HORACE (*rapidamente*): Eu acho que eu sou homossexual.

(JIMMY *faz uma pausa; ele não se move, mas obviamente está pensando.*)

JIMMY: Você "acha"? Por que você acha? Você esteve com um homem?

HORACE: Sim.

JIMMY (*sorrindo, coloca sua mão sobre o ombro de* HORACE): Horace, todos nós temos algum tipo de... você sabe... experiência. Faz parte do processo de crescer. É... bom, é bem importante...

HORACE: Mas não é uma experiência. Eu gosto de homens. Eu não gosto de mulheres. Tem alguma coisa errada comigo.

JIMMY: Horace, sério. Tenho motivos para acreditar que isso é apenas uma fase. Passei por um período em que eu... você sabe, experimentei.

HORACE: E você gostou?

JIMMY (*levemente consternado*): Se eu... gostei? Bom... eu... Sabe como é. Bom, o prazer físico era... agradável, eu acho. Eu não lembro direito.

HORACE: Você já se apaixonou por um homem?

JIMMY: Se eu já me apaixonei? Não. (*Risos.*) Ah, Horace. Não precisa ser tão fatalista. Sério. Eu acho que isso é uma coisa que vai passar. Eu te conheço a minha vida toda. Você é perfeitamente normal.

HORACE: Mas e se eu não for? E se tiver algo de muito errado comigo? Quer dizer... tudo bem com isso? Sabe... eu vou poder... continuar... sendo assim?

JIMMY (*esfregando os olhos, exausto*): "Tudo bem"? O que você quer dizer exatamente com "tudo bem"? Se está tudo bem ser gay? Bom, você sabe, assim como eu, o que diz a Bíblia. Mas eu acho...

HORACE: Que é errado.

JIMMY: Sim.

HORACE: E se eu não conseguir mudar?

JIMMY (*impaciente, subindo um pouco a voz*): Horace, você vai mu... mudar? Bom, não tem que mudar nada. Você é normal.

Confie em mim. Esses… sentimentos… vão desaparecer. É só não se entregar a eles. Reze. Peça a Deus para lhe dar força e, quando você se der conta…

(*Alguém o chama no pátio.*)

> HORACE: Mas e se eu não conseguir mudar?
> JIMMY (*severo*): Você vai mudar. (*Ele começa a andar em direção ao pátio da igreja.*)
> HORACE: Mas e se eu não conseguir?

(JIMMY *para e olha para* HORACE, *apertando os olhos.*)

> JIMMY: Horace, você sabe que, no fundo, esse é um assunto muito sério, não é? Ouça o seu coração. Fale com o Senhor. Mas não fique pensando muito nisso. Você vai ficar bem. Acredite em mim.

(JIMMY *vira e sai andando.* HORACE *fica parado debaixo da árvore, com as mãos no bolso, olhando para a copa.*)

Um pregador. Um pastor. Um homem de Deus. No Evangelho segundo São Lucas, o apóstolo escreve que Jesus volta a Nazaré e lê as Escrituras durante uma cerimônia, afirmando que ele veio para realizá-las. E ele nos diz que as pessoas que estavam na sinagoga naquele momento "se encheram de ira, e, levantando-se, o expulsaram da cidade, e o levaram até o cume do monte em que a cidade deles estava edificada, para dali o precipitarem". Minha avó conhecia essa história quando ela começou, da sua maneira sutil, a me empurrar cada vez mais na direção do púlpito. Mas todo mundo a conhecia; entre os batistas do Sul é comum a percepção de que é difícil pregar para as pessoas que você conhece, e que o conhecem desde pequeno, e também sabem boa parte da história da sua família. E isso raramente acontece. Mas, nesse caso, foi o resultado da determinação sobrenatural da minha avó. Junto com a vontade de algumas pessoas que já estavam mortas.

Na verdade, tudo começou com seu avô, Ezra Cross, que havia doado o terreno onde fica a atual Primeira Igreja Batista de Tims Creek. Era seu sonho que um de seus descendentes estivesse atrás daquele altar no papel de ministro dele e d'Ele. Então aquilo era uma esperança familiar e dinástica para ambos. Que presente melhor para o Senhor do que o *seu* próprio rebento? Que adequado seria. Que divino. Que digno. E quanto aos filhos de escravos e filhos de ex-escravos, o que mais eles tinham para dar? Ezra teve doze filhos, embora apenas seis tenham sobrevivido — o que não era nada bom para aquela época. As pessoas precisavam do maior número de mãos possível para trabalhar na lavoura. De alguma forma, ele tinha conseguido adquirir mais de cem acres de terra — como exatamente, ninguém sabe. Se você perguntar para uma pessoa ela vai dizer que vovô recebeu suas terras do seu antigo senhor; se perguntar para outra, ela dirá que ele foi embora dali, trabalhou e guardou dinheiro, e depois voltou e comprou tudo; uma terceira pessoa dirá que ele roubou, matou e enganou para conquistá-las. Mas, seja lá como as tenha obtido, por volta de 1875 ele tinha em seu nome mais terras do que a maioria dos ex-escravos sequer sonhava, e precisava do máximo de filhos possível para cuidar delas. Então tinha o Thomas, o mais velho; Paul Henry, que por sua vez teve nove filhas; Louis, que por sua vez teve dois filhos; e Frank, que foi assassinado antes que pudesse ter filhos com a esposa. E tinha também a Bertha e a Elma, e as duas se casaram, Bertha com um homem lá de Muddy Creek e Elma com um vendedor de apólices de seguro que se mudou para a Virginia.

Então era Thomas, o mais velho, que trabalhava no maior pedaço da fazenda. Paul Henry trabalhava em outro pedaço do terreno perto do rio, e Louis e seus filhos trabalhavam numa parte que Ezra e Thomas compraram na década de 1880 da velha viúva Phelps, que não tinha filhos. Mas era em Thomas que Ezra depositava sua fé e esperanças, e ele escolheu o lugar em que a nova casa da família seria construída, e mudou-se para ela para morar com a família de Thomas depois que sua esposa morreu, aos quarenta e oito anos. Apesar disso, Thomas não se reproduziu da forma esperada, gerando Ezekiel, o mais velho; Jonnie Mae, minha avó; Jethro; Zelia; e Agnes. Tanto Zelia quanto Agnes se casaram e foram embora de lá. Então, antes de sua morte, Thomas dividiu as terras que havia herdado entre Zeke, Jonnie Mae e Jethro. Zeke, por ser o mais velho, recebeu o maior pedaço, assim como seu pai havia recebido; Jonnie Mae recebeu o segundo maior, pois era a favorita do pai; e Jethro recebeu uma fazenda de dimensões respeitáveis, com a advertência de que deveria ajudar o irmão e a irmã, e lutar contra o menor sinal de ciúmes que pudesse brotar.

Meu tio Zeke teve apenas um filho, Samuel. Era um filho leal, grande, forte e que trabalhava duro, mas com um espírito tão livre, selvagem e indomável quanto o de seus antepassados. Ele não seria um pregador. Então minha avó tomou para si a tarefa de realizar o sonho do pai. Ela casou com um homem chamado Malachai Greene, de outra família de fazendeiros que possuía uma quantidade excepcional de terras para uma família negra na década de 1920. Suas terras combinadas tinham o tamanho equivalente às do irmão Ezekiel. E conforme o tempo foi passando, ela e Zeke foram, cada vez mais, tomando conta das terras de Jethro, uma lavoura aqui, uma pastagem ali.

Agora, quem diria que meu tio-avô Jethro acabaria se entregando à bebida? Com um irmão como Zeke e uma irmã como

Jonnie Mae, acho que dava pra ter uma ideia. Ele e sua esposa, Ruth Davis, tiveram doze filhos até 1935. Seis eram meninos. Por volta de 1950, todos os meninos que não haviam se mudado, fugido, ou sido convocados para a Segunda Guerra Mundial, decidiram ficar e trabalhar no campo, conseguiram empregos na base militar Camp LeJeune, em Jacksonville. As meninas foram para o Norte, ou durante ou logo após a guerra. Jethro morreu em 1959.

Minha avó e meu avô tiveram apenas um filho, Lester. O restante era menina — Rebecca, Ruthester, Rachel e Rose, minha mãe. Jonnie Mae voltou-se para a sua tarefa. Durante muitos anos, seu marido, a tia Ruth, o tio Jethro, Lester, o tio Zeke, Sammy e a própria Jonnie Mae administraram, juntos, as terras dos Cross/Greene. Eles conseguiram se sustentar em meio à guerra e a depressões, recessões, doenças, mortes e filhos que cresciam e iam embora. E durante todo esse tempo, no fundo de sua mente — e eu fico perplexo e todo arrepiado quando me dou conta disso — ela seguia com seus planos de que um de seus descendentes subiria no púlpito da "igreja do seu avô", como ela às vezes deixava escapar quando estava distraída.

Tio Lester deixou bem claro logo de início que ele não daria um bom pastor. Ele e o meu tio Sammy eram os encrenqueiros da família, dois homens grandes, fortes e bonitos, talhados para trabalhar no campo o dia inteiro; reunir-se com os outros à noite para rezar, entretanto, não era algo que estava em seus planos. Eles eram filhos leais, que aparentemente nunca pensaram em abandonar a família, mas faziam o que lhes dava na telha, nunca frequentavam a igreja e bebiam o que eles queriam, quando queriam e com quem queriam. Mas a comunidade como um todo os adorava, admirando a forma independente e encantadora de pensar e agir deles. Os dois eram carismáticos, de uma maneira meio heroica, além de inseparáveis e impulsivos — muitas vezes violentos. Tudo mudou para tio Lester no dia em que tio Sammy foi assassinado a tiros em Maple Hill por causa de alguma besteira. Ele perdeu aquela independência selvagem de pensamento, aquela atitude arrojada e espontânea, e se enfiou debaixo das asas de Jonnie Mae. Nunca se tornou um frequentador da igreja, mas perdeu todo seu brilho e esplendor.

Não sei como Jonnie Mae fez o que fez, mantendo a família unida e no mesmo lugar, enquanto outros se dispersavam e desapareciam da face da Terra. Junta, a família trabalhou duro e conseguiu mandar Rebecca, a mais velha, para estudar no Elizabeth City College. Ela voltou para Tims Creek para lecionar nas escolas públicas do condado de York, e trabalhou para mandar a irmã, Ruthester, para o North Carolina Central, que na época se chamava North Carolina College. E Ruthester, em retribuição, retornou ao condado de York para mandar Rachel para o Winston-Salem State Teacher's College. Isso já era o final dos anos 1950 e minha mãe, Rose, alguns anos mais nova que Rachel, só poderia ir para uma faculdade dentro de alguns anos. Essa pausa deu à família a chance de fazer um último esforço, para que então Jonnie Mae pudesse enfim descansar, satisfeita por ter mandado todas as filhas para a faculdade, o que era uma tremenda conquista na época.

Naquela altura, Rebecca e Ruthester já estavam casadas havia mais de uma década. Nenhuma tinha filhos. Rachel parecia não ter interesse em homens e, embora sua mãe a incentivasse, e insistisse, e argumentasse e a coagisse a encontrar um marido, ela nunca o fez. Todos apostavam suas fichas em Rose, o ás na manga.

Mas Rose nunca foi para a faculdade. Nem sequer terminou o ensino médio.

Rose era fissurada por prazer, uma coisa que Jonnie Mae Cross Green desconhecia. Ela saía escondida de casa na tentativa de esquecer os longos dias de trabalho no campo, e entrava nos Dodges, Chevrolets e Fords novinhos em folha dos caipiras para se divertir e estalar os dedos nos inferninhos, lugares que não passavam de velhos celeiros e casas abandonadas que vendiam aguardente e cerveja e deixavam uma caixa de música num canto tocando Johnny Walker e Little Richard e os Ink Spots. Consigo imaginá-la agora, parecendo ter bem mais que os seus dezesseis anos, seu pescoço comprido e gracioso exposto, algum rapaz possante, as mãos calejadas segurando sua cintura esbelta, mordiscando seu pescoço, sua língua tocando o lábio superior.

Aos dezesseis ela simplesmente desapareceu. Sumiu. Aos dezessete ela voltou, sem dinheiro e grávida. Deu à luz Isador, e dentro de um ano fugiu mais uma vez, abandonando a filha; depois voltou novamente, toda machucada e carregando outro filho, Franklin. Não acho que a coisa que mais machucou Jonnie Mae foram os filhos fora do casamento — sua posição na comunidade era imaculável, e ela havia angariado mais simpatia por ter uma filha rebelde do que por dar guarida a dois filhos ilegítimos em sua casa. Mas a perda de poder, a falta de consideração e o desrespeito flagrantes a chocaram. A presença das crianças lhe trouxe algum alívio, mas ao mesmo tempo eles eram lembretes de uma coisa que ela só conseguia enxergar como uma falha própria.

Eles me contaram que, quando Franklin nasceu, Rose decidiu mudar de vida, e quis ir para o Norte levando os filhos com ela. Jonnie Mae questionou a sanidade de minha mãe, explicando calmamente que ela precisaria estar apodrecendo em sua sepultura para permitir que aquela vagabunda deixasse sua casa levando aquelas crianças. Rose foi embora novamente. Dessa vez levou dois anos para voltar. Comigo, uma criança de seis anos.

Rose tinha então vinte e quatro anos. Estava enfim um pouco mais velha e um pouco mais esperta — senão mais sábia — e certamente com um pouco mais de medo da vida e das consequências de suas ações passadas. Ela tinha agora três crianças aos seus pés, chamando-a de mamãe. Decidiu render-se às convenções e aos desejos de sua mãe e ficou em casa para trabalhar e cuidar dos filhos. Tenho certeza de que suas intenções eram boas: tenho certeza de que, do fundo de seu coração, ela tinha decidido, em sua cabeça, que faria agora o que era certo. Mas ela não contava com suas irmãs.

Todas as três eram "boas"; todas as três haviam se casado; todas as três não tinham tido filhos. Foi por causa delas que a família se sacrificou para que fossem educadas. E elas haviam voltado para cuidar da casa, para construir seus ninhos em torno do ninho da mãe, para tomar conta da família conforme o dever que lhes havia sido ensinado — como ela havia sido ensinada. Mesmo assim, aos olhos delas, Rose havia virado as costas para a família, ostentado seus pecados e sujado seu bom nome em sarjetas pela madrugada e bancos traseiros de automóveis fedendo a bebida. Será que ela esperava mesmo ser recebida de volta de braços abertos, com um pote de mel e um novilho assado?

Rose se tornou uma pária em sua própria casa. Elas a tratavam como se fosse uma empregada, humilhando-a e excluindo-a, falando pelas suas costas e acusando-a. Ela aguentou aquilo por cerca de um ano e meio, o que por si só já me impressiona. Por fim, acabou indo embora em meio a um acesso de fúria, levantando da mesa de jantar ocupada por toda a família em pleno domingo, mais escandalizada, ferida e irritada do que palavras são capazes de definir. Imagino que tenha simplesmente saído porta afora, sem nunca olhar para trás. Foi parar na Costa Oeste e retornou somente duas vezes — na morte do meu avô, quando eu tinha doze anos, uma visita que eu lembro como rápida e discreta — chovia nesse dia —, e na morte de sua mãe.

Anne jamais interferiu na minha relação, ou na ausência de relação, com Rose. Uma ou duas vezes, no começo, ela sugeriu que pelo menos eu telefonasse, mas, ao ver a minha reação, nunca mais tocou no assunto. Eu não tinha nenhum motivo para fazer aquilo, e Rose também jamais telefonara para mim. Não posso dizer que me senti abandonado — eu estava em mãos mais capazes, cercado e protegido com amor, carinho e educação por todos os lados. Nós chegamos a trocar os cartões obrigatórios no Natal e em aniversários quando eu era pequeno, por uns oito ou nove anos, mas conforme fui ficando mais velho, até isso parou, e qualquer sentimento que eu ainda tinha por ela simplesmente evaporou. Não havia ódio, mágoa, nem pena, apenas indiferença, vazio e frieza.

Ano passado, quando finalmente a vi outra vez depois de vinte e três anos, fiquei abalado por um motivo: eu não conhecia aquela mulher. Pensei que, talvez, eu seria tomado por uma espécie de reconhecimento primitivo, uma sabedoria instintiva. Mãe. Mamãe. *Mater*. Nada. Todos os meus sentimentos maternos estavam associados à mulher imóvel deitada naquele caixão cor de bronze e chocolate, seu rosto exageradamente coberto por base, sua pele cor de madeira muito escura, seus lábios marrons grossos quase pretos, seus olhos fechados para sempre.

Rose assistiu à cerimônia fúnebre na qual o reverendo Raines fez o discurso em homenagem à minha avó lendo as cartas de Paulo aos coríntios ("Ainda que eu fale as línguas dos homens e dos anjos, se não tiver amor, serei como o sino que ressoa ou como o prato que retine"). Era uma mulher linda que, um dia, havia sido abençoada com uma natureza intangível e irresistível que os homens consideravam sedutora, a pele num lindo tom de argila escura, os lábios carnudos e insolentes. Eu conseguia vislumbrar perfeitamente o atrevimento com o qual ela confrontou sua mãe vinte e tantos anos atrás — tudo naqueles lábios. ("Ainda que eu tenha o dom de profecia e saiba todos os mistérios e todo o conhecimento, e tenha uma fé capaz de mover montanhas, mas não tiver amor, nada serei.") Porém seus olhos — eu podia enxergá-los mesmo debaixo daquele véu — revelavam as consequências de uma vida extrema, com amores extremos e episódios extremos. Um olhar de solidão, sedução e desprezo. Um olhar de quem havia aprendido a cuidar de si mesma, de quem havia visto coisas. ("Ainda que eu dê aos pobres tudo o que possuo e entregue o meu corpo para ser queimado, mas não tiver amor, nada disso me valerá.") Quando ela começou a chorar, soluçando baixinho e de forma discreta, pareceu de repente abandonada e desamparada, uma criança perdida, sozinha. E até hoje não consigo acreditar que ninguém, nem tia Rebecca, nem tia Ruthester, nem tia Rachel, nem Isador, nem Franklin nem eu, principalmente eu, ninguém foi consolá-la. ("O amor é paciente, o amor é bondoso. Não inveja, não se vangloria, não se orgulha.") Até que, naquele dado momento de profunda tensão em que o caixão começava a descer para a cova, meu tio Lester finalmente atravessou a linha tênue e invisível que separava o pródigo do fiel e colocou a mão no ombro dela. ("Pois em parte conhecemos e em parte profetizamos; quando, porém, vier o que é perfeito, o que é imperfeito desaparecerá.") Foi um gesto seco e desajeitado, mas, em toda a sua deselegância, foi profundamente elegante. ("Agora, pois, vemos apenas um reflexo obscuro, como em espelho; mas, então, veremos face a face. Agora conheço em parte; então, conhecerei plenamente, da mesma forma como sou plenamente conhecido.") Ao testemunhar aquilo, eu estava ciente do meu pecado, porém não me arrependi.

Quando as primeiras pás de terra despencaram sobre a tampa do caixão eu comecei a pensar: Que vergonha. Vendo aquela figura alta e triste inclinando o corpo para ser beijada pela minha tia-avó Ruth e meu tio-avô Zeke, enquanto ela apertava a mão de um ou outro primo aqui e ali — nunca uma irmã, nem filha ou filho —, fui atingido pela magnitude do meu crime. Quanta coisa eu poderia ter aprendido com ela. Ela se ergueu contra a sua casa, seu Deus, seu povo, seguiu sempre o coração... e sobreviveu. O que ela tinha visto? Suas cicatrizes eram evidentes para mim. Eu as via em suas mãos, em seu pescoço, em sua postura, em seu rosto. Como aquilo tudo a havia mudado? Pois ela nunca conseguiu voltar para casa. O que ela havia aprendido sobre amor e sexo, desejo e liberdade, violência e traição, o mal e a hipocrisia e o enorme sofrimento que ela certamente enfrentou? Será que aprender todas essas coisas tornou sua vida mais fácil? Mas eu jamais saberei pois, tal qual um faraó, fiquei ali, parado, sentindo meu coração se ossificar dentro do meu peito vívido. Seria mais fácil ele se quebrar do que amolecer.

Era o final de setembro. O outono se aproximava, e as árvores estavam carregadas, com as folhas verdes muito escuras reafirmando a presença da estação, e os galhos envergados em meio à atmosfera pesada. O cemitério da família ficava nos limites de um campo, sob a sombra de um dos três celeiros de tabaco da família. Enquanto andávamos da sepultura até nossos carros, ela se aproximou de mim. Eu procurei por Jonnie Mae em seu rosto, mas fiquei incomodado de enxergar apenas Rose.

"Então me disseram que você agora é pregador."

"Sim."

"Aposto que ela morreu orgulhosa de você."

"Aposto que sim."

Ela não disse mais nada, nem Lamento pelo que aconteceu com a sua esposa, nem Adeus, nem Cuide-se ou Até logo. Ela apenas deu um passo para trás, ficou me olhando de cima a baixo, lentamente, enquanto vestia as luvas. Ela sorriu para mim, acenou com a cabeça, virou, andou até um carro, um Ford alugado, entrou nele e saiu dirigindo, sem nunca olhar para trás, nem sequer uma vez.

Um pregador.

8 de dezembro de 1985

12h30

— Mas eu te amo, Ruth. Você sabe disso, não é? Eu sempre te amei. Sempre te amei e sempre te amarei.

— Você não ama ninguém, seu velho mentiroso. Nunca amou e nunca amará. Você não ama ninguém além de você... só a si mesmo. E quer saber? Na verdade, você não ama nem a si próprio.

Ela está velha, agora. Mas já foi jovem um dia, e nem faz tanto tempo, na verdade. Parecia fazer só uns poucos dias. Alguns pores do sol, algumas alvoradas, alguns nascimentos, algumas mortes. Mas já fazia algum tempo que ela era velha. Isso ela sabia; isso ela sentia; isso ela odiava. Quando era jovem, mais jovem, toda jovial e cheia de vida, tão ansiosa pelo futuro, tão cheia de esperanças, ela não imaginava que seria velha por tanto tempo.

Hospitais. Cemitérios são mais agradáveis. Lá pelo menos as coisas são reais — o chão sob seus pés, o céu sobre a sua cabeça, as árvores, a grama... mas num hospital nada é certo, nada é garantido. Todo mundo é vítima, tanto os pacientes quanto os visitantes, à mercê daquelas pessoas que se dizem doutores. Pessoas nas quais ela não confia.

Asa estava num estado lastimável. Vê-lo ali a deixou mais triste do que ela imaginava que ficaria, que poderia ficar. Sua pele, que havia sido clara a vida toda, agora parecia cinzenta, adoentada, frágil. Ele estava na cama quando eles entraram, os olhos fechados, o corpo tremendo a cada respiração, um tubo enfiado numa narina, outro cravado no braço — um verde, um vermelho. Ele chiava com a respiração, e o tubo verde fazia o mesmo barulho de um canudo quando você termina uma bebida. E os odores — desinfetante, amônia, sabonete, urina e aquele que ela conhecia muito bem, o cheiro da doença. Tinha um odor próprio, a doença, como um cachorro com o rabo enfiado entre as pernas e a cabeça baixa, um cachorro velho com os olhos caídos e a língua de fora. Este é o cheiro da doença. Ele está ali, no ar, nos lençóis muito brancos e engomados, circundando a proteção de metal brilhante da cama, e impregnado em todos aqueles aparelhos e geringonças modernas que piscam e apitam.

Quando Asa abriu os olhos, eles eram de um branco muito vivo, e ela quase esqueceu que ele estava aqui, naquele lugar onde a doença floresce, onde mulheres vestidas de branco usando sapatos engraçados olham para você como se você também precisasse estar numa cama. Quando ela viu aqueles olhos ela se lembrou de quando os dois eram jovens, ela, recém-noiva, ele, um primo do seu marido, a coisa mais bonita que ela tinha visto em sua vida. Foi ali que deu tudo errado? Foi ali que ela percebeu que não era feliz? Foi na primeira vez em que viu o rosto largo e as bochechas redondas de Asa, seus lábios carnudos e seus olhos que pareciam sorrir? Agora, os olhos de Asa estavam cheios de remela e com olheiras; eles pareciam gritar de dor e, ao mesmo tempo, confessar um constrangimento. Ele levou um susto quando abriu os olhos, pareceu confuso e perdido, a estranheza permeando aquele lugar estranho, sentindo-se, provavelmente, ele mesmo estranho, muito embora ela imaginasse que o sentimento de aproximação da morte fosse uma sensação muito familiar, uma com a qual todos começamos a nos acostumar no momento em que respiramos pela primeira vez. Ele abriu a boca e disse uma coisa tão baixa que ninguém, nem mesmo ele, poderia escutar; o lábio inferior se curvou para baixo, tremendo, tremendo como se ele fosse explodir em lágrimas a qualquer momento. Lentamente, ainda tremendo, ele ergueu uma das mãos para nenhum dos três em particular, limpou a garganta e disse: "Que horas são?".

"Por volta de uma e meia, papai." Sua filha, Tisha Anne, estava de pé do outro lado da cama, mas ele não olhou para ela. Seguia encarando o trio de pé ao seu lado. Quem são eles?, os olhos perguntam. Três fantasmas? Aparições? Espíritos? Será que é a morte que veio me levar?

"Asa?" Zeke parecia desconfortável, com uma careta estampada no rosto.

"Zeke, é você?"

"Sim, cara, sou eu."

Por um minuto, Asa continua confuso, tremendo, olhando para o velho, para a velha e para o homem alto no meio deles, sua mão ainda no ar, como se estivesse prestes a apontar para algo arcano e misterioso. Ele abaixa a mão, fecha os olhos e dá um suspiro com o peito congestionado. A respiração está acelerada, como se ele tivesse subido correndo vários lances de escada. Ele pergunta, de olhos ainda fechados: "Essa aí é a Ruth? E esse é você, Jimmy Greene?".

Sua filha responde sim. Ele cai no sono.

— Mulher, você não pode me expulsar da minha própria casa.

— Ah, é? Então olha só.

— Eu moro aqui.

— Você não mora em lugar nenhum, seu crioulo. Você mora onde você tem uma garrafa de bebida ao seu alcance. É nesse lugar que você mora; você mora onde você pode desmaiar de bêbado. Mas eu juro por Deus que você não vai nunca mais desmaiar de bêbado nesta casa.

— Para com isso, Ruth, puta merda. Eu disse pra parar, agora. Se você jogar mais alguma coisa...

— Não, não, não. Puta merda. Eu tentei — Deus sabe que eu tentei — mas não vou mais tentar. Acabou, Jethro. Vai embora.

— Mulher, eu vou...

— E se você encostar um dedo em mim, seu crioulo, eu te mato.

Aparentemente é assim que as coisas são com os mais velhos: as coisas que se sabe e as que não se sabe acabam sendo a mesma coisa. Eles começam a dar importância para uma coisa na qual os mais jovens, exceto talvez os muito jovens, não prestam atenção — os sentimentos. Quando foi? Quando ela tinha setenta e oito? Oitenta e três? Oitenta e nove? De repente o que ela sentia se tornou mais real para ela, como se ela pudesse esticar o braço e tocá-lo. Como diz aquele velho ditado, eu sinto na minha pele, ela agora também sentia coisas como a chegada da primavera, uma nevasca fora de época, uma tempestade violenta, ou a criação de um jovem. Era como se, assim como os cegos escutam melhor do que aqueles que podem enxergar, ela tivesse desenvolvido um sexto sentido para compensar suas pernas defeituosas, suas costas arqueadas e suas juntas duras e doloridas. Ela não acreditava que aquilo era algum tipo de milagre, nem nada de importante ou de especial. Não era uma bênção, ou uma maldição específica. Não era nada, ela suspeitava, que outros idosos também não sentissem.

Sendo assim, não foi nenhuma surpresa quando ela sentiu, quando ela ouviu. Ela sabia quando entrou ali. O hospital era pra ser um lugar tranquilizador, para dar algum tipo de esperança, ela supunha — o saguão de entrada tinha sido projetado para se parecer com uma mansão antiga, com colunas grossas e pisos de mármore, painéis de madeira nobre nas paredes e tetos esculpidos —, mas, ao mesmo tempo, era moderno e afetado, com todo tipo de máquina à espreita pelos cantos. Aquilo não a enganou nem um pouco. Nem as enfermeiras correndo pra lá e pra cá de roupa branca, nem as famílias barulhentas com suas crianças malcriadas, nem os pacientes que vagavam a esmo com suas próteses, nem os cadeirantes, nem os que se locomoviam em muletas, nem os pisos azulejados lustrosos, nem os elevadores que paravam aos solavancos em todos os andares e a deixavam enjoada daquele jeito. Ela sabia, ela sabe.

Então, Ruth, por que é que, se você tem tanta certeza de tudo que sabe, se está tão ciente de todas essas coisas e se nunca se deixa enganar, por que é que você ficou tão perturbada ao ver o primo do seu marido à beira da morte?

Se ele tivesse sido um bom homem. Se tivesse sido um homem decente. Se tivesse sido um homem amoroso. Se tivesse sido um homem que cuidou dos filhos. Se tivesse sido um homem que cuidou bem de sua fazenda. Se tivesse sido um homem respeitoso. Se tivesse sido um homem de sorte. Se tivesse sido um homem capaz de rejeitar a bebida — e que, de fato, a rejeitou. Se tivesse sido um homem de fé. Se tivesse sido um homem religioso, frequentador da igreja, temente a Deus. Se tivesse sido um homem menos bonito. Se tivesse sido um homem que não tivesse uma risada tão calorosa. Se tivesse sido um homem solene. Se tivesse sido um homem duro. Se tivesse sido um homem mole. Se ele tivesse sido...

Então, eles tinham vindo de tão longe... para quê? Para ficarem deprimidos? Para assistirem a um moribundo morrer? Para...

"Obadiah? Obadiah! Garoto, cadê você?"

"Eu estou bem aqui, mamãe. Agora calma, calma..."

... rezar, para *tentar* rezar pela alma de um moribundo por esse... absurdo? Ela queria gritar. Ela queria berrar, pegar aquela mulher pelo colarinho daquele trapo branco que ela chamava de avental, batê-la contra a parede e gritar: Você não está vendo que nós estamos tentando rezar aqui, sua branquela mal-educada?

"Obadiah, estou sem os meus dentes. Menino, cadê os meus dentes?"

"Estão na sua boca, mamãe. Agora, fique quietinha um pouco."

Mas quanto mais Ruth tinha pensamentos raivosos e perversos em relação à velha que estava naquele quarto com Asa, mais ela sentia pena crescendo por dentro — não, não pena, uma coisa mais parecida com angústia, por ela mesma, por Asa, por Zeke, angústia, sim, até mesmo por aquela vadia branca maluca.

"Será que não era bom alguém dar uma olhada naquele potro? Está frio lá fora. Vai botar um cobertor no potro, Obadiah. Você faz isso, filho? Tô com medo de ele morrer congelado."

"Mamãe, ele não vai congelar."

"Bom, eu mesmo vou lá fazer isso, então. Animais são muito caros. Você trabalha, dá duro, Deus sabe o quanto, e você tem que cuidar do que você tem, mesmo que não seja grande coisa, mesmo que..." A mulher começa a levantar da cama enquanto sua boca segue trabalhando como um disco arranhado numa vitrola que alguém esqueceu ligada dentro de um quarto em que ninguém consegue entrar. Magra como um pau, com a pele da cor do milho seco e os olhos envoltos em profundas olheiras.

"Mamãe, deite um pouco agora. Por favor. Deite um pouco." O garoto que ela chama de Obadiah, se é que aquele é mesmo o Obadiah, é um garoto magro e comprido com um cabelo cor de rato e um rosto totalmente comum; seus dentes são horríveis. Ele tem uma expressão tão desamparada que Ruth quase sente vontade de ir até lá para confortá-lo. Quase.

"Não, não, eu não posso me deitar. O sol já vai nascer. Eu tenho que tomar o café da manhã. Ordenhar aquela vaca velha. Dar uma olhada nas galinhas." Ela para abruptamente e vira para o filho, as mãos ainda agarradas aos tubos que ela está disposta a arrancar dos braços. "Você ouviu as galinhas essa noite? Aposto que tinha um guaxinim querendo pegá-las." Ela volta-se para os tubos que pretende arrancar.

"Mamãe, pare com isso. Pare com isso, você me ouviu. Chega."

Mas ela foi muito rápida, e já está sentada na cama, com os pés para fora, o que faz Ruth pensar: De onde essas pessoas tiram toda essa energia? Da loucura?

"Obadiah, você viu minha enxada? Cadê minha enxada? Aposto que aqueles desgraçados daqueles moleques dos Simpson passaram ontem aqui, pegaram a minha enxada e nem trouxeram de volta nem disseram oi, nem tchau, nem beijaram meu pé, nem nada. É a cara deles. Caipiras branquelos. Eu preciso da enxada pra trabalhar nas beterrabas e no feijão-manteiga. Tá feia a coisa com tanta erva daninha por lá."

A idosa seguia tentando sair da cama enquanto seu filho tentava, gentilmente, evitar que ela se levantasse. Para Ruth, de uma forma um tanto cômica, parecia que eles estavam começando uma dança.

"Enfermeira! Mãe, por favor. Mãe. Enfermeira! Enfermeira!"

"Meu Deus." Asa revira os olhos e recolhe os lábios para dentro da boca. "Agora vou ter que aturar isso também?"

Os quatro encaram, sem poder ajudar, enquanto a mulher finalmente consegue se desvencilhar do filho. Como qualquer outra criatura que acabou de se libertar, ela tem um olhar selvagem no rosto.

"Não, não", ela diz, apontando para Ruth. "Não é assim que se passa roupa, garota. Deixa eu te ensinar." E ela vem andando, rápida como um pássaro, na direção de Ruth, que leva um susto ao ver aquilo. Quando a mulher tenta pegar a bolsa de Ruth, seu filho a segura e começa a levá-la gentilmente de volta para a cama. Ela não resiste. "Mas aquela garota de cor não sabe passar roupa."

"Precisa de ajuda?" Jimmy se oferece timidamente, Ruth percebe, depois que a mulher já havia voltado para sua cama.

"Não, reverendo. Não, obrigado", diz Obadiah. "Ela fica assim de tempos em tempos. Fica meio confusa de vez em quando, além de todos os problemas que já tem no coração." As linhas em seu rosto atestam que seu sorriso é falso, e que ele está tentando disfarçar sua vergonha. "Enfermeira!"

A mulher senta na cama, começa a balbuciar alguma coisa sobre poeira, e ele vai para o outro lado da cama, recolhe os pedaços do tubo desconectado e fica olhando, perplexo. Ele chama pela enfermeira mais uma vez.

"Isso não é motivo pra você ficar tão bravo, Amos", a mulher diz a ele. "Eu não fiz nada pra você se irritar desse jeito. Eu sou uma boa esposa; eu trabalho; eu cozinho bem. Ah, sim, eu cozinho muito bem."

"Enfermeira!"

Mais uma vez a mulher sai da cama. A exaltação começa a cobrar o preço, e sua voz agora está mais fraca e mais lenta.

"Não, não, não, sr. Edmund. Eu não trabalho mais com tabaco. Eu parei depois do meu sétimo filho. Não, eu não aguento mais todo aquele sol e…"

Asa solta um suspiro contrariado. "Será que alguém poderia, por favor, *por favor*, calar a boca dessa mulher?" Ele fala aquilo mais alto do que qualquer outra coisa que havia dito desde que eles haviam chegado. "Senhor, eu sei que sua mãe está doente…" Ele para e tosse. "… e não estou falando isso por mal. Mas, por favor, senhor: tente fazer ela parar. Eu não aguento essa barulheira toda." Ele se vira para os seus acompanhantes com um olhar de frustração pessoal: "Cadê a maldita enfermeira?".

Mais uma vez o homem chama a enfermeira, e sua voz agora sai aguda e rouca.

"Aperte o seu botão." Tisha Anne serve água para o pai beber.

"Meu botão?" O constrangimento do homem entristece e enfurece Ruth.

"Sim, o seu botão." Tisha Anne aponta.

"Mas eu não estou vendo. Onde?"

Ruth não consegue mais ficar quieta. "O botão ao lado da cama, seu bobo!" Todos viram para ela. Será que tinha falado aquilo muito alto?

Asa tenta, em vão, alcançar o botão. Tisha Anne o aperta para ele, mas ele continua tentando alcançá-lo.

"Não precisa, papai. Não precisa."

"E eu imagino que o preço do milho vá subir. Aposto que vai. Foi isso que o Amos disse que ouviu lá no engenho. Que o preço ia subir. E o preço dos porcos também. Sim, senhor..."

"Mãe, fica quieta."

"Vou te contar..." Zeke coça a cabeça. "Onde será que está essa enfermeira?"

"... as coisas estão melhorando. Acho que a gente vai ficar bem, até que enfim. Até que enfim vamos ficar bem. Até que enfim. E eu também vou ficar bem. Com certeza. Muito bem. Vou me sentir muito bem."

Finalmente a enfermeira chega, uma mulher grande e negra cujo vestido branco é um pouco apertado e curto demais para o gosto de Ruth. Ela se pergunta por que uma mulher tão rechonchuda e com pernas daquele tamanho iria querer andar por aí usando um vestido tão apertado. Mas, mais importante que isso, ela sente um alívio.

"Com licença." A enfermeira puxa, de uma pequena fresta na parede, uma cortina, dá toda a volta na cama e retorna à mesma parede. Ruth fica prestando atenção, mas não escuta nenhuma resistência, nenhum grito de dor; e, de forma rápida e discreta, o falatório incessante da mulher arrefece, como o som de um trem que vai deixando uma cidade.

"... e eu espero encontrar meus netos no Natal. Sim, espero mesmo. Fazer um bom jantar para eles. Um bom café da manhã, também. Café da manhã. Ovos. Bom. Salsicha. Presunto defumado. Ovos. E salsicha, e ovos, e presunto. Presunto defumado. Defumado e ovos... ovos... ovos..."

Ruth olha pela janela, para o gramado vicejante verde-esmeralda e lembra que é dezembro, não julho, e que lá fora faz frio. Ela suspira.

Ele voltava para casa naquelas noites, noites tristes já preenchidas pelo ato de cozinhar e limpar e por um cansaço que chegava até os ossos, um cansaço que se parecia com a sujeira que o acompanhava e, depois que todas as crianças eram colocadas pra dormir, ela lavava e lavava e lavava até que a sujeira desaparecesse por completo, mas o cansaço persistia e, no final, parava, por pura exaustão, e ia para a cama, caindo no sono assim que a cabeça encostava no travesseiro, e via, com os olhos de sua mente, espuma de sabão, enxadas golpeando a terra, nuvens de poeira contendo ervas daninhas, grama, pequenas metades de lagartas ceifadas, e insetos zunindo, zunindo em seus ouvidos; e galinhas sendo limpas, penas sendo arrancadas, a pele rosada sendo raspada, minúsculas penas imaturas sendo arrancadas e as patas cor de laranja sendo cortadas, e maçãs, pêssegos e uvas transformados em conservas, e então ela estava de volta à lavoura de fumo, e dentro do celeiro pendurando as folhas de tabaco, verde-claras, e o cheiro do alcatrão, escuro e grosso, em suas mãos, e sujeira e sujeira e sujeira de terra, sempre sujeira, e ele voltava para casa e, mesmo estando cansada demais para se mexer, ela acordava e ficava ouvindo ele andar pela trilha, escutava seus pés cansados (cansados de quê?) tropeçarem, embriagados, escada acima, o ouvia vasculhar os bolsos atrás das chaves, derrubando-as várias vezes no chão, seu barulho característico ricocheteando pelas árvores do bosque, ela o ouvia cambalear no escuro, atravessar a sala escura, e ela o enxergava com os olhos de sua mente: seu rosto, não como ela lembrava que era, mas com os olhos injetados, a barba malfeita, a face surrada com uma expressão distante e preguiçosa, mas ela ia focando, cada vez mais, numa versão mais bonita dele, ele numa tarde de domingo, no auge da primavera, à beira do rio, com um olhar radiante e um belo sorriso, era nisso que ela pensava enquanto ele lutava contra o casaco, contra a camisa, contra as calças, contra os sapatos, ao mesmo tempo que subia na cama e dizia Mulher, num vaporoso murmúrio, ela imaginava o sol brilhando e as águas cristalinas, seu sorriso gentil e, quando ele a tocava, a pegava como se fosse um saco de forragem, de forma brusca, ela o imaginava abraçando-a afetuosamente, e quando ele vinha babando em seu pescoço e ela sentia o cheiro daquele bafo horrendo de pinga ela sonhava, nossa, ela sonhava muito com uma camisa limpa, uma bela gravata e uma camisa branca e limpa, e quando ele a virava e dizia: Seja boazinha, mulher, seja boazinha, ela o imaginava sussurrando, de forma doce e delicada, um monte de coisas bobas e infantis, promessas de presentes e viagens e momentos que, um dia, aconteceriam, e quando ele a montava e entrava nela suspirando como um touro que urina, e a dor, uma dor que se espalhava velozmente por suas entranhas, e o ritmo, o ritmo que começava e ela esticava os braços para agarrar alguma coisa, qualquer coisa que não fosse ele, e ela tentava, com todas as suas forças, lembrar que tinha sido o amor, que ela o havia amado algum dia, e que ela queria ainda amá-lo, e ela transformava então aquilo numa prece, uma prece muito estranha que se perdia naquele ritmo que a penetrava, que era tanto preto quanto branco, que lhe dava prazer e dor, prazer e dor, prazer, dor, mas cada vez mais dor e menos prazer, e se acelerava dentro dela, bem fundo, e ela finalmente se agarrava nele, o envolvia em seus braços, e enquanto ele falava com ela, a chamava, chorando, soluçando como um bebê, enquanto ele a escalava do seu berço, oh, Deus, ela o abraçava, o embalava em seus braços, e ele gritava: Meu Deus,

Senhor, Meu Jesus, e ela o amava, e quando ele terminava, depois de virar o mundo de cabeça para baixo, depois que ela tinha se aberto, doado, desejado, visto, confortado, protegido, liberado, recebido, depois que ela havia sido o início, o meio e o fim, depois que ela havia engolido as lágrimas, assoado o nariz, lambido o suor, quando o mundo havia voltado para o lugar e tudo que restava agora era um silêncio, ainda triste, ele virava para o lado sem dizer uma palavra, deixando-a vazia e com frio, e começava a roncar.

"Rezemos, então:

"'Pai Nosso, viemos a Ti com a maior humildade que podemos oferecer...'"

A morte, em si, provavelmente será, certamente será, rápida e misericordiosa. Mas ela odeia o fato de ele estar sofrendo tanto. Enquanto olha para ele ali, com a testa enrugada, concentrado na prece de Jimmy, ela faz a sua própria oração secreta:

Caro Jesus,

Senhor, eu sou uma velha acabada e, em breve, muito em breve, Você me chamará. E tudo bem. Tem horas que eu queria que Você já tivesse me levado há muito, muito tempo. Mas Você não levou; e Você é Deus. De modo que eu não vou Te dizer como fazer as Suas coisas, porque sei bem como é você estar fazendo as suas coisas e vir alguém que não sabe nada sobre o que você está fazendo e se acha no direito de dizer o que você está fazendo errado, e como você poderia fazer melhor, e assim por diante. Mas, Senhor, não vim aqui para me meter nas Suas coisas e nem para ficar de papo furado. Não, Senhor. Eu vim aqui para Te fazer um pedido, Meu Deus, porque eu sei, eu sei muito bem como deve ser para o Asa ficar aí deitado nessa cama, sem poder fazer nada, agoniado de dor. E, Senhor, eu sei que, em breve, ele irá embora, e, Senhor, eu sei que ele está sofrendo, e, Senhor, eu sei que o sofrimento faz parte do peso de ser humano desde a Queda, mas, Senhor. Você sabe. Ah, Você sabe muito bem. Você sabe que não foram muitas as pessoas que foram boas pra mim na minha vida. Meu pai, ele tentou, porque minha mãe, ela não sabia como fazer isso. Algumas tias… mas, Senhor, eu não estou reclamando, mas este homem, este homem… eu… eu… penso muito nele. Ele fez… ele fez muito por mim. Por mim e pela minha família. Ele se apresentou quando o desgraçado do meu marido não podia mais fazer coisa nenhuma por nós. Ele nos trouxe comida quando a maioria das pessoas simplesmente ficou sentada, rindo de mim. Rindo. E eu com oito, nove crianças para alimentar e vestir e ensinar e o homem que havia me dado todas elas não estava mais aqui. Tava metido na gandaia por aí. Na bebedeira. Mas este homem. Este é um bom homem. E, deixa eu Te dizer, eu não vou Te pedir pra não levá-lo daqui, porque eu já vi o suficiente deste mundo para saber que, provavelmente, será um grande alívio ir embora daqui. Mas, Senhor, se Você puder: tire esse sofrimento dele e ponha em mim, Senhor. Ponha em mim. E deixe que ele morra em paz.

Espero que não seja pedir demais. Mas é como diz na Bíblia: A oração de um justo é poderosa e eficaz. Bom, talvez eu não seja assim tão justa, Senhor, mas sou transparente. Sou honesta. E sou sincera.

"… neste reino que jamais terá fim, e onde todos os dias serão domingo."

"Amém."

Amém.

Se ele tivesse sido… se tivesse sido… se tivesse sido… Mas ele não foi.

— Jethro? Jethro?

— Sim.

— Venha comer o seu jantar.

— Já vou aí.

— Mas vai esfri…

— Eu falei que já vou, Ruth.

— Mas, Jethro… o que aconteceu com você… você… por que você está chorando?

— Me deixa em paz, mulher. Só me deixa em paz.

— Jethro? Você está doente? Tem alguma coisa errada? As crianças…

— Não, não, não. Agora, me deixa em paz.

— Mas, Jethro, não é normal ficar chorando sozinho desse jeito. Tem que ter alguma coisa errada.

— …

— Você está precisando de dinheiro? Está doente?

— Mulher…

— Não, agora você vai me dizer…

— …

— Jethro.

— Eu… eu não queria que fosse desse jeito.

— De que jeito, Jethro?

— Não queria que você vivesse tão mal. Eu não te mereço. Você… você não me merece. Não sou digno de você, Ruth. E não sei o que fazer a esse respeito. Simplesmente não sei. Eu tento ser melhor. Com certeza… Mas não consigo. Sou fraco. E olha pra você. Olha só pra você.

— Você… a gente tem de continuar tentando. É só isso. Só continuar tentando. Continue tentando e não desista…

— Você é uma boa mulher, mas você não entende, não é? Você não entende.

Ah, mas eu entendia. Eu entendia sim.

É difícil olhar pra ele. Ele está tão cansado. Mal pode esperar para criar asas e voar. Ela também está cansada, tem andado cansada, cansada todos os dias, cansada há mais tempo do que consegue se lembrar. Falta pouco, Asa. Muito, muito pouco. Nenhum de nós vai continuar cansado por muito mais tempo.

"Bom, muito obrigado a todos vocês pela visita." Os olhos de Asa estão chorosos, mesmo que não haja lágrimas neles. "Dirijam com cuidado na volta."

A mulher na outra ponta do quarto está cochilando; seu filho foi embora. Um homem baixo, da cor do solo fértil, passa um esfregão no piso do corredor. Tem algo de reconfortante no ruído suave, molhado e ritmado do esfregão limpando o chão. Ela sente o cheiro da amônia, fresco e novo.

Está na hora de ir embora.

"Bom, Asa", ela diz, "descanse agora. Você me ouviu? Descanse. Vai ficar tudo bem."

"Eu sei que vai, menina." Ele pisca e sorri para ela. "Eu sei que vai."

Tisha Anne os acompanha pelo corredor. Zeke vai na frente, Ruth logo atrás, Jimmy à sua esquerda e Tisha à direita.

"Fazia tempo que eu não via o papai tão bem assim."

"É mesmo?", Zeke pergunta.

"Sim, senhor. É mesmo."

"Menina, o que dizem os médicos?" Zeke espia todos os quartos conforme eles vão passando, acenando com a mão e a cabeça para todos que retribuem seu olhar.

"Ora, mas pra que você quer saber o que dizem os médicos?" Ruth não levanta a cabeça, apenas a revira num movimento seco, como se quisesse escutar o chão.

"Ora, Ruth…"

"Ora, Ruth, nada."

"Tia Ruth!" Jimmy parecia exaltado. O tom de sua voz saiu como se ele falasse com as crianças na escola, e não com uma mulher adulta, mas ela também detecta… uma certa impaciência? "Eu também quero saber."

"Eles dizem que o coração do papai não tem força suficiente para durar muito mais tempo. E é só isso. Ele já teve duas paradas cardíacas, como vocês sabem. Ele tem muita sorte de não ter sofrido um derrame... ainda."

"Eles acham que é uma possibilidade?"

"Sim, senhor. Acham sim."

"Aham." Zeke balança a cabeça enquanto as portas do elevador se abrem, o olhar fixo na parede dos fundos.

"Bom, você está contente agora?" Quando Ruth adentra o elevador, as portas começam a se fechar sobre ela e, antes que Tisha Anne ou Jimmy possam segurá-las, elas a atingem, fazendo com que ela se desequilibre e caia nos braços de Jimmy. Imediatamente, ela começa a se debater, como um peixe puxado pra fora d'água, golpeando os braços e o peito do homem.

"Tia Ruth! Tia Ruth! Qual é o seu problema?"

"Não tem problema nenhum comigo. Tem é que dizer pra eles consertarem essas porcarias desses elevadores. Minha bengala. Minha bengala. Me dá a minha bengala. *Eu quero a minha bengala.*"

Jimmy a segura pelos ombros e a encara nos olhos. "Tia Ruth, *por que você está me batendo*?"

Ela para e percebe que todos estão olhando para ela, as enfermeiras, um homem branco de casaco de tweed laranja e a mulher que o acompanha, Zeke, Tisha Anne, e ela quer falar pra ele, ela quer cuspir na sua cara, berrar, gritar, e dizer o quanto ela o despreza, o quanto ela o odeia, sua avó, seu tio Zeke, toda a sua maldita família, mas ela está muito atordoada por aquela demonstração repentina de... de quê? De força?

"Rapaz, com quem você pensa que está falando? Com um desses moleques ranhentos da sua escola?" Ele desvia o olhar, constrangido. "Me dá a minha bengala."

Tisha Anne entrega a bengala a ela e, quando Jimmy estica a mão para ajudá-la, Ruth simplesmente lhe encara e entra no elevador.

Zeke olha para ela de boca aberta. "Ruth, você não precisava falar desse jeito com o rapaz. Ele só estava..."

"Me deixa em paz, Zeke. Só me deixa em paz."

Ela odeia elevadores. Seu coração acelera, o estômago adquire outra forma. Ele não é sobrinho dela, ele é sobrinho do marido dela; e a avó, a Ilustríssima Senhora Jonnie Mae Cross Greene, foi uma das pessoas que ficou bem sentada lhe apontando o dedo por ter se casado com o bêbado do irmão dela. Ah, ela até ajudava quando Jethro se afundava na garrafa por muito tempo; ah, e ela dava conselhos sobre como criar seus filhos — especialmente levando em conta o quanto ela havia sido bem-sucedida criando quatro meninas e aquele menino, Lester, que ela fazia de escravo; ah, e ela tinha sido uma boa cunhada, mas jamais respeitou Ruth. Nunca tratou Ruth como igual. E ela moldou Jimmy, seu neto, à sua própria imagem. Ela odiava aqueles dois. Mas ela era uma boa mulher. Jethro havia dito isso a ela uma vez.

Lá fora, o clima está mais quente, ainda que não o suficiente para que ela fique feliz. Enquanto Tisha Anne lhes deseja uma viagem segura de volta, ela fica olhando para a grama verde que se estende sobre o vale, cobrindo todo aquele monte cor de esmeralda, para além das lápides brancas e dos portões enormes de ferro fundido, e então ela nota a cor do céu, cinza como a água de lavar pratos na pia. Ela pensa: eu queria morrer sob um céu azul.

30 de abril de 1984

2h40

Horace estava sentado, atônito, no Buick verde cor de vômito. Ele reconhecia o enorme estacionamento na lateral de sua escola do ensino médio, com seu chão preto de asfalto. Por que ele estava sentado ali? Ele não conseguia lembrar o que o havia trazido até ali, ou mesmo de ter chegado ou dirigido até lá. De repente abriu os olhos e estava ali. Apesar disso, se lembrava de lembrar da igreja, do batizado, da escola... do jardim? Nada era muito claro, ou cronológico, e as imagens e os fragmentos de emoções que atravessavam seu coração só o deixavam ainda mais confuso.

Mas ele lembrava aquela voz, e do plano que ela, aparentemente, tinha para ele. Onde ela estava? Ele sentia uma coisa similar a um conforto ao pensar que havia um poder maior controlando tudo, sem importar o quão assustador aquilo poderia ser. A maldição estava lançada. As decisões não estavam mais em suas mãos. Ele era agora um mero peão.

Ao desligar os faróis, ele saiu do carro e se virou, meio na expectativa de ver alguém ali. Quem? Letras de músicas pipocavam em sua cabeça, *Pegue este martelo, leve até o Capitão...* Ele experimentou uma sensação de perda. Por quê? Confuso, deu de ombros e por fim afastou-se do carro e começou a caminhar em direção à escola.

Enquanto andava pelo asfalto, cuidando o máximo para não cortar os pés descalços com vidro quebrado, anéis de lata ou nos pedregulhos, memórias de manhãs de outono, inverno e primavera em que aquele estacionamento esteve lotado de carros começaram a pipocar em sua mente. Toyotas. Hondas. Ford Rangers. Cadillacs antigos. Aqueles Volkswagen Rabbits bonitos, comprados por pais que faziam de tudo para agradar, ou Pontiac Firebirds, dos pais bem de vida e extremamente indulgentes; aquelas picapes que os netos ganhavam dos avôs que não conseguiam mais operar uma embreagem; os Chevrolets, os Mercurys, os Chryslers que também eram usados como carro da família, e aqueles modelos mais simples e mais baratos que os poupadores e os que trabalhavam duro compraram com o dinheiro que haviam juntado dos trabalhos que pegavam ou no verão ou depois das aulas, nos supermercados, lojas de sapato e McDonald's. Aquela coleção de máquinas que estalavam, roncavam, buzinavam e bebiam eram símbolos de orgulho, uma fonte concentrada de soberba entre os pares de Horace. Quem dirigia até a escola estava um degrau acima daqueles que pegavam o ônibus, tanto fazia se era um Mazda RX7 ou uma picape Dodge de 1954, pois eles eram independentes. Estavam um passo mais perto de se tornarem adultos.

Horace atravessou o estacionamento com apenas um ou dois cortes nos pés. Sentou num dos cones de uma fileira que separava o estacionamento do pátio da escola e conferiu os pés, um de cada vez, removendo pedregulhos e coisas assim. Mais uma vez se viu sentado debaixo da luz de um poste e, mais uma vez, sem se preocupar com a nudez. Ficou olhando para aquele monólito mergulhado na penumbra, cinzento e silencioso, a lua crescente refletida em suas janelas, seu telhado achatado se confundindo com o céu.

A South York County High School pertencia a uma outra época. Sua estrutura fora levantada originalmente no final dos anos 1950, com o acréscimo de um refeitório no começo dos anos 1960, um ginásio no começo dos 1970, um anexo comercial no final dos 1970 e, mais recentemente, um enorme auditório com uma sala de concerto para a banda. Era um colosso moderno feito de tijolos bege desbotados que destoava das fazendas e oficinas mecânicas e bosques e campos que a circundavam. Como a população de South York era de mais de duas mil e quinhentas pessoas, a maior do condado e da maior parte da Carolina do Norte também, todo o dinheiro tinha sido destinado à construção de mais e mais prédios, até ela se converter no orgulho da região. Os times de futebol, de basquete, de corrida, de tênis e até de beisebol, tanto a equipe principal quanto de juniores, eram sempre os favoritos locais. Apesar do time de basquete masculino estar amargando uma sequência de derrotas, o time júnior não perdia havia seis anos (e todos botavam isso na conta do treinador); e a equipe feminina venceu duas vezes o campeonato estadual. O time de futebol foi considerado o melhor do estado durante um bom período, conquistando o campeonato estadual por três anos seguidos; mais recentemente, figurava entre os vinte primeiros do ranking. Os principais destaques das equipes de tênis tiveram bons desempenhos na universidade de East Carolina e na Estadual; e diversos integrantes da equipe de corrida ganharam bolsas de estudo. "Você pode avaliar o tamanho de uma escola", disse uma vez o diretor, o sr. Unger, durante uma assembleia estudantil, "pelo tamanho de seus atletas." Horace sabia que seu primo Jimmy teria retrucado: E quanto aos seus professores? Mas Horace havia aprendido, após três anos e meio lá, que a imagem importava mais do que o ensino para os administradores da escola.

— O que foi isso? Ele ficou prestando atenção no que ouvia e teve certeza… sim — o som de asas. Batendo. Um grande par de asas que se contraía e golpeava o ar. Ele ficou de pé num pulo, meio tomado pelo terror, meio pelo deslumbramento. Será que o demônio tinha resolvido se revelar? Olhou em volta, esquadrinhando a escuridão, pelos campos, por entre os cantos e fendas do prédio, em meio às árvores, ao longe, e por entre os postes e pilares, cercas e portões... e nada. O que ele tinha ouvido?

À esquerda, ouviu passos. Sem parar para pensar, foi atrás deles. Correu até a frente do prédio, sem enxergar nada, mas sabendo que os passos rumavam naquela direção. O saguão do prédio, com um vitral na fachada, enfiado em meio a colunas de aço e postes de concreto, estava repleto de objetos que demonstravam um sentimento de patriotismo pelo colégio. O mascote era um indígena, de modo que havia um cacique petrificado no saguão, com seu cocar de longas penas feitas de cerâmica que se estendia até o chão. O piso era de uma lajota feita para imitar o mármore e exibia um brilho artificial. Ali estavam todos os troféus, e placas, e faixas e também o brasão do estado; havia uma enorme seringueira plantada em cada canto do espaço, o que destoava completamente da natureza moderna, acadêmica e refinada do saguão.

Horace esticou o braço na direção da maçaneta certo de que a porta estaria trancada, de que a criatura, talvez, tivesse a atravessado como se fosse uma brisa e, tão surpreso quanto as mulheres que abriram a tumba de Jesus, ele a abriu. Não considerou esse fato como uma coisa sobrenatural; não imaginou que o demônio tivesse mexido na tranca; mas também não pensou que o sr. Unger, com sua costumeira desorganização mal-humorada, pudesse ter saído às pressas do prédio, esquecendo de trancar a porta. Ele entrou correndo atrás da criatura, levado mais pela curiosidade do que pelo terror.

Pra onde eu vou? O silêncio e as sombras o confrontavam, as sombras de sempre, que se dobravam pelos cantos e se esticavam em longos arcos e voltas. Não havia nada de sobrenatural naquelas paredes foscas no escuro, na escadaria vazia, nas janelas sem reflexos, nos corredores sem luz. Ele pensa nos passos que ouviu poucas horas antes de os estudantes barulhentos e as atividades educacionais tomarem conta daquele espaço.

Então ouviu um farfalhar revelador vindo do topo da escadaria. Horace subiu aos pulos, saltando os degraus de três em três. Mais uma vez, nada. Uma porta discretamente emitiu um clique.

Ele parou em frente à sala de aula de biologia da srta. Clarissa Hedgeson e fez, pela primeira vez, uma pausa em sua perseguição. A respiração ficou curta e ele começou a imaginar que tipo de monstro horrendo, medonho, maldoso, destrutivo e cruel poderia encontrar ali. Que fim indesejável ele poderia conhecer? Que tipo de sofrimento o aguardava lá dentro? Que tipo de tortura? Ele abriu a porta.

Você está atrasado, sr. Cross.

Raios de sol entravam pela janela. Eis ali Clarissa Hedgeson, exibindo o velho vestido estampado de camareira, os óculos de armação prateada e o sorrisinho autoritário. Seus colegas do nono ano olhavam todos para ele, exceto por aqueles que estavam ocupados lendo a última revista do Homem-Aranha escondida dentro dos livros de biologia, ou os que fofocavam no fundo da sala, ou aqueles que, perdidos em devaneios de serem espiões na Rússia ou viverem romances na Inglaterra vitoriana, olhavam pela janela sonhando com Moscou, com Londres, com algum lago geladinho para mergulhar.

Muito bem, sente-se, rapaz. Não temos o dia todo.

Ninguém zombou de sua nudez. Na verdade, ele tinha esquecido que estava sem roupa. Segurando a mochila e balbuciando desculpas por ter se atrasado, ele sentou com alívio e ficou ansioso pela aula sobre divisão celular, cheio de perguntas sobre mitose, osmose e membranas.

A srta. Hedgeson começou a falar em seu tom monocórdio, e Horace começou a olhar em volta. Ele viu Gideon e John Anthony e Edmund Clinton e, num instante irresoluto, percebeu que estava aqui, mas também não estava. Olhou para baixo e viu que estava nu em meio a eles, e também três anos mais velho. Os outros estavam iguais. Não foi bem nostalgia, mas sim arrependimento e tristeza os sentimentos que lhe invadiram, mas ainda assim ele seguia confuso: será que isso é real?

Olhou para Gideon, pardo e gentil, tão complicado quanto cálculo e tão direto quanto um soco no rosto. Horace lembrou de seu romance. Não chamaria aquilo de amor, embora tenha sido intenso e real.

I can't light no more of your darkness
All my pictures seem to fade to black and white...

Se tivesse a oportunidade de fazer tudo de novo, ele tinha certeza, mas certeza absoluta, de que teria sucumbido. Era "a magia da primeira vez" o que dominava sua mente agora e, embora ele transbordasse de culpa, aquilo tudo também era, de alguma maneira, puro em sua sordidez, honesto em sua estranheza, inocente em sua seriedade. Talvez fosse algo que nunca mais veria novamente, mesmo se vivesse até os trezentos anos de idade e se envolvesse com uma legião inteira dos maiores e mais destemidos guerreiros de todo o império.

Don't discard me just because you think I mean you harm
Stranded here on the ladder of my life...

Como uma coisa dessas poderia ser errada? Como ele havia sido capaz de estragar algo tão...

Horace. Você e o Gideon estão prontos para a apresentação de vocês?

A princípio era pra ter sido com Edmund — um menino com o cabelo cor de corvo e um tom de pele escuro muito claro que jogava no time júnior de basquete e havia confessado a Horace um desejo profundo de ser negro — que Horace trabalharia no seu experimento sobre o tropismo de plantas para a aula de biologia do nono ano da srta. Hedgeson. Edmund era bem mais alto que Horace e tinha, como as mulheres mais velhas costumavam dizer, encorpado cedo. Suas tentativas desajeitadas de falar e gesticular como negro fizeram com que Horace, que já tinha uma queda pelo garoto, se sentisse ainda mais atraído por ele. Aos quinze anos, Edmund tinha mais pelos no corpo do que Horace acreditava ser possível. Ele ficou obcecado por aqueles tufos negros e misteriosos.

Horace? Gideon? Vocês estão prontos?

Edmund era incrivelmente burro. E apesar de Horace ter lhe dado uma aula sobre o processo de crescimento das plantas, aquilo não parecia ter interessado Edmund nem um pouco, ou ensinado a ele qualquer coisa sobre biologia. Edmund estava muito mais interessado em Peggy Somers e nos Celtics e no novo aparelho de som que havia acabado de instalar em seu Camaro. Num momento crucial para o experimento, Edmund resolveu optar por escrever um extenso relatório em vez de concluir a experiência, o que lhe daria mais créditos, deixando Horace com uma complexa dor de cabeça.

Horace?

Mais ou menos ao mesmo tempo que Edmund decidiu que não queria ter nada a ver com o plantio de ervilhas, uma cobra do milho faminta conseguiu se infiltrar no celeiro de Lucius Stone e devorar o projeto de Gideon sobre o crescimento e desenvolvimento de embriões de galinhas.

Sim, srta. Hedgeson. Estamos prontos.

Em sua sabedoria professoral, a srta. Hedgeson decidiu que Gideon e Horace trabalhariam bem juntos.

Eram no total cento e vinte e oito pés de ervilha — Horace tinha escolhido ervilhas por conta de sua admiração por Gregor Mandel. Ele gostava de se imaginar, mesmo que levemente, parecido com Mendel, um monge devotado à aquisição e à interpretação de importantes informações e conhecimentos, isolado no topo de uma montanha, num mosteiro simplório e rústico, feito da mesma pedra bruta talhada daquela própria montanha, andando em meio às ervilheiras na primavera, a fragrância de suas flores azuis e brancas, o zunido das abelhas melíferas nos ouvidos, afastando as lagartas gordas das folhas das plantas, pensando nas preces noturnas, em São Benedito, no código genético — é claro que a srta. Hedgeson tinha sido contrária ao uso de ervilheiras. Elas não eram robustas o bastante, dissera. Horace argumentou, de uma forma tranquila, como as ervilheiras seriam ótimas plantas para se demonstrar o fenômeno — como seria qualquer planta, ele disse, em sua já famosa teimosia. Ela lhe deu a aprovação com um sorriso amarelo ao qual Horace já estava acostumado, pois havia se acostumado que coisas fossem feitas do seu jeito.

Mas a srta. Hedgeson não permitiria que Horace executasse o projeto sozinho. Ela já estava achando a coisa toda grandiosa demais, se é que já não tinha até fugido ao controle, com todos aqueles gráficos e diagramas com projeções, isso sem falar no relatório por escrito, cujo rascunho já era muito maior que o necessário e, sério, Horace, você não acha que isso tudo é meio exagerado? Quer dizer... Ok. Ok. É claro que você sabe o que está fazendo. Não estou insinuando que você não sabe. Mas vou insistir para que o Gideon se junte a você. Na verdade, não tem outro jeito. Não tem outro jeito e nem discussão, *sr.* Cross.

A natureza do experimento era tão delicada que não poderiam mexer em nenhuma planta até o dia da exposição. A única coisa que havia sobrado para Gideon fazer era ajudar a desenhar os gráficos e diagramas que Horace havia planejado. E ele insistia em ir até a casa de Horace para ajudá-lo a cuidar das plantas.

A primeira reação de Horace àquela ideia foi de incômodo: ele deixaria de ser aquele monge sério, isolado em seu jardim sagrado, devoto, contemplativo e só. Agora haveria outra presença, uma presença que Horace considerava perturbadora.

Ao longo daquele verão, Gideon foi mudando. O corpo delicado e feminino se transformou, muito parecido com uma borboleta que emerge de sua crisálida. Todos estavam comentando aquilo. Ele era notado. As mulheres mais velhas diziam: Você viu o filho do Lucius e da Viola? Esse resolveu crescer! De repente, estava mais alto que Horace. Seus braços, que pareciam mais grossos e totalmente diferentes dos de uma garota, balançavam ao lado de uma cintura que estava se convertendo em algo sólido e, com certeza, masculino. Sua voz estava atingindo um registro mais grave. Era evidente que ele seguiria os passos da mãe e dos irmãos e se tornaria um homem graúdo. Mas o que mais perturbava Horace era o fato de que as coisas que antes eram vistas como defeitos irritantes, agora pareciam intencionalmente sedutoras: sua antiga voz estridente e aguda agora tinha um tom agradável; suas "afetações" agora eram vistas como polidez e inteligência. Horace tinha de se esforçar para evitar olhar para ele.

Estaria mentindo a si mesmo se dissesse que nunca se sentira atraído por Gideon, especialmente agora. Porém, admitir aquilo resultaria numa culpa tão devastadora que seria melhor crucificá-lo de uma vez. Como? Como? Como seria capaz de resistir, trabalhando tão perto dele? Por que o bom Deus não o poupava daquela tortura, daquela armadilha perfeita? Que o faça ter de resistir à vontade de roubar em vez disso. Que sua fé seja questionada. Que o obrigue a mentir, a adorar falsos ídolos, a desonrar pai e mãe, a cobiçar a casa do próximo... mas por que Gideon?

Então ele pensou — e como não tinha pensado nisso antes? — no que sua família ia dizer sobre o fato de ele trabalhar tão perto do filho de um produtor de bebida ilegal. Ele sabia que havia encontrado a solução.

Vovô, a srta. Hedgeson disse que eu preciso terminar meu projeto com o Gideon Stone.

E daí?

Você sabe. Gideon Stone. O filho do Lucius Stone.

E daí?

Bom, quer dizer...

O que você quer dizer, rapaz?

Bom, você sabe... o pai dele e tudo o mais...

Aham...

Eles não são... gente direita.

O que foi que você disse, filho?

Mas foi isso o que você disse...

Vem aqui, menino. Vem aqui.

Sim, senhor.

Escuta, filho. Só porque essas pessoas não fazem o que eu digo, isso não significa que eu tenha um motivo para julgá-los. Eu digo muitas coisas, mais do que eu deveria, às vezes, mas, me escute aqui, menino: nunca se ache melhor do que ninguém aqui de Tims Creek, você me ouviu? Ninguém, em lugar nenhum. Nem branco nem preto. Cada um faz o que tem que fazer, e só porque isso não é o mesmo que *você* tem que fazer, você não tem motivo nenhum pra torcer seu nariz pra ninguém. Que isso lhe sirva de lição, rapaz. Agora vá lá, e faça o seu trabalho junto com o Gideon Stone. Não vai cair a mão de vocês dois.

Estava decidido. Selado. Preso. Amarrado. Como se o Velho Árabe em pessoa tivesse feito aquilo com as próprias mãos. Ele já podia ouvir Jonh Anthony dizendo: Então o velho Horace arrumou um parceiro? Eles vão cuidar bem juntinhos do seu jardim, rapazes. Tipo... tipo Adão e Eva — né, Horace? Vocês também vão batizar os animais? Ou você está pensado em dar a ele um pedacinho do fruto proibido? Ou quem sabe uma ervilhazinha?

A primeira vez que Horace teve que ir até a casa de Gideon para trabalhar nos gráficos, sua cabeça não estava nas ervilheiras. Gideon havia se portado muito bem ao longo da colaboração. Para a surpresa de Horace, não houve nenhum comentário malicioso, nenhuma tentativa de tocá-lo nem nenhum dos comportamentos abomináveis que ele estava esperando. Na verdade, a maneira com que Gideon se envolveu no projeto foi tão profunda que Horace chegou a ficar bravo. De repente, aquele era o projeto de Gideon, e Horace sentiu a necessidade de ter que afirmar, de forma intransigente, que *ele* havia tido aquela ideia, e que *ele* havia iniciado aquele projeto, e que *ele* havia realizado a maior parte do trabalho, e que *ele* deveria receber mais créditos e, nunca se esqueça, sr. Stone, de que, no fundo, este projeto é *meu*.

A casa de Lucius Stone ficava numa estrada de chão batido que saía de outra estrada de chão batido, escondida atrás de um bosque. Sem pintura e mais velha do que Horace podia imaginar, ela era marrom-acinzentada com um telhado de zinco pintado de verde. No quintal, uma faixa de terreno esburacado e irregular que se estendia do celeiro até o bosque, estavam esparramados barris e latas, madeira cortada para construir extensões para a casa, e carros, pelo menos sete, quatro dos quais estavam sem as rodas, equilibrados sobre tijolos, com um motor faltando aqui, um tanque de gasolina ali, um banco traseiro acolá. Galinhas corriam soltas por ali, porque a sra. Stone dizia que não conseguia comer esses frangos comprados no mercado — para ela, o bicho tinha que ser fresco. O lugar ficava muito próximo a um riacho, de modo que o solo era encharcado e pesado. O terreno todo tinha cheiro de rio, de madeira apodrecida, musgo, merda de galinha, carros velhos, gasolina e petróleo.

Sempre havia gente em torno de Lucius Stone. Enquanto subia a trilha que levava até a casa, Horace o viu sentado na varanda com a sra. Stone e três dos seus sete meninos — Bo-Peep, o mais velho; Bago, o maior; e Boy-boy, o mais escuro. Junto com eles também estava Sam Vickers, que ainda usava seu terno de ir à missa no domingo, Joe Allen Williams e John Powell, trajando um macacão. Exceto por Lucius, todos estavam com um copo na mão. Lucius bebia direto de um pote de conserva.

Ele era um homem pequeno, com cara de fuinha. Uma ratazana, Horace tinha ouvido sua tia-avó Jonnie Mae chamá-lo certa vez. O cabelo era de um grisalho arenoso, e ele tinha uma barba toda falhada, sem bigode. Estava sempre com os olhos revirando na cabeça como se fosse cego, mas, quando ele resolvia prestar atenção, os focava como se fosse um gavião. Tinha gente que dizia que ele ficava com aquele olhar perdido porque se concentrava muito nos próprios pensamentos, e outros que diziam que ele era simplesmente meio ruim da cabeça. Naquele dia, Lucius grudou os olhos em Horace de forma bem clara e evidente. Todas as pessoas na varanda lançaram olhares hostis para Horace, mas Lucius abriu um sorrisão e se inclinou para a frente.

"Você veio trabalhar com o Gideon naquele projeto de vocês, não foi?"

"Sim, senhor."

"Muito bom." Ele ergueu a cabeça e gritou. "Gideon! Gideon? Aquele menino dos Cross está aqui!" Lucius olhou novamente para Horace fazendo um movimento rápido com a cabeça. "Ele já vai sair. Senta um pouco aí."

Ninguém falou uma palavra enquanto Horace se aproximava para sentar na varanda, então ele disse rapidamente: Boa tarde. Os homens todos resmungaram e grunhiram: Opa, e depois desviaram o olhar. Viola Stone ficou sentada que nem uma pedra, com as pernas abertas, mostrando a calcinha de cetim que ela estava usando por baixo daquele vestido laranja e preto.

"No que vocês estão trabalhando?" Ela soou quase como se reclamasse, com sua voz de barril profunda, parecida com a de um homem.

"É um projeto de ciências para o colégio."

Lucius deu um tapa em seu joelho. "Viu só? Isso é uma boa. Eu digo pro meu garoto Gideon continuar estudando e não fazer que nem esses outros fizeram — largaram o colégio. E pra ficar fuçando nesses carros aí como se só tivesse isso pra se fazer na vida." Skillet virou para o pai com o rosto franzido. Lucius virou para Horace, depois para o seu pote, tomou um gole e desviou o olhar. "Olha, eu não estudei muito. Quando eu estava no quarto ano, eu…"

"Lucius." Viola olhava para ele com um de seus olhos fechados. "Esse garoto aí não quer ficar ouvindo essas besteiras sobre você e a sua educação."

"Quieta, mulher. Não estou falando com você."

Ela fechou a cara e deu um gole em sua bebida.

"Sabe", Lucius sorriu, "hoje em dia, a educação é o caminho. Não é verdade, rapazes?"

Os homens responderam com arrãs entusiasmados.

"É sim. Os brancos deixaram as coisas de tal jeito que um negro não consegue arranjar nada a menos que tenha uma destas duas coisas: ou muito dinheiro no banco ou um diploma de faculdade."

"Essa é a verdade." Joe Allen Williams falou para o seu copo.

Lucius fechou os olhos e concordou com a cabeça, satisfeito com a sua observação. Quando os abriu, ele olhou para Viola, que franziu os lábios, irritada. Mais uma vez, ele virou para Horace e inclinou-se em sua direção.

"Você me entende, não é, meu jovem?"

"Sim, senhor."

"Continue estudando. Esse é o caminho."

Viola arqueou as costas como um gato e as coçou com a mão livre. "Qual é esse projeto de ciências que vocês estão fazendo?"

"É uma demonstração do tropismo nas plantas."

"Tropismo nas plantas?" Joe Allen deu uma risadinha.

"Negão", Viola franziu os lábios novamente e virou para Joe Allen, "do que você está rindo? Você sabe o que é isso?" Ele encolheu os ombros, constrangido, deu um gole em sua bebida e se afastou.

"Bom", ela voltou-se para Horace, chupando os dentes. "O que é... como é que você disse mesmo? Trofismo?"

"Tropismo."

"Isso. Que diabos é isso?"

Lucius deu um pulo. "Viola, você sabe quem é esse garoto? Não fale essas coisas na frente dele..."

"Cala a boca, Lucius. Sou eu quem tô falando com o garoto."

"Bom, isso não é motivo pra blasfemar."

"Não tô blasfemando. Tô perguntando. Agora fica quietinho aí."

"Mulher, não me diz pra eu ficar quieto."

"Homem, você vai me deixar fazer minha pergunta?"

"Tá, faz a droga da tua pergunta então, que coisa."

"Vou fazer..."

"Bom, então faz."

"Se você ficar quieto eu faço!"

Horace respondeu rapidamente: "É o estudo do que faz as plantas crescerem como elas crescem".

"É só isso? Porra."

"Viola!" Lucius quase deu um pulo da cadeira. Viola ergueu o copo de uma forma ameaçadora.

Naquele instante, Gideon apareceu na porta. "Ei, Horace. Entra aí."

Ouvindo o convite, Horace levantou e pediu licença, percebendo imediatamente o quanto o seu "com licença" soou ao mesmo tempo adequado e afetado para as pessoas que estavam naquela varanda.

A casa, assim como o quintal, se parecia com um ferro-velho. Entulho e detritos, móveis esburacados e queimados de cigarro e copos sujos por toda parte. O cheiro era igual ao do lado de fora, um odor úmido, pútrido, de musgo — porém mais intenso. De repente, ele se deu conta: havia alguma coisa de excitante naquele cheiro. Ou será que não era no odor? O quarto de Gideon, por outro lado, era arrumado, organizado e limpo, quase espartano. Os materiais com os quais eles trabalhariam estavam lindamente empilhados sobre a cama.

Eles se jogaram no trabalho com a intensidade de cupins. Praticamente não falavam. Horace se esforçou o máximo que pôde, mas não conseguia ignorar a situação. Estava sozinho com Gideon. A mente começou a divagar. Colorido. Proibido. Empolgante. Marchava de lá para cá em sua cabeça um incansável pelotão de ideias, possibilidades e análises. Diversas vezes, Gideon flagrou Horace olhando para ele. Gideon sorria e continuava trabalhando. Ele não parecia compartilhar nem um pouco do mesmo nível de distração. Horace não conseguia ignorar os dedos ágeis de Gideon enquanto ele trabalhava, o seu formato, ou a linda cor de café de seus antebraços, a grossura de seus bíceps, a tensão nos músculos de suas pernas enquanto ele ficava com elas cruzadas, ou as linhas do pescoço, equinas e suaves, retesadas em concentração. Horace ficou pensando em todas as provocações e piadinhas que havia dirigido àquela pessoa à sua frente. Eles passaram a tarde inteira trabalhando.

A certa altura, Horace trocou de posição e, para o seu constrangimento, percebeu uma tensão em suas calças. O terror invadiu seu coração: E se a casa pegasse fogo? E se o meu avô telefonasse? E se Gideon me convidasse a ir a outro quarto? Ele conseguia imaginar Viola Honeyblue Stone arremessando um motor inteiro de um carro em sua direção, seu rosto deformado numa carranca de ódio, gritando Viado!, os outros homens se mijando de rir. Quanto mais ele se preocupava, mais a tensão crescia, e ele começou a pensar nas desculpas que deveria ter tentado dar à srta. Hedgeson, e nos escândalos que poderia ter revelado ao avô que o manteriam longe daquele quarto, daquele garoto, naquele dia.

Na hora de ir embora, o constrangimento já havia se dissipado, mas não o desejo. Ele estava com vergonha e queria contar a Gideon, perguntar se ele também tinha sentido alguma coisa. Mas ele sabia que não se atreveria. E se Gideon não fosse viado? E se aquilo que a gente pensou por todos esses anos estivesse errado? E se eu é que sou o desviado e ele é mais certinho que uma flecha?

Gideon levantou com uma expressão totalmente diferente no rosto, calculista, diabólica e provocativa. Será que ele havia percebido?

"Gostei que você veio, Horace. A gente fez um monte de coisa."

Ele ficou ali parado, Gideon, com aquele olhar de coroinha competente, e Horace não conseguiu pensar em nada pra dizer ou fazer.

Gideon pôs sua mão sobre o ombro de Horace, deu uma piscadinha e disse: "Te vejo depois". Ele agachou e começou a recolher os materiais. E mais nada.

Naquela noite, Horace sonhou. Não que nunca tivesse sonhado com homens e meninos antes, mas naquela noite ele sonhou com um menino em particular, e o sonho estava permeado de sentimentos de carinho e ternura. Também havia certo terror, a questão familiar que ele se recusava a atacar. Era uma voz tenebrosa, que dizia: Você precisa parar de pecar em seus pensamentos! Você está maluco? Você não sabe o que vai acontecer? Mas ele não conseguia evitar, e não estava disposto a abandonar aquelas novas e estranhas sensações. Quanto ao perigo, o verdadeiro perigo, aquilo só fazia com que sua obsessão parecesse valer ainda mais a pena.

Ele começou então a ser legal com Gideon. Eles iam e voltavam a pé, juntos, da escola (não era mais um estigma ser visto com "aquele menino dos Stone"), conversando sobre *Jornada nas Estrelas* e ficção científica e livros de horror. Só o fato de estar na presença daquela pessoa aparentemente nova já deixava Horace feliz. Era como se ele tivesse conhecido alguém totalmente diferente. Onde estava o pecado naquilo, se perguntava. Todas as noites decidia que contaria a Gideon que o amava. E todas as manhãs, quando olhava aqueles olhos castanhos e via os dentes fortes, ele sentia medo, medo do que diria, medo do que aquilo significaria. Medo de que Gideon risse e contasse para todo mundo e tirasse sarro dele. Foi então que Horace percebeu que ele era diferente e vulnerável, e que o simples prazer de estar apaixonado e expressar sua paixão de uma forma sincera lhe havia sido negado, e então ele se fechou em uma depressão profunda, da qual só era resgatado pela lembrança da presença extraordinária de Gideon. Eram os pequenos detalhes — a risada de Gideon, o sorriso, a maneira como ele pronunciava uma palavra, a forma como levava a mão ao queixo quando estava pensativo...

Porém Gideon não dava nenhum sinal de que também estivesse apaixonado. Ele parecia tão autocentrado, quase indiferente, o que era uma coisa que muitas vezes deixava Horace irritado. Gideon não parecia precisar de ninguém nem de nada além de música e livros. Ele havia sido provocado e excluído por tanto tempo que tinha construído seu mundo próprio, dentro de si mesmo. As outras pessoas simplesmente não lhe interessavam. Sua popularidade recente, essa atenção repentina que vinha recebendo, só o havia tornado ainda mais arredio. Mas Horace era uma exceção: ele gostava de Horace, e aquilo o enchia de coragem e esperanças.

Horace escreveu uma carta. Na verdade, ele escreveu cerca de vinte e três cartas. Depois de escrever e destruir e se afastar daquilo por um tempo e começar tudo de novo, do zero, pensando: Não, eu não posso dizer isso, eu não vou dizer que amo, eu vou dizer que eu... Gosto muito? Gosto pra valer? Amo?, finalmente ele terminou a carta e a enfiou no armário de Gideon. Ela consistia de três parágrafos:

No primeiro, ele pedia sigilo a Gideon, explicando quanta coragem ele teve de reunir para efetivamente escrever o que ele estava prestes a dizer e, em seguida, entregar a missiva, e também exatamente o que ele teria a perder em termos de reputação e paz de espírito caso aquela informação que ele estava prestes a revelar caísse nas mãos erradas.

No segundo, ele dizia que Gideon havia sido a primeira e, até aquele momento, única pessoa que ele tinha amado (sim, amado) e que aquilo o deixava, ao mesmo tempo, confuso, feliz e apavorado.

E no terceiro ele aconselhava Gideon a responder de alguma forma, e sem demora, novamente lembrando-o de que sua reputação e sua própria vida dependiam agora da benevolência de Gideon.

Naquele mesmo dia, no refeitório, Gideon se aproximou de Horace, que estava sentado sozinho. O coração de Horace batia com tanta força que ele pensou que fosse desmaiar; gotas de suor brotavam em sua testa.

Gideon sentou e deu uma mordida em seu hambúrguer. "Você é uma figura, Horace. Você sabia disso?"

Em suas entranhas, Horace sentia como se tivesse acabado de cair de um prédio de quatro andares. Tinha certeza de que Gideon o trairia. Ele ficou imediatamente furioso, sentindo-se o rei dos idiotas. "O que você quer dizer com isso, exatamente?"

"Eu quero dizer que eu tenho uma queda por você desde o sexto ano." Gideon deu uma piscada para ele e continuou comendo o hambúrguer.

Descobrindo, pela primeira vez, o que era ficar sem palavras, Horace simplesmente olhou para o seu prato. Ele não conseguiu terminar de comer.

A primeira vez que eles se beijaram foi durante um jogo de futebol quando se esgueiraram escondidos até o outro lado da escola. Horace tinha certeza de que Gideon já tinha feito aquilo antes, de tão bem que ele fazia. Mas não teve coragem de perguntar.

Tudo começou um pouco antes do recesso de Natal do nono ano, mas só foi ser consumado às vésperas das férias de verão. Num sábado, o avô de Horace passaria o dia inteiro fora de casa. Gideon foi até lá.

"Você está com medo?", ele perguntou a Horace.

Sim.

Se havia qualquer dúvida sobre como ele se sentia, ou qualquer intenção de abandonar seus pensamentos degenerados, aquela experiência expandiu sua consciência sobre quem ele era, e afastou questionamentos dessa natureza por um bom tempo. De alguma forma, aqueles toques, aquela intimidade, aquele calor corporal, aquelas carícias, tudo tinha sido muito necessário. Pela primeira vez ele entendeu a diferença entre conhecimento e experiência, e que existe mais de uma maneira de aprender.

Então, Horace, disse a srta. Hedgeson. Para resumir. Nos diga, o que é, exatamente, o tropismo?

É a orientação de um organismo, geralmente através do crescimento, e não do movimento, em resposta a um estímulo externo.

Horace ficou olhando ao redor e a sala estava escura e vazia; ele ouviu a própria voz ecoar, muito discretamente, por uma fração de segundo, enquanto ficava ali sentado, suas nádegas desnudas sobre a cadeira gelada. Começou a se sentir bobo — da mesma maneira, ele tinha certeza, que um homem prestes a ser enforcado se sente, com a corda em volta do pescoço. Ele levantou e começou a olhar pela sala, na esperança de ver alguém ali. Sem encontrar ninguém, ele pegou a espingarda e saiu pela porta. Seguiu pelo corredor, passando pelas salas de aula da sra. Clark, do sr. Potter, do sr. Johnson e da sra. Garcia, onde ele havia estudado inglês, história e espanhol. Descendo a escadaria nos fundos do prédio, sentiu os pés doerem em contato com o frio dos degraus. Começou a espirrar, o corpo frio ao voltar para o ambiente externo, muito embora não estivesse mais gelado agora que antes.

Ao lado do grande prédio retangular, levando da escola para o ginásio, havia um longo corredor coberto. Enquanto o percorria, manteve os olhos e ouvidos bem abertos em busca daquela presença misteriosa. Horace podia ouvir o barulho dos alunos andando pra lá e pra cá, a escandalosa sirene eletrônica da escola anunciando o começo e o fim das aulas, um cara fugindo de outro, rindo ofegante após ter dito à namorada do primeiro que o havia visto com outra "gata", o barulho de duas garotas especulando sobre o final de sua novela favorita, o barulho das professoras, os saltos de seus sapatos estalando a caminho da sala do diretor...

O que o havia mudado? Será que ele teria como mudar tanto num período tão curto? O verão que sucedeu seu primeiro ano no ensino médio tinha feito alguma coisa com Horace. De repente ele estava totalmente ciente de suas responsabilidades como homem, e a chance de ser homossexual o apavorava de formas inomináveis.

Seu avô começou a demonstrar um interesse especial pelo rapaz, incentivando-o a pensar em praticar esportes no outono, perguntando sobre namoradas. Ele pedia a Horace que o levasse para passear de carro pela cidade, para exibir o neto, que era quase um homem crescido. Olha aí, ele não é muito parecido com o Sammy? Com certeza. Ele quer ser cientista. Não entendo nada disso, mas imagino que ele vá se sair bem. Afinal de contas, ele é um Cross, não é mesmo? Nós sempre nos saímos bem quando nos dedicamos a alguma coisa. Isso com certeza. Ele é um bom rapaz. Ah, se é.

Ao mesmo tempo, Horace passou a gostar muito do avô e a perceber a chegada gradual e graciosa de sua velhice. Percebeu que ele mancava um pouco mais ao andar, e que arrastava os pés no chão mais lentamente. Percebeu como sua coluna, embora continuasse bem ereta, estava levemente mais inclinada para a frente. Em certos domingos, pela manhã, o avô pedia que ele fizesse a sua barba. Na varanda dos fundos, Horace enchia de espuma aquele rosto flácido marrom e passava, lenta e suavemente, a navalha velha naquela papada também marrom, prestando muita atenção nas dobras da pele e nos pelos rebeldes que pudesse ter deixado para trás. O avô ria enquanto se olhava no espelho trincado, meio distorcido, e apalpava o rosto após jogar água da bacia nele. Então ele piscava para Horace e dizia: Muito agradecido.

Como ele poderia contar ao avô que não era igual a ele? Como poderia sequer pensar em lhe contar? Como Ezekiel Cross reagiria se soubesse?

As quadras de tênis e o ginásio estavam bem à frente, e ele sentou no final da passarela, pensando no avô. No começo daquele verão, ele e o tio Lester tinham pintado tanto a casa de Zeke quanto a de Jonnie Mae. Ele lembrava da tinta branca e lustrosa se espalhando pelas laterais da casa com a mesma facilidade que a luz da manhã se esparramava pela grama. Seu avô ficava sentado debaixo de uma macieira, de pernas cruzadas, observando, coçando o queixo e dando seus conselhos tradicionais.

Quando eles começaram, Horace — nas palavras do avô — tinha conseguido aplicar mais tinta nele mesmo do que na casa. Mas conforme o tempo foi passando, Horace foi ficando melhor naquilo, encontrou o ritmo secreto do pincel, o toque natural da madeira.

As pessoas que passavam na estrada paravam por um minuto para conversar um pouquinho com Zeke e descobrir o que aqueles dois homens estavam fazendo. Zeke ficava ali sentado, com um dos olhos em Horace e o outro em Lester, bebericando uma Coca e refestelando-os com histórias de sua juventude.

"Você não fez isso mesmo, né, primo Zeke?" Seis homens reunidos em torno dele, sentados debaixo daquela macieira.

"Ô, se fiz. Como disse, eu tinha uns catorze ou quinze — não tinha nem a idade do Horace. Peguei aquela arma e disse: 'Cavalheiro, você pode estar pensando que vai levar o meu dinheiro, mas você me deve dois dólares e cinquenta centavos e eu pretendo pegá-los' — e vocês sabem que dois dólares e cinquenta centavos era uma boa grana naquela época."

"Sim, era mesmo."

"E aí ele olhou pra mim e disse: 'Escuta aqui, crioulo, um neguinho como você apontar uma arma para um branco é uma boa maneira de acabar morto'. E eu olhei bem nos olhos dele e disse: 'Amigo, eu trabalhei nesses campos por treze dias. Você ficava dizendo: Eu te pago no final da semana. Eu te pago no final da semana. Chegou o final da semana... você não pagou. Eu te perguntei quando ia pagar e você me disse: Sai de perto de mim, moleque. Não tenho tempo pra você. Estou com outras coisas na cabeça'. Eu cheguei com a arma mais perto do rosto dele e disse: 'Então agora acho bom você começar a pensar nisso rapidinho'."

Os homens estapearam os joelhos e deram gritos, dizendo: "Não, você não fez isso, mano Zeke. Você não fez isso".

"Então você conseguiu pegar o dinheiro, Zeke?"

"Mas é claro que consegui! Peguei até o último centavo que ele tinha." Ele sorriu e coçou o queixo. "Eram mais ou menos uns dez dólares, e daí eu fui embora. Fui esperto o suficiente para não voltar pra casa, mas também fui burro pra ir direto pra Pickettstown achando que lá eu me esconderia."

"Então ele mandou a polícia atrás de você?"

"Sim, senhor. Lógico que mandou."

"E eles te pegaram?"

"Pegaram."

"Bom... e o que eles fizeram com você?"

"Bom, deixa eu te contar. Eles me levaram pra delegacia de Crosstown e me trancafiaram naquela merda lá. E pode acreditar que o negão aqui ficou apavorado."

"Eles não te espancaram nem nada assim, né?"

"Não, eles até me deram um calor, mas não me socaram ou chutaram e nem me bateram com cassetete nem nada assim. Mas também não foi bonito. Daí mandaram chamar minha família. O pai e o velho tio Paul Henry, irmão do pai — cê lembra dele, né, John? Sim, ele morreu antes do vovô. Acho que foi em 49... Mas, enfim, eu fiquei um dia inteiro naquela cadeia. Daí eles me levaram pra falar com o juiz, o nome daquele velho era juiz Flint. Nunca vou me esquecer disso. Até o dia em que eu morrer. Digo uma coisa: nunca fiquei mais apavorado na minha vida."

"Nunca, tio Zeke?"

"Filho, não que eu me lembre. Aquela ali era uma alma assustada. Sei que daí o velho Flint disse pra mim: 'Então, garoto, você sabe que fez coisa errada, não sabe?'.

"Eu disse: 'Sim, senhor'.

"'Se você fosse mais velho, você sabe o que aconteceria com você?'

"Eu disse: 'Não, senhor'.

"'Ah, você sabe, sim, garoto. Roubo à mão armada, bom, isso é um crime sério. Você não sabia disso, garoto?'

"Eu disse: 'Não, senhor'.

"'Bom, se você já é grande o suficiente para carregar uma arma, você é grande o suficiente para conhecer a lei. Não acha que é uma suposição razoável, garoto?'

"Eu disse: 'Sim, senhor. Acho que sim'.

"Então ele simplesmente ficou quieto e se inclinou para a frente, me olhando por cima das lentes dos óculos, sabe, e disse — e ele tinha uma voz muito, muito grave, e quando ele disse aquilo a voz saiu ainda mais grave: 'Garoto, eu poderia te deixar preso até o dia do juízo final'."

Os homens sacudiram a cabeça. "Aham."

"Ele olhou para o meu pai e disse: 'Garoto, esse seu moleque tem que aprender qual é o lugar dele. E a ter respeito pela lei. Eu vou deixar ele ir embora, mas você sabe que a gente não pode deixar impune uma criança preta que sai sacando arma prum adulto branco. Simplesmente não dá. Já imaginou como seria este país? Agora, como eu te disse, vou soltá-lo, mas você e esse outro aí que veio com você têm que dar uma surra nele, aqui mesmo, perante essa corte, na minha frente. E é melhor vocês baterem nele pra valer'.

"Bom, daí eles fizeram isso. O tio Paul Henry não fez muito estrago. Mas vou te contar que o velhote do Thomas Horace Cross, esse desceu a mão no meu lombo. Acho que foi porque arrancaram vinte pratas dele."

"Aposto que você nunca mais aprontou uma dessas."

"Bom, vamos dizer que tomei mais cuidado pra não ser pego depois dessa."

Todos os homens riram. O avô tomou um gole da lata de Coca, e Horace olhou para ele. Zeke enxugou a boca com as costas da mão e piscou para Horace.

"Menino, você não esqueceu um pedaço ali perto da janela?"

"Sim, senhor, acho que sim."

"Bom, então pinta!"

"Sim, senhor."

Todos os homens encaravam ele e Lester. O cheiro da tinta estava lhe deixando grogue.

"Agora, eu lembro de uma vez…"

Horace levantou e foi andando na direção do ginásio. Não estava aberto, então ele olhou pelas janelas, mas não conseguiu enxergar muito bem. Contornou o prédio pela lateral, onde ficavam as arquibancadas do campo de futebol, e depois pelos fundos, até a parte do ginásio por onde os times saíam para entrar no campo. Aquelas portas também estavam fechadas. Horace sentou, dessa vez no chão, arrancando a grama.

Começou a pensar naquela voz, questionando-se se ela realmente o havia conduzido até ali. Queria que ela voltasse e o levasse embora, para que não precisasse lembrar daquele dia. Principalmente não aqui, principalmente não debaixo das mesmas janelas onde havia tomado a decisão de lutar contra aquela doença, que era como ele passou a encarar sua sexualidade.

Ele não gostava de futebol, nem imaginava que seria realmente capaz de entrar para o time naquele outono, sobretudo levando em conta que o time já havia sido montado no meio do verão. Então decidiu que correria em vez disso, e não teve problemas para ingressar na equipe de corrida. Começou correndo por conta própria, imaginando que aquilo o tornaria um homem, caso nenhuma outra coisa fosse capaz disso. Horace decidiu virar atleta para se descolar de sua imagem de devorador de livros e finalmente estourar a bolha social do ensino médio.

Não foi difícil. Ele se tornou presidente do Clube de Espanhol, vice-presidente da Sociedade Nacional de Honrarias, editor-assistente do jornal, presidente eleito do Clube de Ciências. Agora não havia mais tempo para ficar pensando sobre o problema que o havia arremessado naquela sequência frenética de atividades. Ele raramente falava com Gideon, que ficou confuso com o afastamento repentino de Horace. E talvez o mais estranho tenha sido que Horace começou a andar com os alunos brancos conhecidos como "gente bonita" — pessoas que tinham o dinheiro, o visual, a inteligência e a atitude de quem seria bem-sucedido, na visão deles. Para eles, Horace era uma espécie de curiosidade; seus elevados padrões acadêmicos e o ativismo e o atletismo recém-descobertos lhe garantiam um espaço de destaque dentro do grupo. Ele foi duramente criticado pelos seus colegas negros por se sujeitar àquela posição, por ser um negro de alma branca, por se juntar àquele grupo de esnobes. Mas ele não deu muita bola.

Agora era um atleta legítimo, e podia andar com os jogadores de futebol e de basquete sem que ninguém o desprezasse por não ser bacana ou legal. Os caras altos que jogavam basquete e os caras fortes que jogavam futebol sempre brincavam com ele e o consideravam um igual. Um cara gente fina. E, mais importante de tudo, ele finalmente tinha começado a pensar em arrumar uma namorada, sabendo que agora aquilo seria mais que uma possibilidade.

Será que os pensamentos pecaminosos o haviam abandonado? Ele havia se tornado normal? Havia mudado? Não havia nada para mudar... sua mente dizia. Você é normal. Disso tinha se convencido.

Passou a frequentar festas. Começou a sair com garotas. Namorava firme com Gracie Mae Mayfield. Chegou a fazer sexo com ela algumas vezes. Quando ela lhe disse que não podia mais fazer aquilo, e esperava que ele entendesse, ele ficou aliviado. Mas não tirou nenhuma conclusão do episódio.

Então, um dia, ele ficou até bem mais tarde na escola, correu quase um quilômetro e meio a mais e depois voltou andando até o ginásio, só pra variar um pouco. Um dos jogadores do time de futebol, Rick Peters, um garoto loiro e parrudo cujo pai era advogado, tinha convidado Horace e Gracie Mae para a sua festa de aniversário naquele domingo. Horace andava refletindo sobre o que sentia por Rick, dizendo para si mesmo que aquela sensação no estômago era camaradagem, não atração, admiração, não desejo, que Gracie Mae o excitava, e Rick apenas, apenas...

"Ei, Horace. Tudo bem?"

O ginásio, um espaço de pé-direito baixo, estava vazio, e aquela voz ecoou discretamente pelos azulejos e pelas paredes de concreto, e Gideon estava ali, sozinho, no final do corredor do vestiário masculino. Ele estava ali parado, dando um sorriso ardiloso e diabólico. Seu pescoço, o pescoço que Horace conhecia muito bem, arqueado em sua negritude sedutora; para Horace, a simples postura de Gideon já rescendia a sexo.

Ele queria gritar para que Gideon fosse embora. "Oi", Horace disse, friamente, e foi bem rápido na direção do armário, sem olhar para Gideon. Gideon foi atrás dele. Horace teve vontade de dizer alguma coisa sobre aquilo ser um vestiário masculino, mas resolveu apenas vestir-se e ir embora. Vestir-se e ir embora. E ignorá-lo.

"Horace, o que aconteceu com você? Por que você está me evitando? Cara, eu não quero brigar, eu só quero saber."

De repente, uma parte de Horace despertou para aquele vestiário, detectando todos os azedumes, o fedor de suor, de mijo, de meias e cuecas sujas daquele lugar, e ele soube que estava mentindo para si mesmo, o que o deixou ainda mais furioso. "Eu quero que você me deixe em paz, Gideon."

"Como é que é?"

"Eu disse... eu estou dizendo... Gideon, o que a gente fez. O que você faz. É errado."

"Errado?"

"Sim. Errado." Ele pensou em envolver Gideon com os braços, num abraço quente e delicado; ele se lembrou do desejo, do gosto de sua boca, do toque de seu cabelo, do seu cheiro. E pensou: O que é mais errado, fazer sexo com um homem ou mentir? "Sim, errado."

Gideon ficou ali parado, em choque. Após um instante, sorriu. "Ok, Horace. Não se preocupa. Não tem por que se preocupar." Gideon virou para ir embora, mas parou.

"É que isso é errado, Gideon."

Horace tinha tirado a camiseta e estava de costas para Gideon.

"Ai, meu Deus, mas alguém andou crescendo."

Gideon chegou mais perto de Horace e parou às suas costas. Ele flutuou suas mãos por cima dos ombros de Horace, como se checasse a envergadura de suas asas.

"Não encoste em mim."

"Ah, para com isso. Não tem ninguém aqui." Gideon envolveu a cintura de Horace nos braços, encostou a cabeça nos ombros dele e soltou um suspiro felino.

"Eu disse pra você parar, seu viadinho." Horace pegou Gideon pelas mãos e o empurrou para trás.

"Ai, Horace." Gideon estava quase rindo, e o fato de ele ter pensado que Horace estava brincando o deixou ainda mais irritado. Mais uma vez, ele tentou tocar em Horace, dessa vez nos quadris. Mas Horace segurou suas duas mãos com força, querendo provocar dor.

"Eu disse pra parar, que droga." Seus dentes estavam cerrados.

Eles ficaram parados um de frente para o outro. Aos poucos, aparentemente, Gideon percebeu que Horace estava falando sério.

Gideon soltou as mãos. "Quem mijou no seu cereal, caubói?"

"Me deixa em paz, Gid. Porra, só me deixa em paz."

"Ah, o que é isso, Horace? O que deu em você?" Como se nada tivesse acontecido, Gideon pegou Horace pelos pulsos e deu uma piscadinha maliciosa, sorrindo. "Vamos lá, vamos fazer aqui mesmo. Vai ser demais. Não tem ninguém aqui. Ninguém vai saber." Ele começou a empurrar Horace na direção dos chuveiros.

"Gideon!"

"Vamos lá, vai ser um tesão."

"Pare."

"Ah, o que é isso? Eu sei que você gosta. Você quer. Vamos lá."

Horace bateu em Gideon. Um direto na boca, tão rápido que ele nem se deu conta do que havia feito, tão forte que Gideon não teve a menor dúvida de que tinha sido de propósito. Mas ele queria mesmo ter batido em Gideon ou em si mesmo, por não querer bater nele? Gideon cambaleou; o sangue brotou em seus lábios. Lágrimas se acumularam nos olhos, junto com a descrença, a raiva, a decepção, a traição, a dor. Sua boca aberta formava um O silencioso, quase cômico.

Horace viu o sangue e se sentiu mal. De repente queria correr na direção dele, abraçá-lo, beijá-lo, embalá-lo em seu colo e implorar por perdão. Mas não faria aquilo. Jamais. Então fechou a cara e desviou o olhar. "Desculpa, mas você não queria parar."

"Filho da puta. Você me bateu, caralho."

"Não consigo mais, Gid. Não dá. É errado."

"Por que você me bateu, caralho?"

"Eu te avisei. Você não devia ter me agarrado."

"Você não precisava ter me batido. Maldito." Sua voz era pura dor. Não era como a dor. Não estava carregada de dor. Era a própria dor. Horace estava arrependido, muito arrependido de ter provocado aquela dor, e ele sabia que o seu punho não era o único responsável por ela. Ele nunca imaginou que seria capaz de fazer uma coisa assim com alguém. Ele ficou imaginando um outro mundo, outro lugar onde ele ficaria satisfeito ao sucumbir ao desejo de Gideon, e mergulhado naqueles impulsos tórridos, luxuriosos e lascivos — mas não.

"Sinto muito."

"Vai pro inferno." Gideon foi até o espelho e limpou o sangue do lábio. Ameaçou chorar. Lavou o rosto com água.

"Gideon, por favor, me entenda... eu..."

Gideon lhe deu as costas e Horace ficou tenso. Ele estava com o olhar perverso de um chacal faminto. "Vá se foder, Horace Cross." Ele pegou seus livros. "Seu maldito."

"Gid…"

"Não me chama de Gid, cara. Eu vou acabar com você. Eu sei o que você está pensando. Eu estou vendo o que você acha que está fazendo com esses seus 'novos' amigos aí. Mas não se esqueça, pretinho, você sabe muito bem: Você é viado, Horace. Você sabia? Você é viado. Você pode fugir, pode se esconder, mas no frigir dos ovos… é pau que você chupa, não buceta."

"Você é nojento, Gideon."

"Eu sou nojento mesmo. Mas pelo menos eu sei o que eu sou."

"Vai pro inferno, Gideon."

"Ei." Gideon levantou uma das mãos, resignado. "Como nos velhos tempos." Ele tocou o lábio machucado e deu uma piscadinha sarcástica. "Te amo, bebê." Deu as costas e saiu andando, deixando Horace sozinho, com os fantasmas pestilentos de todos os homens que, durante todos aqueles meses, ele disse a si mesmo que não desejava, percebendo imediatamente que aquilo era mentira e que, em breve, muito em breve, ele teria uma recaída, e que ela seria forte.

Espere… ele as ouviu mais uma vez, aquelas asas batendo, e as imaginou, bem vistosas e cor de malva, e ele as enxergou em sua mente. Elas pararam. Sobrevoando o campo de futebol. Horace ficou de pé num pulo e começou a correr, seus genitais batendo nas coxas.

No portão da cerca que contornava o campo de futebol, Horace parou. Ali, por entre as arquibancadas, ele a viu, de pé, no meio do campo. Estava obscurecida pelas sombras, mas era claramente uma criatura humanoide, sinistra, envolta no que pareciam ser vestes negras e pesadas. Na cabeça, um elmo prateado reluzente, e ela carregava uma enorme cimitarra que refletia a luz delicada da lua. E as asas. O topo da curva das asas se projetava pelo menos meio metro acima de sua cabeça; as penas mais compridas quase tocavam o chão. A mão que não segurava a espada gesticulou, chamando Horace: Venha, venha. Horace conseguia ouvir os sussurros de muitas vozes em seus ouvidos, os sussurros sussurrando: *Porque eis que aquele dia vem ardendo como fornalha*; sussurrando sussurros, *todos os soberbos e todos os que cometem impiedade serão como a palha*; Venha, venha. Horace, com medo de fazer qualquer outra coisa, começou a se aproximar lentamente. Venha. As vozes sussurraram sussurrando: *Mas para vós, os que temeis o meu nome, nascerá o sol da justiça, e cura trará nas suas asas*, sussurraram, sussurros, sussurraram: Venha.

Horace ouviu a porta de um carro bater e, assustado, virou e avistou dois carros parados perto das quadras de tênis. De dentro deles saíram cinco homens, pareciam ser jovens, talvez ainda estivessem no ensino médio. Eram brancos. Horace congelou na linha de vinte jardas; o espectro estava de pé na linha de cinquenta jardas, gesticulando. Venha. Venha. Horace viu os dois fardos de cerveja que eles haviam colocado sobre o capô do carro. Eles arrancavam as latas dos anéis de plástico que as mantinham juntas e bebiam a cerveja. Charlie Daniel's Band tocava no volume máximo no rádio. Ele conseguia ouvir apenas trechos e fragmentos de sua conversa:

"Sabe aquela picape Ford velha do meu pai?"

"Aham."

"Bom, ontem à noite eu apostei uma corrida com ela contra um desses Trans-Am com motor turbo. E ganhei."

"Cê tá mentindo."

"Porra nenhuma."

"Não, Pernel, eu acredito nele. Esses carros novos não têm potência pra fazer frente com esses das antigas."

"Caralho."

Nos ouvidos de Horace, sussurros suspiravam suspirando: Venha. Venha. A mão do anjo já quase não estava mais esticada, mas o corpo estava inclinado para a frente. Horace deu mais um passo.

Então: "Espera aí. Vocês estão vendo alguma coisa ali?".

"Que porra é essa?"

Faróis. Horace ficou parado, como um guaxinim quando é flagrado.

"Um crioulo pelado."

"Com uma arma?"

"Que porra é essa?"

"Peguem ele!"

A figura sombria havia desaparecido, sumido. Sem nem aproveitar um vento, abrir suas asas enormes e começar a batê-las contra o ar, sem dó, ela simplesmente deixou de estar ali. E Horace permaneceu, objeto de certas coisas que simplesmente não desapareceriam.

Ele partiu correndo em direção ao estacionamento e ao Buick verde cor de vômito. Ouviu os passos dos homens vindo atrás dele e lembrou que tinha aprendido nas pistas de corrida a não olhar para trás. Seus testículos começaram a doer de tanta força com que batiam em suas coxas. Ele ouviu um carro dar a partida. Os faróis dançavam a sua volta; a sombra deles se estendia à sua frente, fantasmagórica e distorcida. Ele ouviu alguém dizer "Jesus". Uma cerca baixa apareceu à frente e, sem hesitar, ele a pulou, o pé direito na frente, o corpo inclinado, segurando firme a arma em sua mão. Passou graciosamente por cima dela, mas caiu de mau jeito sobre o pé direito e uma dor percorreu toda a extensão de sua perna. Ele ouviu alguém dizer "Cristo!". Ignorando a dor, ele voou na direção do carro, que estava a poucos metros de distância. A porta do carro deu um estalo quando ele a abriu e, como se tivesse vindo em seu resgate, a voz apareceu do nada dizendo: A arma, seu burro. Use a porra da arma.

Horace se debruçou sobre a porta do carro e mirou no rapaz que vinha na frente. Ele atirou perto de seus pés, a bala mergulhou na terra. Alguém disse: "Meu Deus! Esse crioulo é doido!".

Ele atirou novamente, dessa vez atingindo o pé do segundo rapaz. "Puta merda!", o homem gritou, e caiu no chão, segurando o pé.

Horace escorregou para dentro do carro, o vinil gelado do estofado lhe dando um choque. Ele podia ouvir o ronco do motor do carro que vinha bloquear sua saída. Ele pisou no acelerador. Girou a chave. O carro não ligou. Girou a chave mais uma vez. O motor começou a girar. Ele engatou a marcha a ré e saiu por trás do carro que esperava que ele tivesse ido para a frente. Ouviu um grito de protesto e seu sangue gelou. O outro carro estava chegando. Um Ford. Horace podia ver seus faróis. Ele engatou uma primeira e desviou do carro que se aproximava, tirando um fininho do primeiro, um Chevy. Os dois saíram atrás do Buick. O Ford à sua esquerda. Horace foi para a direita. O Chevy apareceu voando pela direita. Ele desviou para a esquerda. O Ford voltou pela esquerda. Como no cinema, ele pisou no freio. Engatou a ré. Começou a fazer uma curva, mirando no Ford. No último instante, engatou uma primeira marcha para desviar e o Chevy colidiu contra o Ford.

Sem olhar para trás, Horace fugiu do estacionamento, cruzando o portão de entrada a toda velocidade e cantando os pneus quando chegou à estrada, voando baixo, a cento e trinta quilômetros por hora, escutando o demônio gargalhar dentro de sua cabeça, e perguntando-se quem seria, exatamente, aquela criatura sombria. Questionando se talvez aquela era a sua salvação.

Demonologia antiga

… E assim por diante.
Não que o sucesso fosse para ele certeiro e infalível.
Mas ele nunca teve medo de alcançá-lo.
Ele coleciona cicatrizes.
Mas sua meta é alcançar.

Gwendolyn Brooks

James Malachai Greene

Confissões

"Olhe para mim."

De fato não existem palavras para descrever a maneira como ela me fazia sentir. Não é que essas palavras não existam... eu é que fico sem palavras. Sou incapaz de encontrar as palavras exatas para as sensações, imagens e motivos exatos; ela não era nem causa nem efeito, para mim — ela era algo que me afetava. Uma afeição.

"O que você vê?"

A luz do quarto, mergulhado na penumbra, a envolvia e cercava, como o fulgor de uma lamparina. Não importava a época do ano ou o clima, o ar naquele quarto era sempre denso e estático, e bem ao fundo havia um toque do cheiro das axilas e dos pelos pubianos, o meu cheiro, o cheiro dela misturado ao seu perfume, a sua fragrância, de sândalo e canela, doce e suave.

"Você está me vendo mesmo?"

O domínio que ela exercia sobre mim era oriental, como o de uma gueixa. Eu era o seu escravo. O seu servo. Mas ela era minha propriedade.

"Eu?"

A maneira como ela segurava seus seios, envolvendo-os com as mãos como se estivesse prestes a ordenhá-los; o formato do mamilo, redondo, e de um marrom profundo que contrastava com sua pele cor de areia; o jeito como eles se retesavam em minha boca, minha língua sentindo seus espasmos e seu endurecimento sutil; o som dos seus uuus e seus aaaas; a forma como sua língua, uma cobra gorda e rosada, lambuzava seu lábio superior com um veneno doce; o toque de todo seu corpo, suave, macio e marrom.

"Você quer?"

Minha língua conhecia cada pedacinho do seu corpo, da dobrinha da base da sua nuca até o sinal no seu ombro esquerdo, da marca de nascença na parte interna de sua coxa esquerda à curva da sua cintura, que partia dos quadris e seguia todo o tendão, descendo até o calcanhar; do gosto dos sucos de sua boca até o vermelho exuberante no meio de suas pernas.

"Tem certeza de que você quer mesmo isso?"

Dentro dela era um outro mundo. Suas pernas dobradas às minhas costas, o fôlego em respirações cada vez mais curtas acariciando meus ouvidos. O total, a soma, o cheiro de nossos corpos, do quarto, o calor que produzíamos, que consumíamos, os sons, não só de nossa respiração, mas do relógio na parede, da casa se ajeitando, dos ratos no sótão, o gosto da saliva dela e da minha saliva, e de chá velho e de vinho, tudo parecia se acumular, deixar tudo tão intenso que começava a brilhar. Houve vezes em que uma carícia a mais me levava pra longe, me tirava dali, como se eu estivesse fora do meu corpo assistindo a duas formas ondularem violentamente na tentativa de se tornar uma só, mergulhando tão profundamente um na alma do outro até que...

"Você tem certeza de que consegue?"

Os poetas metafísicos chamam isso de pequena morte. Acho que eles têm razão.

Eu menti. Para mim mesmo. Quando Anne morreu, as coisas não estavam "idílicas", pastorais e perfeitas. Memórias têm essa mania de se autocensurar, conservando apenas a parte doce, agradável e feliz... raramente a dor, a mágoa e a incerteza. As "coisas" nunca foram realmente tão boas nem tão fáceis. Talvez para Anne. Mas a verdade é que jamais saberei. E é aí que mora o problema. Creio que ela era totalmente impenetrável. Essa lacuna de conhecimento é algo que machuca. Até hoje. Eu falava com ela, na intimidade, me revelando, confessando e explicando, como se ela fosse perfeita, a Mãe de Jesus, e ela me abraçava e me acarinhava e me confortava. Mas ela jamais se confessou ou se revelou para mim. Ela conversava — nossa, ela era mestre em papo furado, em puxar conversa, em mudar de assunto, em dar desculpas. Sabia que eu não a conhecia. Eu pensava: mas até que ponto qualquer homem conhece sua mulher, ou qualquer mulher seu homem? E eu me convencia de que era normal manter essa distância, para que relacionamentos unilaterais pudessem existir. Mas ela também sabia ser cruel.

Levei um bom tempo até, efetivamente, "ir ao encontro de Deus". Eu reconhecia que o meu chamado tinha acontecido quando eu era adolescente e estava sentado num banco de igreja durante um ritual de avivamento, vertendo lágrimas muito reais de medo — pois eu temia a Deus, na época, não O amava, só sentia aquele terror do Elevadíssimo do Velho Testamento, e eu acreditava n'Ele com a mesma convicção com que acredito na primavera e no outono, a mesma convicção com que acredito no poder do fogo e no frio da morte que me aguarda nas profundezas do oceano. "Ele é real", como diz a canção, e eu a cantava com convicção genuína.

Fui batizado aos treze, me estenderam a mão direita, em sinal de comunhão, me tornei coroinha, trabalhei em diversos comitês, estudei a Bíblia com entusiasmo verdadeiro, lendo e relendo diversas vezes, para a satisfação de minha avó. Tornei-me um exemplo de cristão aos olhos da congregação da Primeira Igreja Batista. Visitava os doentes, dava aulas de catequese, tudo com a aprovação do conselho diaconal e das mães da igreja, tudo sob o olhar severo de aprovação de minha avó.

Quando eu tinha catorze anos, Isador foi para a escola. Franklin havia se revelado um aluno compenetrado, um trabalhador dedicado na lavoura, além de excelente atleta, respeitoso e obediente. Mas, no final das contas, assim como seus tios, ele amava as mulheres mais do que o Senhor. Então eu acabei me tornando o fiel, o devoto. Isso criou um abismo entre nós, quando ele entrou no ensino médio e começou a sair com garotas, enquanto eu, o irmão mais novo, o humilde estudioso da Bíblia, fiquei para trás. Ele não podia me contar as piadas sujas das quais ria com seus amigos, nem as traquinagens que aprontavam juntos, ou exatamente o que fazia com aquelas garotas que ele levava para passear no velho Ford azul do Malachai. Ele nunca nem tentou.

Ir para a faculdade, por outro lado, foi quando o jogo virou, algo que, aparentemente, ninguém tinha considerado. A maioria das famílias tem medo de soltar os filhos no mundo, mas minha avó, uma pessoa que já havia testemunhado tanta decepção e fracasso, depositou sua fé ferrenha e inabalável em mim, e eu sabia disso. E ela sabia que eu sabia, e não tinha nenhum motivo para duvidar de mim, convicta de que a sua hora estava chegando. Mesmo assim, quando cruzei as portas que me conduziram aos amplos corredores da North Carolina Central, eu experimentei o inebriante sabor da liberdade. Estava longe dos olhos vigilantes dos diáconos e das diaconisas. Estava em minhas próprias mãos.

Quando olho para trás, vejo que minhas peripécias eram relativamente inócuas, não muito diferentes das libertinagens praticadas por um calouro qualquer, porém na época eu tinha certeza de que era o próprio anticristo, e estava perfeitamente satisfeito com isso. Dormia com qualquer uma que aceitasse o convite. Fiquei bêbado praticamente todos os fins de semana do meu primeiro ano na faculdade e, muitas vezes, durante a semana também — a ponto de chegar perto de ser reprovado em todas as matérias. E eu segui fazendo aquilo, me esfregando em todos os pilares e postes que me excitavam, e o meu único remorso é o fato de minhas tias e minha avó aparentemente nunca terem suspeitado que eu era um hipócrita, um mentiroso. Sempre que eu voltava pra casa, continuava lendo as Escrituras na igreja e dando aulas na catequese, só pra depois voltar para a faculdade e transar com a primeira colega em quem eu batia o olho. Entendo que este era o verdadeiro pecado.

Conheci Anne durante o segundo semestre do meu segundo ano de faculdade. Levei quase dois anos para dormir com ela; levá-la para a cama não tinha sido meu objetivo original. Eu era fascinado por ela. Ela era uma das líderes militantes do campus. Isso era 1971, em pleno rescaldo do movimento pelos direitos civis e dos levantes estudantis dos anos 1960. E embora nós não percebêssemos na época, os estudantes estavam ficando menos radicais, menos questionadores, menos verbais. De modo que Anne se destacava de uma forma chocante.

Experimentei um sentimento parecido com a derrota na primeira vez em que a vi. Não existia nada em minha vida que eu pudesse comparar com aquela radical de pele clara e cabelo black power, vestindo um dashiki. Ela gostou de mim logo de cara. Vinha da burguesia negra e privilegiada de Upstate New York. Após cursar uma excelente escola preparatória, e passar um ano estudando no sul da França antes de entrar na faculdade, ela escolheu, contrariando as expectativas, a North Carolina Central em vez de Wellesley ou Sarah Lawrence. Para ela, eu era um interiorano inteligente, embora ingênuo, com titica fresca de galinha nos dedos do pé, umas sementes de feno no cabelo e as mãos calejadas pelo manuseio da enxada. Um artigo genuíno. Grande, forte, preto e dolorosamente sincero. Embora eu fosse um adepto das mordidas, chupadas e beijos envolvidos nos contatos mais diretos com o sexo frágil, me atrapalhei e me vi incapaz de expressar em palavras algo ao mesmo tempo tão sutil e intenso quanto o meu sentimento por ela. Nessa época eu ainda não estava apaixonado, apenas admirado, maravilhado e encantado.

Ela me mantinha por perto. Para conversar. Para demonstrar sua disposição em se relacionar com aqueles que eram menos sofisticados e requintados que ela. Ela queria saber, nos mínimos detalhes, como eu havia crescido, como minha família vivia, o que nós comíamos. Eu a acompanhava em reuniões, comícios e eventos. Era quase como um cachorrinho de colo. Ela dormia com outros homens — às vezes eu tinha certeza de que eram multidões. Levei meses para tentar lhe dar um beijo. Tinha parado de sair com todo mundo e voltado a ser praticamente uma alma virginal, que agora idolatrava essa força misteriosa chamada Anne Gazelle Dubois.

Num dia de outono, um dos poucos nos quais ela não tinha nenhuma reunião para comparecer às pressas, ela virou para mim sob a sombra de um enorme choupo que havia no campus e perguntou: "Por que você nunca tentou me comer?".

Eu não sabia se ria, chorava ou ficava parado ali, só olhando. Ela tinha os olhos castanho-claros e, às vezes, me olhava com eles com uma franqueza tão desmedida que chegava a contradizer sua postura. Eu a beijei com força e longamente.

"Então, você não é viado?"

Eu ri.

"Que bom."

A primeira vez em que ela me levou para a cama, fiquei impotente. "Tem certeza de que você não é viado?", ela perguntou. Nós rimos da situação toda e saímos pra comer comida chinesa. Nunca mais tive esse problema com ela.

Mas ela nunca se entregou de verdade para mim, nunca se abriu. Principalmente nessa época. As pessoas — elas eram a sua missão, sua convicção, sua vida. Essa era sua ambição, sua razão de existir. Quando eu confessei sentir ciúmes, ela me acusou de fraqueza, de não estar em sincronia com o movimento, de ter perdido a perspectiva do caminho de esperança para "o povo".

"Que besteira, Anne. Eu te amo."

"'Ama'? Para com isso, pastor. Você não vê? A sua ideia de 'amor' é um conceito ocidental idiota que o homem branco criou para escravizar — quem? Eu. As mulheres. Não, mesmo, seu Homem. Eu me basto como mulher."

"Anne, eu te amo."

"Sim, eu também te amo, rapazinho."

"Eu te amo."

"Puxa vida, você já tem o meu corpo. Você já tem a minha amizade. Deixa a porra da minha alma em paz!"

Será que foi a beleza? Me faço essa pergunta frequentemente: Será que foi o fato de ela ser tão leve e eu ter me apaixonado pela situação — como diz Franklin, algum tipo de impeditivo psicológico? Será que eu queria dormir com uma mulher branca e encontrei nela uma maneira de ter as duas coisas sem ter de pagar o preço por isso? Eu parei de sair com ela. Parei de sair com qualquer pessoa. Minha fase relativamente curta de Casanova tinha chegado ao fim. Considerei a minha decepção amorosa como a maneira que Deus encontrou para me chamar de volta para casa.

Depois de receber meu diploma e meu certificado de professor, eu disse à minha avó e às minhas tias que ficaria em Durham por mais um tempo, lecionando, e que eu havia decidido frequentar um seminário antes de buscar a minha ordenação como pastor. Tinha certeza de que minha avó choraria; tenho certeza de que ela chorou, mas não na frente de ninguém. Ela começaria a dizer para as pessoas que sabia disso desde sempre, eu sabia que aquele garoto se tornaria pastor. Eu sabia. Minhas tias assaram bolos e tortas para mim.

Dei aulas no sistema de ensino público do condado de Wake, primeiro em Raleigh, depois em Cary, e segui morando em Durham, frequentando algumas aulas noturnas e fazendo cursos de verão na Southeastern. Mas havia pouco prazer em minha vida, agora percebo; parecia mais a vida de um monge. A existência naquela cidade cinzenta da indústria do tabaco me deprimia, me fazia ter medo de envelhecer sozinho, mesmo como pastor. Eu não tinha o menor desejo de sair com mulheres.

Um dia, saindo do banco, eu a vi. Tinha certeza de que ela tinha ido embora da cidade depois da formatura, para a Espanha ou para o Brasil, deixando para trás todos aqueles discursos inflamados de dois anos antes. Eu a convidei para comer um hambúrguer comigo. Ela aceitou.

"Mudou de ideia?"

Ela havia se tornado assistente social. Implementava e supervisionava abrigos para crianças no condado de Durham.

"Não. E você?"

Algo nela parecia mais velho, menos inconsequente, mas nem por isso menos potente. Na verdade, ela parecia mais determinada ainda.

"Bom, pastor. Sabe o que eu aprendi?" Ela puxou um cigarro. "Que alguns homens não valem o incômodo. Outros, valem."

"Incômodo? Algum cara machucou você?"

"Está tudo bem. Agora. Você sabe como são essas coisas."

"Eu sei?"

"Acho que sim."

"Desculpe."

"Não me peça desculpa. A boba fui eu."

Mas eu fui o bobo dela mais uma vez. E de bom grado. Não é incrível? A maneira como uma coisa tão pequena pode mudar completamente a sua forma de ver as coisas? Durham deixou de ser cinzenta e a perspectiva de envelhecer parou de me provocar pânico. Juntei dinheiro o suficiente para parar de dar aulas e estudar no seminário em tempo integral para concluir meu terceiro ano. Anne e eu nos casamos em Tims Creek, um lugar pelo qual ela se apaixonou e insistiu para que morássemos lá, em grande medida para contrariar seus pais. O pai era médico, oriundo de Oklahoma; a mãe, que poderia facilmente passar por branca, era historiadora da arte e atuava como curadora-assistente num pequeno museu universitário. Ela tinha orgulho de dizer que sua árvore genealógica podia ser rastreada até Thomas Jefferson, que era algo que Anne abominava. Seus pais não me aprovavam. Eu era escuro demais, pobre demais, não era anglicano, não era viajado, não era o certo para ela — Anne adorava aquilo. E minha família adorava Anne, e estava duplamente orgulhosa por eu ter fisgado aquele peixão, embora eu suspeitasse que eles duvidavam de que ela realmente gostaria de morar em Tims Creek. Eles ficaram ainda mais orgulhosos no dia em que fui ordenado na Primeira Igreja Batista.

Passei ainda outros dois anos em Durham, quando retornei para a faculdade para o meu mestrado em educação — pastores de igrejas pequenas no Sul não recebem exatamente um salário, e seria necessário que eu tivesse outra profissão para complementar a renda.

E mesmo assim, em meio a todo aquele sucesso, não acho que houve, jamais, um momento em que eu senti que realmente conhecia Anne, e eu ficava sempre incomodado pela sua natureza reservada e distante.

Então, um dia, eu não estava me sentindo muito bem e saí mais cedo da aula. Eram cerca de três da tarde, em plena primavera, carros e caminhões buzinando suas buzinas, alunos da universidade perambulavam pela cidade. Eu era inocente como um cordeirinho, não suspeitava de absolutamente nada — muito embora, bem lá no fundo da minha consciência, talvez eu suspeitasse. Entrei em casa, esperando que Anne estivesse na rua, mas havia sinais de que ela estava ali. Havia uma jaqueta pendurada sobre uma cadeira na cozinha, uma jaqueta de brim surrada e suja. Eu podia imaginar o homem a quem ela pertencia, alto, grande, talvez com uma leve barriguinha. Um trabalhador, talvez carregador numa fábrica de tabaco ou caminhoneiro. Até hoje não sei quem ele era, e nem me importo, na verdade. Também não sei se eu fiz a coisa certa. "A coisa certa." Como se tivesse uma coisa certa ou errada pra se fazer quando você se vê numa situação como essa.

Entrei no quarto sem fazer barulho. Simplesmente entrei. Eu já estava desesperado, mas ainda tinha um fio de esperança de que aquela jaqueta pudesse pertencer a um encanador, um eletricista ou entregador, muito embora soubesse que não havia canos furados, fios precisando de reparos, nem nada a ser entregue. Mas eu jamais conseguiria viver com aquela dúvida, por menor que fosse. Nenhuma chance. Eu precisava saber. Então simplesmente entrei no quarto, com calma, e testemunhei a evidência.

O homem vestia as calças sem pressa nenhuma, o que me aborreceu ainda mais. Ele era, de muitas formas, exatamente como eu o havia imaginado, mais velho, cheio de fios grisalhos espalhados pela cabeça. Ele não olhou para mim. Anne sim. Ela olhou bem nos meus olhos, nem sorrindo, nem rindo, nem chorando. Ela apenas me olhou. Não havia o menor sinal de arrependimento. Ela apenas me olhou.

Virei sem dizer uma palavra e saí pela porta da frente. Sentei no último degrau, sentindo o mal-estar que havia me mandado pra casa originalmente. Vi a vizinha, uma polonesa de meia-idade com o cabelo grisalho da cor do aço, levando as compras do mercado para casa. Ônibus passavam pra lá e pra cá; um cão de rua parou na minha frente e me cheirou antes de seguir adiante. Era um dia tremendamente bonito; o céu estava azul e limpo, com nuvens bem finas deslizando muito,

muito alto. Só o cheiro do tabaco no ar misturado à fumaça dos carros e o ruído distante da autoestrada me lembravam que nem tudo na vida era glória e regozijo.

Fiquei sentado ali por horas. Suspeito que o outro homem tenha ido embora pela porta dos fundos. Não sei. Não me interessa. A certa altura, comecei a ficar preocupado com a minha paralisia. Mas, literalmente, não havia nada que eu pudesse fazer sobre aquilo. Por fim, me senti tão mal que precisei entrar. Ela estava sentada na cadeira sobre a qual a jaqueta havia sido pendurada. Apagou seu cigarro.

"Isso é tão ruim assim?"

Queria desesperadamente me deitar. Eu sentia que ia desmaiar. Não tinha a menor intenção de discutir qualquer coisa com ela. Fiquei parado de pé na porta do quarto. Me dei conta de que eu não dormiria naquela cama.

"É tão ruim mesmo?"

Olhei para ela e fui me arrastando até o quarto de hóspedes, fechando a porta às minhas costas. A cama estava coberta de tralha, roupas, novelos, agulhas, papel de presente. Empurrei tudo para o chão e literalmente desabei na cama, caindo de cara. Ouvi uma batida na porta. Não disse nada. Outra batida. "Jimmy?" Não disse nada. A maçaneta girou.

"Jimmy. Eu... eu sei que você não quer me ouvir dizendo que estou arrependida. E eu sei que, na verdade, não tem nada que eu possa dizer. Você sabe que eu te amo, não sabe? Jimmy, ele não significou nada para mim. Ele não significa nada."

Eu não virei.

"Porra, Jimmy. Diz alguma coisa, seu frangote de merda!"

Sentei na cama, o rosto coberto de suor, e olhei para ela, a representante, o símbolo de tudo que eu mais amava no mundo, a própria personificação da minha fé, meu respeito, minha razão, e aqui, diante dos meus olhos, estava minha própria imperfeição, minhas próprias fraquezas e forças, o mundo começou a perder as cores, e eu sabia, no fundo, que envelheceria e meus cabelos ficariam brancos e não havia porra nenhuma que eu pudesse fazer quanto a isso, e que eu era pequeno e vulnerável e me machucava, puxa, com tanta facilidade, e que todas as coisas nas quais eu depositava minha confiança eram tão fortes quanto a confiança que eu depositava nelas, e que, em última análise, eu era tão sozinho, desconhecido e impenetrável quanto ela, ali, na outra ponta do quarto, naquele momento, atordoada pelo meu silêncio e com medo, e então eu abri a minha boca, e expulsei o meu medo, minha dor, minhas marcas em um jorro fétido de comida que se espalhou pelas roupas e pelos novelos e pelas agulhas e pelo papel de presente.

"Ah, meu Deus, Jimmy."

Local: Sala de jantar da casa de Jonnie Mae Greene.
Horário: 17h15 do Dia de Ação de Graças de 1983.

EZEKIEL CROSS *está sentado na ponta de uma mesa comprida;* REVERENDO HEZEKIAH BARDEN *está sentado à esquerda de Zeke;* JIMMY GREENE *está sentado à sua direita;* LESTER GREENE *está sentado no meio;* JONNIE MAE *está sentada na outra ponta, de frente para* ZEKE. RACHEL, REBECCA *e* RUTHESTER *entram e saem da cozinha trazendo pratos e travessas. Há uma toalha de linho branco sobre a mesa, que está repleta de comida; um peru gordo está bem no centro dela. A sala está cheia de fotos de família. Fotografias antigas em tons sépia de homens e mulheres com rostos sérios, ninguém sorri. Polaroides. Retratos de formatura. As vozes dos maridos das três irmãs são ouvidas, em tom baixo, vindo da cozinha.*

ZEKE (*para o* REV. BARDEN): Mas eu não acho que devemos, necessariamente, arrecadar dinheiro para esse propósito. A primeira função de uma igreja...

JONNIE MAE: Zeke — desculpe, reverendo, por interromper —, mas Zeke, cadê aquele seu neto? Ele sabe que o nosso jantar do Dia de Ação de Graças começa pontualmente às cinco.

ZEKE: Não sei, Jonnie Mae. Ele disse que tinha que fazer alguma coisa com seus amigos. E disse que estaria aqui na hora.

JONNIE MAE: Bom, ele não está. "Amigos." Você tá falando daqueles garotos brancos com quem ele tem andado?

ZEKE: Creio que sim.

JONNIE MAE: Zeke, é melhor você ter uma conversa com esse menino. Não tá fazendo nada bem pra ele ficar andando com aqueles moleques. As pessoas estão começando a falar. E eu não tô gostando.

ZEKE: Bom, eu pretendo fazer isso.

RUTHESTER (*colocando o molho de cranberry ao lado do peru*): Bom, é melhor vocês começarem a comer agora. Vai esfriar. Não queremos isso.

BARDEN: Não, senhora. Não queremos isso. Queremos, reverendo? (*Ele pisca para* JIMMY.)

JIMMY (*levemente preocupado*): Não. Não queremos.

JONNIE MAE (*confere o relógio*): Bom, é melhor a gente ir em frente e começar a comer. Horace sabe muito bem que não devia chegar atrasado desse jeito. (*Num tom mais caloroso*) Reverendo Barden. Você nos daria a honra?

BARDEN: Ora, mas é claro, irmã Greene. Vamos rezar: Pai Nosso, viemos a ti com a maior humildade que podemos oferecer. O Senhor nos deu mais um ano, e estamos gratos por ter nos permitido trabalhar e prosperar e louvar sua sagrada... (*Continua rezando.*)

(*Ouve-se uma porta abrir ao fundo.* HORACE *entra. Ele tem um brinco na orelha esquerda.*)

HORACE: Desculpe, eu...

RACHEL: Shhh!!

(HORACE *percebe que* BARDEN *está rezando e abaixa a cabeça.*)

BARDEN: ... neste reino que jamais terá fim. Rezamos em nome de Jesus.

TODOS: Amém.

HORACE (*indo em direção ao seu lugar na mesa*): Desculpem pelo atraso.

JONNIE MAE (*esticando o braço para pegar a travessa de inhame caramelizado*): Você precisa *mesmo* se desculpar. Suas tias trabalharam duro o dia inteiro cozinhando essa bela refeição e você não se deu sequer ao respeito de chegar na hora.

HORACE (*aparentando estar envergonhado perante suas tias*): Desculpem.

JONNIE MAE (*para* JIMMY): Você vai destrinchar o peru, meu filho? (*para* REBECCA) Você está cuidando do bolo? Acho que já deve estar pronto, você não acha? (*para* HORACE) E onde você estava todo...

(JONNIE MAE *vê o brinco na orelha de Horace e derruba a colher e uma travessa de milho em cima de seu prato, dando um susto em todos e chamando sua atenção.*)

Meu Deus, garoto. O que você fez?

(*Todos olham para* HORACE, *intrigados.*)

HORACE: Senhora? Eu...

JONNIE MAE: Ele furou a orelha! Furou a orelha! Menino, você perdeu a cabeça?

HORACE: Eu...

ZEKE: Mas que maluquice! Você ficou doido, foi? O que deu na sua cabeça pra você fazer uma coisa...

RACHEL: Horace, por que você fez isso? Você deveria saber...

REBECCA: Você não tem um pingo de bom senso, não é?

LESTER: Bom, eu até que achei legal, meu...

RACHEL: Cala a boca, Lester.

JONNIE MAE: Uma orelha furada.

(BARDEN *se recosta e abre um sorriso, sacudindo a cabeça, divertindo-se.* JIMMY *parece chocado com a reação das mulheres.*)

REBECCA: Por que você foi fazer uma bobagem dessas?

(*Todos olham para* HORACE *esperando uma resposta; ele tenta, mas não consegue segurar um sorriso.*)

JONNIE MAE (*severa*): Pois vá tirando esse sorrisinho da cara, meu jovem. Isso não é coisa pra se rir. Você pode até achar, mas eu acho que é simplesmente uma pouca vergonha.

RUTHESTER: Por quê, Horace?

LESTER: Bom, se você perguntasse pra mim...

RUTHESTER: Ninguém perguntou a você, Lester.

HORACE: Todos os caras. Quer dizer... do grupo, os garotos... eu... a gente...

JONNIE MAE (*para* ZEKE): Aham. Tá vendo só, Zeke? Tá vendo? O que foi que eu te disse? É assim que começa, mas onde é que isso vai parar? (*Fica de pé.*) Ele não tem discernimento, sai imitando tudo que esses brancos idiotas fazem. Se eles fossem pro inferno você iria atrás deles, não iria? Eu...

RUTHESTER (*aproximando-se para consolá-la*): Mamãe, não é tão ruim assim. Ele só...

JONNIE MAE: Ele *só* furou a orelha. Que nem uma garotinha. Que nem esses pervertidos que andam por aí.

JIMMY: Mamãe, isso não é nada demais. Hoje em dia garotos furam a orelha o tempo todo. Ninguém acha que...

LESTER: Isso me lembra de...

REBECCA: Quieto, Lester.

JONNIE MAE: Nada demais? Você não está vendo? Zeke, você precisa dar um basta nisso, agora. Vai saber o que esses garotos vão mandar esse idiota fazer depois disso? Quando vê tá roubando. Vai parar na cadeia. Acaba morto. E eles vão ficar lá, sentados, rindo dele.

RUTHESTER: Mamãe, agora é melhor você sentar e comer. Podemos falar sobre isso mais tarde. Você não vai querer que sua comida esfrie.

(JONNIE MAE *resmunga para si mesma e senta.*)

ZEKE: Tire essa coisa da sua orelha, garoto. Eu não vou tolerar isso.

HORACE: Mas, vovô, eu acabei de colocar. Não dá pra tirar agora.

ZEKE: Eu disse para tirar. Agora.

HORACE: Não dá.

ZEKE: Garoto, não seja malcriado...

HORACE: Mas...

ZEKE: Tira.

JIMMY: Tio Zeke, eu acho que ele está dizendo que precisa esperar um pouco para poder tirar. O buraco precisa cicatrizar.

ZEKE (*para* JIMMY): Você pode estar achando isso engraçado, Jimmy, mas eu não. (*para* HORACE) Você vai tirar essa coisa. E esses seus amigos. Esse grupo. Acabou. Você me entendeu? Você vai deixá-los pra lá e eles vão deixar você pra lá também.

HORACE: Mas...

ZEKE: Agora coma. Cuidaremos disso depois.

JONNIE MAE: É assim que tem que ser.

REBECCA: Agora, Horace, você precisa admitir que está passando tempo demais com esses meninos.

JONNIE MAE: Qualquer tempo já é tempo demais. Ele não entende. Ele simplesmente não entende.

HORACE (*irritado*): Entender o quê? Me responde!

(JONNIE MAE *é pega de surpresa com aquele questionamento, e todos se viram para* HORACE, *incrédulos.*)

RUTHESTER: Horace!

HORACE: Mas eles são meus amigos.

JONNIE MAE: Amigos? Amigos! Meu Deus, chegou o dia em que um membro do meu próprio povo está defendendo branco na minha mesa!

HORACE: Mas eles são diferentes. Eles não são daqui. Eles...

RACHEL: Eles são brancos, não são?

HORACE: Sim, mas...

REBECCA: E você é preto, não é?

HORACE: Mas eles não...

RUTHESTER: Ele é muito inocente. Ele não entende.

HORACE: Eles...

REBECCA: Depois de tudo que os brancos fizeram conosco você vai ficar do lado deles e fazer tudo que eles te disserem pra fazer? Menino, eu achava...

HORACE (*furioso*): Vocês é que não entendem! Vocês todos são fanáticos! Vocês não conhecem eles! Vocês...

(JONNIE MAE *levanta a mão num movimento seco e* HORACE, *instintiva e instantaneamente, para.*)

JONNIE MAE (*calmamente*): Meu jovem. Eu acho que você esqueceu quem você é. (*Pausa.*) Esta é a sua família. Nós fomos as pessoas que trabalharam duro, que cuidaram de você. Lembra? Aqueles que querem ver você crescer e se tornar um homem decente. Alguém que nos dará orgulho. Você não tem ideia de como isso é difícil, jovenzinho. Você não tem ideia do que é o fanatismo. Do que é o preconceito. Do que é o ódio.

HORACE: Eu...

JONNIE MAE (*impaciente*): Deixa eu terminar. Você tem ideia de quantos brancos me chamaram de menina e de tia? Por desrespeito? Por ódio? Quantos brancos chamaram o seu finado tio Malachai — Que Deus o tenha — de moleque e de tio? Tem? E isso é apenas o começo. Nunca mais pense em insinuar que sou fanática, garoto. Eu não tenho condições de ter preconceitos. Eu simplesmente conheço os fatos. (*para* ZEKE) Bom, tá vendo? Agora você tá vendo o que eu te disse? Tá vendo?

ZEKE (*para* HORACE): Bem, eu acredito que você perdeu a cabeça. Levanta. Você acaba de perder o seu jantar de Ação de Graças. Você não tem nada a agradecer, tem? Não, eu não acredito que você tenha. Você não se portou como um cavalheiro. Suas tias, que foram muito boas para você a sua vida inteira, e o bom reverendo Barden aqui tiveram de testemunhar algo que eles não precisavam. Agora, peça desculpas e volte para casa. Só volte para casa. Mais tarde conversaremos sobre isso. Agora vá. Estou falando sério.

RUTHESTER: Ah, tio Zeke. Ele...

ZEKE: Ele tem que ir embora.

(HORACE *levanta-se em silêncio e sai.*)

ZEKE: Você trabalha, você fala, você se esforça ao máximo e eles simplesmente se perdem por aí.

BARDEN: Você pode criá-los, mas não pode pensar por eles.

JONNIE MAE: Isso é muito verdade. Eu sei bem. Deus sabe que eu sei.

JIMMY: Vou conversar com ele.

RACHEL: O que você vai dizer a ele?

LESTER: Bom, eu acho...

JONNIE MAE: Coma seu jantar, Lester.

Essa foi a gota d'água pro Horace, não foi? Fico me perguntando até hoje. Ele, assim como eu, era um produto daquela sociedade. Mais do que muitos outros, ele era um filho daquela comunidade. Sua razão de existir, aparentemente, era para se tornar a salvação do seu povo. Mas ele tinha fracassado perante a comunidade. Em primeiro lugar, ele amava homens; um desvio simples e normal, porém um desvio que sua comunidade jamais aceitaria. E, em segundo, ele não tinha muita noção de quem era. Isso eu não entendo totalmente, porque eles haviam dito a ele, haviam lhe ensinado desde o berço. Acho que eles não consideraram que o mundo para o qual o enviariam era diferente daquele que haviam conquistado, um mundo povoado por novos e odiosos monstros, que cobravam outros preços.

O que aconteceu conosco? Será que eu posso clamar, como o profeta Jonas, pedir a Deus que me pegue pela mão e me guie na direção da solução mais correta? Uma vez, só uma vez esse grupo lindo, forte, rebelde e glorioso poderia pôr o mundo de joelhos, libertar-se de seus grilhões, abrir mares, andar sobre as águas, levantar-se ao sabor dos ventos. O que aconteceria? Por que estamos, agora, doentes e morrendo? Todos os nossos filhos e filhas criados para serem líderes parecem ter desaparecido... Como, Senhor? Como? A guerra não acabou. O inimigo está acampado do outro lado da montanha. Pela manhã eles virão para derrubar nossos muros. Eles saquearão e pilharão, violentarão nossas mulheres e filhos, destruirão nossas lavouras, esvaziarão nossos celeiros, vilipendiarão nosso templo sagrado. Como, Senhor? Como? Como poderemos nos defender e nos fortalecer novamente? Como reuniremos forças para levantar a cabeça e cantar? Quando o Rei dos Reis nos brindará com benevolência e poder?

Jonas. Parece que é tão fácil se esconder, tão fácil morrer. Agora eu vejo que a vida não é apenas uma batalha, é uma guerra. E apenas lutar o bom combate não é o suficiente.

Anne foi diagnosticada com um tumor maligno no pâncreas. Foi descoberto em abril; ela foi para o hospital pela última vez em maio; morreu no começo de junho, ironicamente não por causa do câncer, mas por um problema nos pulmões durante a cirurgia. Ela tinha trinta e sete anos. Estranhamente, foi a minha avó quem mais sentiu. Talvez ela quisesse ter netos. Talvez ela gostasse de Anne mais do que eu imaginava. Talvez fosse apenas o fato de Anne parecer uma pessoa tão boa, e ser tão jovem.

A própria Jonnie Mae morreu aquele ano.

Eu nunca deixei de sentir medo dos mortos. Não importa quantos discursos fúnebres eu faça, a quantos funerais eu compareça, talvez não importe nem o quanto eu fico mais velho, sempre temerei os mortos. Em meus sonhos, os mortos se levantam, e eles usam armaduras e estão armados com bestas e arcos e flechas e espadas e armas de fogo e facas. Talvez a luta continue. Talvez a guerra seja vencida.

8 de dezembro de 1985

15h

A garçonete usava uma plaquinha dizendo "Sue" no bolso esquerdo do uniforme de poliéster branco e perfeito. Jimmy não conseguiu segurar um sorriso incrédulo ao ver a maneira como ela lambia as gengivas e projetava os lábios para fora como uma vadia, imaginando se ela percebia o quanto parecia com uma caricatura de si mesma.

"Então, pessoal, o que vai ser?" Sua postura impaciente fez Jimmy se encolher, a forma como ela revirava os olhos e se recusava a olhar para eles. Ela virou uma página do seu bloquinho e ficou ali parada, fazendo uma pose com o lápis, lambendo a gengiva e olhando pela janela.

"O que você vai pedir, Jimmy?" Zeke teve de colocar os óculos, um modelo enorme de aro grosso, para ler o cardápio com manchas de ketchup.

"Bom, gostei da cara desse hambúrguer."

A garçonete começa a anotar. "Você quer com as fritas da casa ou normal?"

"Normal. Não, me traz as fritas da casa."

Ela cutucou a bochecha com a língua, o fuzilou com um olhar quase sinistro e, jogando o cabelo para trás quase como um cavalo que agita a cauda, começou a apagar.

"Acho que eu vou querer a mesma coisa. O ponto da carne de vocês é limpinho, né?"

"Como assim, 'limpinho'? A carne é cozida, isso não é o suficiente?"

"Bom, eu quis dizer, sem nenhum sangue escorrendo. Não gosto quando a carne fica assim. Faz mal pro meu estômago. Prefiro até comer queimada."

"O hambúrguer é meio grosso", ela disse, numa voz impassível. "É difícil deixar bem passado sem queimar tudo."

Zeke franziu a testa. "Tá, então eu vou querer um prato desse churrasco de vocês. São vocês mesmos que matam os porcos?"

"Não. Você quer salada de repolho, de batata ou fritas de acompanhamento?"

"Ah, deixa eu ver. Acho que salada de repolho. Não, não, vou querer a salada de batata. Vai ovo nela?"

"Ovo?"

"Na salada de batata."

A mulher cutucou a bochecha com a língua mais uma vez, virou na direção da cozinha e gritou. "Ernestine, vai *ovo* na nossa salada de batata?"

"Vai, sim, querida."

"Vai, sim."

"Ah, então não quero. Não gosto quando vai ovo na salada de batata. Não, me dá gases. Não. Hm, batata frita? Eu não sou muito fã, mas... não, eu vou querer a salada de repolho. Ele vem cortado bem fininho?"

"Jesus."

"O que foi que você disse, senhorita?" Zeke apertou os olhos, encarando a mulher por cima dos óculos.

Ela revirou os olhos. "Sim, o repolho é ralado."

"Bom, eu vou querer a batata frita, então."

A mulher soltou mais um suspiro impaciente. "E o que vocês vão querer para beber?"

"Chá."

"Para vocês dois?"

"Sim", disse Jimmy.

"E a senhora, o que vai querer?"

Ruth lia o cardápio em silêncio. Na verdade, ela não havia dito nenhuma palavra desde que eles deixaram o hospital, exceto "Estou com fome". E quando Jimmy apontou para esse lugar em Roseboro, ela dissera "Ótimo". Agora, estava com o rosto fechado. "Estou vendo que vocês servem frutos do mar aqui. Me diga: esse peixe é fresco? Porque essa é praticamente a única coisa que eu gostaria de comer aqui."

"O mais fresco possível."

"E isso é quanto?"

"Senhora, eu não sei."

"Bom, você deveria saber."

"Quer que eu descubra pra senhora?"

Ruth fez o seu gesto imperial de dispensa. "Não, não, não. Eu peço outra coisa." Ela folheou as páginas dobradas do menu pra lá e pra cá, resmungando consigo mesma. "Não tem nada aqui que eu queira." Ela seguiu naquilo por cerca de um minuto. "Que tipo de 'salada' é essa? Vai folha de mostarda? Folha de nabo? Alguma coisa assim?"

"É salada de alface, tomate e pepino e a senhora pode escolher o molho — Thousand Island, francês ou italiano."

"Não, não." Ruth tocou seu lábio inferior e continuou a folhear.

"Tia Ruth?" Jimmy estava ficando cada vez mais incomodado com a postura grosseira da garçonete, apesar de reconhecer que sua impaciência, naquele momento, talvez fosse justificada. "Por que você não experimenta esse especial de filé com salada de batata?"

"E o que tem de tão especial nisso?"

"O preço." A garçonete enfiou o lápis na orelha. "Queridinha, escute. Eu volto num minuto. O que a senhora gostaria de beber?"

Ruth encarou a garçonete, claramente irritada com a maneira como a mulher havia lhe chamado de "queridinha".

"Me traz só um copo d'água. Por favor."

Com um sorriso sarcástico, a garçonete puxou o vestido curto para baixo e saiu rebolando.

"Não vou querer comer nada disso. Gente branca simplesmente não sabe cozinhar."

"Tia Ruth, eu perguntei se tudo bem parar aqui e a senhora disse que sim." Ele percebeu que havia um tom de choramingo em sua voz, e detestou aquilo.

"Cadê ela? Vou pedir qualquer coisa só pra gente comer de uma vez e dar o fora daqui, porque eu já estou pronta pra voltar pra casa."

A garçonete voltou trazendo os dois chás e a água. "Você gostaria de pedir agora?"

"Sim. Me traz o guisado. Não tem como estragar um guisado."

A garçonete deu um sorrisinho e anotou.

"Esse chá não está adoçado!" Zeke fez uma careta. "Vocês não têm nada pra adoçar aí?"

A garçonete esticou o braço por cima da mesa, pegou um punhado de pacotinhos brancos de açúcar e pacotinhos cor-de-rosa de adoçante e largou tudo na frente do copo de Zeke. "É o melhor que eu posso fazer." Deu meia-volta e saiu andando.

Zeke ficou olhando pra ela, com um sorriso de escárnio no rosto. "Vadia."

Jimmy, levemente surpreso, olhou para ele. Ruth, também pega de surpresa, soltou um curto "ha", sem olhar para ele. Jimmy percebeu que aquilo era mais um ruído de provocação do que uma risada genuína.

"Experimenta o adoçante", disse Jimmy, despejando um pouco em seu próprio copo. "Dissolve melhor."

Quando Zeke pegou um dos pacotinhos, a seriedade começou a se desmanchar no rosto. "Sabe, isso me lembra de uma vez…"

"Ah, Jesus, lá vem mais uma dessas mentiras que você conta como se fosse uma de suas histórias." Ruth estava olhando pela janela, a boca retorcida com o desdém característico que se espera ver em um gato.

Zeke ficou boquiaberto, incrédulo. "Puxa, Ruth. Isso não é uma coisa muito legal de se dizer."

Como se refletisse sobre aquilo, ela disse: "Pois é, não é mesmo".

Fazendo uma pausa para recuperar a dignidade, Zeke tomou um gole do chá. "O que está te incomodando, Ruth? O dia inteiro você está aí, mais injuriada que galinha molhada. O que foi?"

"Injuriada?"

"Sim, injuriada."

"O primo Asa estava bem ruim, né?" Jimmy pôs a mão sobre a mão de Zeke, mas Zeke virou para ele e o encarou muito sério, balançando a cabeça, Não, dessa vez, não.

"O que está te incomodando, Ruth?"

Ignorando Zeke, ela virou para Jimmy. "Sim, o Asa estava bem ruim. Bem ruim mesmo."

A garçonete trouxe a comida, e o aroma fez Jimmy perceber que ele estava realmente faminto. Assim que ela colocou a comida na mesa ele começou a comer e, em seguida, se deu conta de que ele, o pastor, tinha se esquecido de fazer as preces. Zeke ergueu uma sobrancelha.

"Tio Zeke. Você abençoaria esta comida?"

E Zeke fez uma breve oração em agradecimento.

"Uh." Ruth resmungou e fez uma cara de nojo. "Não. Não consigo comer essa porcaria. Chama aquela garota impertinente aqui."

"Todo mundo é impertinente, menos a Ruth." Zeke enfiou um garfo cheio de churrasco na boca. Ele e Ruth se encararam pela primeira vez naquele dia.

Jimmy levantou a mão e chamou a garçonete. "Agora, tio Zeke, por favor, não fique provocando a tia Ruth. Ela está incomodada. Acho que ela ficou chateada de ver o Asa no hospital e..."

"Não, não." Ruth limpou a boca com o guardanapo. "Deixa ele. Deixa ele mexer comigo se acha que é homem pra isso."

"É, você entende muito bem de castrar homens, não é, Ruth?"

"Sério, agora. Parem, vocês dois. Isso é constrangedor." Jimmy enxugou o rosto. Ele estava suando.

"Abre o olho, Ezekiel Cross. É melhor você ficar de olhos bem abertos."

A garçonete voltou. "O que foi agora?"

"Não dá pra comer isso." Ruth empurrou o prato na direção dela.

"Algum problema com o prato?"

"Não tem tempero nenhum. A carne cozinhou demais. Está esturricada. Não dá pra dar nem pros porcos."

"Mas, Ruth…"

"Não me venha com 'Mas, Ruth', Zeke. Vocês estão sempre dizendo como as pessoas têm que falar, como elas têm que se vestir, levar a vida. Bom, em mim mando eu. Vocês me ouviram?"

"Senhora?" A garçonete estava virada em sua direção como um gato prestes a dar um bote.

"Você vai se arrepender de falar essas coisas, Ruth."

"Eu sou velha o suficiente para pagar as minhas contas e honrar as minhas dívidas. Já você não pode dizer a mesma coisa."

"Senhora."

"Puxa vida, mulher, eu sabia que você era ruim e mal-humorada, mas não imaginava que você fosse assim tão baixa."

"Viu só? É desse jeito que vocês se comportam. Distorcem as coisas pro seu lado. Fazem do certo errado e do errado certo. Eu…"

"Senhora!"

"Que foi?"

A garçonete se endireitou. "A senhora quer pedir alguma outra coisa?"

"Vocês têm torta de maçã aqui?"

"Sim."

"Bom, então me traz uma."

A garçonete balançou a cabeça e saiu andando. Jimmy se esforçou para pensar em alguma coisa para mudar de assunto. "Ouvi que ia nevar esta noite. Será que vai mesmo?"

Sem prestar atenção em Jimmy, Zeke deu um soco na mesa, fazendo os talheres tilintarem. "Puxa, Ruth, você não tem a menor consideração pelos outros. Esse é o seu problema."

"Você é muito cara de pau de dizer que eu não tenho consideração, seu crioulo. O problema é que vocês, Cross, se acham grande coisa e são todos muito metidos a besta. Esse é o problema."

"Ouvi falar", tentou Jimmy, embora ele se sentisse meio bobo, excluído daquela conversa, "que vão construir um novo anexo no centro comunitário lá perto de Dobsville."

Zeke deu um sorriso e comeu mais uma garfada. Quando parou de mastigar e engolir, apontou o garfo vazio para Ruth. "Vá em frente. Faz isso de novo. Você já fez isso antes. Ponha a culpa em mim. Na minha família inteira. Ponha a culpa no mundo inteiro pelos seus problemas. Você sabe que você é a culpada por tudo de ruim que te acontece, Ruth. Você sabe que a verdade é essa. Não é?"

"É melhor você baixar o tom, Ezekiel Cross. Você está entrando num território perigoso."

"Não tem como ficar mais perigoso do que você já deixou."

"Me deixa em paz, Ezekiel. Só me deixa."

"Foi você quem veio puxar briga, garota. Você não pode reclamar se eu só revidei."

Eles estavam falando tão alto que o restaurante inteiro podia escutá-los. As pessoas inclinavam o pescoço na direção da mesa deles. Algumas, menos discretas, chegaram a virar para olhar. Àquela altura, Jimmy chegou a pensar que deveria ficar de pé e levantar as mãos para o alto como um juiz de boxe, gritando: "Tio Zeke. Tia Ruth". Mas era como se ele já nem estivesse no mesmo lugar que eles.

"Escuta, eu sei muito bem que culpa você está querendo jogar em cima de mim, Zeke. Que papelão trazer isso à tona neste momento. E é muita cara de pau sua dizer que eu sou ruim."

"Sim, eu te chamei mesmo disso. Nunca te vi fazendo nada que me provasse o contrário."

"Viu? Você continua me provocando. Você não para."

"Não, quem não para é você, Ruth. É você."

Jimmy notou que suas mãos estavam suando. "Gente, por favor, vamos parar…"

"Cala a boca, Jimmy." Ruth não estava mais sorrindo. "Fica bem quietinho aí."

"Tá tudo bem, Jimmy." Dessa vez foi Zeke quem deu um tapinha na mão de Jimmy. Ruth apenas observou e abriu um sorriso irônico.

"Vá em frente, então. Diga logo." Ela apertou os olhos.

"Dizer o quê?"

"Você sabe do que todos vocês me acusam. Me culpam, sem saber se a culpa é minha ou não."

"Olha, é você quem está trazendo isso à tona. Porque você sabe que é verdade. Você…"

"Arrá! Eu sabia! Seu bode velho descarado."

"É verdade, Ruth. É melhor você assumir."

"Ele era seu irmão. Da sua família. Você o conhecia muito antes de mim…"

"Tem razão, Ruth. Tem razão. E eu sei que antes de você ele nunca tinha colocado uma gota de álcool na boca. Ele era um homem bom até bater os olhos em você."

"Bom, Ezekiel Cross, um dia você vai ver com seus próprios olhos. Ver o que você e sua família, sua maldita família, fizeram. E não foi só com o Jethro. Foi com Lester. Com este garoto aqui. Com seu neto. Vocês todos não são grande coisa."

"Olha o que você fala, Ruth."

"Olho coisa nenhuma. Você mesmo não é grande coisa. Olha pra você. Você se considera o conselheiro sagrado de Deus. Um morador do céu vivendo na Terra. Jesus em pessoa. O que você está planejando pro seu aniversário de noventa anos, andar sobre as águas?"

"'Amai vossos inimigos e bendizei os que o maldizem.'"

"Ah, isso mesmo, cita a Bíblia. Você nem vive de acordo com ela."

"'Não julgueis para não serdes julgado.'"

"Zeke, como você é arrogante. Bom, você sabe que eu sei, né? Eu estava lá. Eu sei que você fechou a porta da sua casa na cara do seu irmão, mesmo ele estando doente e sofrendo."

"Mentira."

"Você e a sua irmã. Ele ficou doente de cama por meses, e nem você nem a santificada da sua irmã foram um dia lá em casa pra ver como ele estava."

"Não fale mal dos mortos, garota."

"Caguei pros mortos."

"Você é uma bruxa velha muito perversa, Ruth Cross."

"Eu não sou Cross porcaria nenhuma. Eu sou uma Davis. Foi assim que eu nasci, seu burro velho."

"Não me chama de velho, sua mula velha coroca. Olha pra você. Você que é velha."

"Hipócrita!"

"Mentirosa!"

A garçonete chegou com a torta de maçã bem quando Ruth lutava para ficar de pé. "Não tô com fome." A garçonete fez uma careta e Jimmy percebeu um espasmo em seu antebraço, como se ela se segurasse para não arremessar a torta em Ruth.

Depois de muito esforço, Ruth finalmente ficou de pé, encarando Zeke. "A verdade virá à tona." Ela virou para Jimmy. "Menino, estarei no carro." E se virou o mais rápido que conseguiu e saiu mancando em direção à porta. Jimmy percebeu que todos no restaurante estavam assistindo à partida de Ruth, testemunhando seu doloroso progresso. Um homem branco sentado perto da porta a abriu para ela. Lentamente, ela desapareceu, as costas ondulando no ritmo de uma tartaruga.

Jimmy ficou sentado, dedilhando o copo de chá. "Estou com vergonha do senhor, tio Zeke."

"Você? Com vergonha de mim? Menino, eu..."

"Me escute um pouco, tio Zeke. Eu sei que a tia Ruth tem as manias dela. Mas ela passou por muita coisa. Você, entre todos, é quem mais deveria demonstrar um pouco de compaixão. Um pouco de compreensão."

Incrédulo, Zeke olhou para Jimmy. Ele se acomodou na cadeira e falou devagar. "'*Ela* passou por muita coisa'? E quanto a você? E quanto a mim? Meu Deus. Deixa eu te falar, eu tô cansado, muito cansado de ficar aguentando todo esse veneno dessa coruja velha. 'Ela passou por muita coisa'? É mole?" Ele pegou seu copo.

Jimmy levantou, desanimado. "Todos nós passamos." Ele enfiou a mão no bolso, jogou uma nota de vinte dólares sobre a mesa e saiu pela porta, pensando que, por ser o pastor, talvez ele devesse ter sido um pouco mais duro com seu tio-avô. Mas ficou se perguntando como.

Quando Jimmy chegou ao carro, Ruth já estava sentada lá, no branco traseiro, olhando reto para a frente. Parado, ali, diante da porta, diante dela, ele percebeu, mais uma vez, que não tinha a menor ideia do que deveria dizer, como deveria dizê-lo, nem se deveria, de fato, falar qualquer coisa. Mas ele sentia, em algum lugar naquilo que o incentivou a ser um pastor, que deveria falar alguma coisa. Então, abriu a porta do carro. Ela não olhou para ele.

"A senhora está bem, tia Ruth?"

Ela olhou para as mãos. Ele a viu suspirar enquanto esfregava as mãos e balançava a cabeça. Quando finalmente levantou a cabeça, ela estalou a língua como se tivesse lembrado de algo de grande importância. "Quando a gente vai embora? Já vai começar a chover."

"Você acha que vai?"

"Eu acho que vai."

Sem bater, ele fechou a porta do carro e ficou olhando ao seu redor. Aquela era uma cidade pequena, com um posto de gasolina, um mercadinho minúsculo e um antiquário que funcionava na casa de uma pessoa. Uma agência dos correios. Menor que Tims Creek. Ele sentou no banco do motorista.

"Acredito que o tio Zeke vá pedir desculpas."

"E eu com isso?"

"Ouça, tia Ruth. Guardar rancor não é cristão, e nem se comportar do jeito que vocês dois estão se comportando. Espero que vocês façam a coisa certa."

"*Você* espera?"

"Puxa vida." Ele deu uma risadinha e virou para trás, para encará-la. "Vocês dois tinham que me dar um exemplo." Ela o fuzilou com um olhar gelado. Em seguida, fechou os olhos e, depois, desviou o olhar.

Jimmy começou a esfregar as têmporas. Estava ficando com dor de cabeça.

Zeke saiu do restaurante arrastando os pés e cutucando os dentes com um palito de madeira. Entrou no carro, soltou um grunhido e ficou esfregando uma perna com uma das mãos enquanto palitava os dentes com a outra. "Bom, estamos prontos para ir?"

A mão de Jimmy ficou parada sobre a ignição. A coisa certa, ele pensou. Virou para os dois. "Agora, olha só pra vocês. Olhem bem pra vocês dois. Vou dizer uma coisa: que vergonha. Vocês sabem que eu sempre tive orgulho de vocês, esse tempo todo. Orgulho da maneira que vocês..."

"Meu Deus, menino." O olhar de Ruth permanecia gelado. "Não estou no clima pra levar sermão agora. Só me leva pra casa. Estou pronta pra deitar na minha cama."

"Mas, tia Ruth. Eu estou falando sério. Eu..."

"Menino, não perca seu tempo. Você a ouviu. Tentar falar com ela é que nem tentar falar com uma pedra. Ela..."

"Ezekiel Cross, feche essa sua matraca."

"Vem fechar você se quiser, sua..."

"Se você acha que eu não vou, continua falando pra você ver..."

"Eu..."

"Escutem só! Escutem o que vocês estão dizendo! Um diácono e uma mãe da igreja." Jimmy apoiou os cotovelos no volante. "Eu não acredito nisso. Simplesmente não acredito. Duas pessoas que viveram tanto tempo, e que passaram por tanta coisa como vocês dois, agindo desse jeito petulante e infantil. Isso é ridículo."

Zeke revirou os olhos e largou um tremendo suspiro. "Ok, eu não estou mesmo me portando como deveria. Me desculpe, Ruth, eu..."

"Você não precisa pedir desculpas para mim, não, senhor." Ruth ergueu a mão. "Não. Por que a verdade virá à tona. De um jeito ou de outro. Eu sei, no meu coração, que eu estou certa, mas..."

"Tá bom, que droga, eu tentei. Não falo mais com ela."

"Tá bem, não fala mais comigo."

"Ótimo."

"Ótimo."

Os dois ficaram olhando para fora pelas respectivas janelas, resolutos em seu silêncio teimoso. Jimmy olhava para um e depois para o outro, perplexo. Chegando à conclusão de que não havia muito o que pudesse fazer, ele resolveu simplesmente dirigir, e girou a chave na ignição.

O motor não fez nenhum barulho. Ele tentou outra vez. Os únicos sons que se ouviam eram a passagem de um caminhão da Mack na estrada, um vento fraco assoprando e uma porta se fechando, em algum lugar, ao longe.

Primeiro um, depois dois, e então três gotas de chuva atingiram o para-brisa.

"Sim, eles morrem mesmo, a qualquer momento. E sem dar nenhum aviso antes."

O mecânico estava debruçado sobre o motor como uma mamãe galinha sobre a sua ninhada, como se ambos se conhecessem de uma forma pessoal e íntima e tivessem um tremendo respeito um pelo outro. Talvez, Jimmy pensou, talvez até um pouco de amor.

Debaixo da chuva, Jimmy havia corrido até o posto de gasolina, onde o mecânico lhe dissera languidamente que o cara do guincho havia saído. Jimmy sugeriu que eles empurrassem o carro até a oficina, já que ele estava parado a poucos metros de distância. O mecânico cuspiu — ele tinha uma porção de tabaco na boca —, limpou a boca e assentiu.

Com água despencando sobre eles naquele ar gelado, empurraram o carro, com duas pessoas dentro dele, até a oficina do mecânico. O mecânico, um baixinho retaco com o cabelo preto oleoso e olhos verdes, diagnosticou rapidamente o problema e cuspiu todo o tabaco que estava mascando.

"Agora, se fosse ontem", ele disse, pegando uma Coca, "ontem você estaria encrencado, sabe?" Deu um gole no refrigerante, bochechou e cuspiu tudo. "Porque eu não costumo ter essa peça aqui comigo." Limpou a boca com as costas da mão. "Só começaram a fabricar em 79." Deu mais alguns goles na bebida e os engoliu. "Mas você deu sorte, sabe? Porque eu sou um homem de visão." Enfiou a mão no bolso e tirou sua caixinha de tabaco de lá. "Outro dia um camarada, todo bem-vestido, dirigindo um Oldsmobile novinho em folha, estava indo até Roseboro. Parou pra comer aí no restaurante. Saiu. Entrou no carro dele e péim!" Enfiou um pouco de tabaco na boca e depois mais outro bocado. "O carro não pegava." Ele piscou para Jimmy. "Mas, como eu te disse, você deu sorte. Porque essa peça chega hoje."

Jimmy suspirou.

"Mas vai demorar umas duas horas ou mais, porque eu preciso terminar outro carro antes das quatro. Então, sentem aí dentro um pouco."

Os três entraram na oficina. Um lugar imundo, a parte interna do posto de gasolina. Cheio de produtos. Atrás, em cima, na frente do balcão. Perto da parede, encostado na parede. Pilhas de doces e cigarros e aromatizadores de carros no formato de gatos. Chicletes, isqueiros e fluido para isqueiro. *Moon pies*, chaveiros e pilhas. Relógios vagabundos. Lanternas. Óleo de motor. Preservativos. Eles ficaram sentados em dois bancos de automóvel tirados de carros havia muito desativados, atrás de uma geladeira transparente que continha refrigerantes marrons, laranja, amarelos, verdes e vermelhos, em garrafas e latas. Sorvetes também. Havia, encostada num canto, uma máquina de fliperama; uma criança acionava e manipulava os controles. Uma mulher com o cabelo preto tão oleoso quanto o do mecânico estava sentada do outro lado do balcão, lendo uma revista *True Confessions* e comendo uma banana.

"Que tempinho mais desgraçado, hein, pessoal?" Ela olhou calorosamente para eles.

"Pode apostar que sim." Ruth olhou pra ela quase sorrindo. Jimmy percebeu, embora não sorrisse.

"De onde vocês são?"

"Tims Creek." Zeke olhava para a chuva através das janelas sujas de barro.

"Ah, é? E o que os traz para essas bandas?"

"Um primo doente lá pros lados de Fayetteville."

"Mas ele tá muito mal?"

"Sim, senhora." Zeke esfregou as mãos. "Está sim."

"Puxa, que pena." Por um instante, ela olhou para a frente, com um olhar vazio. Os únicos sons eram os da chuva que caía e do fliperama no canto, com seus cliques, zumbidos e explosões.

"Acho que vou passar um cafezinho para nós." A mulher uniu as mãos do mesmo jeito que um apresentador de circo faria, antes de dizer Venham por aqui. "Vocês querem?"

"Ora, sim, muito obrigado." Jimmy ficou genuinamente feliz, pois, embora estivesse mais quente lá dentro, ainda sentia frio.

"Sim, seria ótimo." Ruth, de novo, surpreendendo Jimmy. Ela olhou para a garotinha perto da máquina.

"O que é aquela coisa?"

"É um videogame." Jimmy tinha certeza de que Ruth estava prestes a se irritar e exigir que aquela criança parasse com aquela algazarra, mas sua expressão estava serena, e sua voz não soou nem um pouco incomodada. No máximo, transparecia curiosidade.

"Faz uma barulheira danada, não faz?" Ela se inclinou na direção da máquina.

Eles ficaram todos sentados em silêncio, assistindo à criança jogar. Quase não se podia escutar a cafeteira por trás de todo aquele barulho.

"Bem", disse a mulher, trazendo as xícaras de café, "eu não sou uma grande fã disso aí, mas a Amy joga muito bem."

A menina virou para olhar Ruth e, surpreendendo Jimmy — e, sem dúvida, também Ruth —, deu uma piscada. Num primeiro momento, aquilo pegou Ruth desprevenida. Ela então deu um sorriso e um gole em seu café, enquanto fechava os olhos. "Esse café está muito bom, senhorita. Muito obrigada."

"Ora, de nada."

"Ah, sim", Jimmy enfiou a mão no bolso. "Quanto é?"

"Imagina." A mulher voltou para trás do balcão. "É por minha conta. Num dia como hoje, imagino que este seja o último lugar em que vocês queriam estar."

Zeke grunhiu, debruçado sobre o seu café. "Pois é."

Ruth seguia olhando para a máquina com curiosidade. "Certamente não ficaremos aqui por muito tempo."

Jimmy não conseguia decifrar a expressão incomum no rosto da tia-avó. Viu que a garotinha continuava virando e sorrindo para Ruth, que sorria de volta, e ele ficou se perguntando o que não havia percebido ali.

O jogo da garotinha acabou e, elétrica como um esquilo, ela veio correndo até Ruth, que ficou olhando para ela como alguém observaria um duende, com um misto de encanto e cautela.

"Você quer jogar?"

"Amy!" A mulher até achou aquilo engraçado, embora estivesse profundamente constrangida. "Sério, você sabe muito bem que não é pra…"

"Eu te ensino."

"Amy. Eu tenho certeza que ela não…"

"Bem." Ruth já estava se preparando para levantar, gesticulando para a garotinha pegar sua bengala. "Eu posso dar uma tentada. Não vai tirar pedaço. Vai, Amy?" Ela sorriu para a mulher, que a princípio não soube o que responder, mas acabou sorrindo também.

A garotinha agarrou a mão de Ruth e Ruth ficou de pé, na sua posição toda torta e, do seu jeito todo torto, foi andando, para a grande surpresa de Jimmy, em direção ao videogame.

Zeke cruzou as pernas, apoiou o queixo na mão e fez um som de sucção com os dentes. Aquilo fez Jimmy lembrar de um velho cão de caça se ressentindo de alguns filhotinhos que brincavam muito perto dele. Seus olhos evidenciavam desaprovação, Jimmy percebeu, mas também alguma outra coisa — talvez desdém.

"Agora." A voz da menina tinha assumido um tom professoral. Ela estava parada logo abaixo dos seios murchos de Ruth, entre seus braços. Ruth havia se agarrado ao painel daquela enorme caixa preta para ficar de pé.

"Este carinha", disse Amy, "quer comer todos esses pontinhos aqui. Só que estes sujeitos aqui querem comer ele. Entendeu? Mas, se ele consegue pegar uma dessas pílulas azuis aqui e comer, ele fica grande e forte e pode dar uma surra nesse pessoal e mandar todo mundo pra cadeia, que é o lugar deles." Ela olhou para Ruth. "Você entendeu?"

"Bom, vamos ver."

"Ok, eu vou jogar uma vez pra você ver. Presta atenção." Ela depositou uma moeda na máquina, e uma musiquinha animada emanou dela. Jimmy se aproximou, com cuidado para que Ruth não percebesse.

"Ah, olha só", disse Ruth, num tom de voz que Jimmy nunca tinha escutado. "Ô-ou, ele vai te pegar. Cuidado. Cuidado! Ops! Agora você morreu, não foi?"

"Sim, mas eu peguei cinco deles. Sua vez."

Ruth segurou a alavanca e começou a jogar como havia visto a garotinha fazer. Em menos de um minuto, seu jogo havia terminado, mas a alegria — era assim que Jimmy havia resolvido chamar aquilo — em seu rosto era equivalente à de uma revelação. Ele olhou para Zeke, que observava tudo com desconfiança.

Depois que a garotinha jogou, Ruth foi mais uma vez, saiu-se um pouco melhor, vibrando ruidosamente. Quando ficou sem moedas, ela pediu para Jimmy pegar mais em sua carteira. Elas acabaram jogando cinco partidas, com Ruth gritando no final, declarando que os videogames eram, realmente, uma diversão.

"Muito bem, senhorita. Você vai ser uma grande jogadora um dia."

Ruth deu uma gargalhada e tocou a cabeça dela. "Obrigada, Amy. Se eu ficar tão boa quanto você, eu serei uma excelente jogadora, realmente."

"E qual é o seu nome?"

"Ruth." Elas apertaram as mãos.

A garotinha foi até sua mãe, que lhe deu uma banana e lhe mandou fazer alguma coisa. Jimmy calculava que Ruth estaria monumentalmente exausta, mas ela foi andando na direção de Zeke, que a encarava, com uma expressão sisuda. Seu incômodo não havia mudado em nada, talvez tivesse até aumentado. Ela jogou a cabeça para trás e soltou a gargalhada ensolarada de uma mulher que havia conquistado o direito de rir sem se preocupar com o que as pessoas achariam dela ou com o fato de as outras pessoas poderem ouvi-la. Sem dizer uma palavra, virou, agora mais devagar, porém mais confiante do que nunca, e saiu andando na direção da oficina, e da chuva que caía.

Quando ela atravessou a porta, Zeke fez um "tsc" com a boca. "Que velha mais curiosa."

"Mais curiosa que você?"

"Não me provoque, menino."

"Deixa eu te fazer uma pergunta, tio Zeke. Você e a vovó me ensinaram a me comportar do jeito que você se comportou hoje?"

"Do jeito que eu me 'comportei' hoje? E como foi que eu me 'comportei' hoje, senhor?"

"Rancoroso. Egoísta. Mesquinho. Sem compaixão."

"Você fala muito sobre compaixão, meu jovem. Tem certeza de que você sabe o que isso significa?"

"Sim, eu creio que sim."

"E você sabe no que implica o perdão?"

"Bom, a Bíblia diz que..."

"Não. Nós não estamos falando da Bíblia, James Malachai Greene. Estou falando de você. Do que *você* sabe. Do que *você* entende. Você entende o que é o perdão?"

"Você precisa soltar alguma coisa."

"Você precisa soltar alguma coisa, e tem que deixar essa coisa para trás, não é?" Zeke deu um suspiro e ficou olhando para a chuva. "É preciso ser muito homem para perdoar, menino, e deixa eu te dizer, não sei se este velho aqui é homem o suficiente pra isso. Não sei se sou forte o bastante para fazer o que eu deveria fazer. Isso o surpreende?"

"Sim, senhor."

"Você deveria ser o *meu* pastor." Ele deu uma risadinha para si. "E você está me dizendo que está com vergonha de mim?" Zeke levantou as sobrancelhas, olhando para ele. Ele passou a mão pelo rosto. "Um dia. Um dia você vai entender. Um dia você vai saber."

Sem entender o que havia acabado de ser dito, perplexo com o fato de sua reprimenda ter, de repente, se voltado contra ele, arriscou uma tréplica atrevida.

"Mas hoje é hoje, tio."

Zeke olhou para ele e balançou a cabeça. "E não é que é mesmo?"

Zeke levantou e foi andando na direção da oficina.

Ela estava parada na porta larga, olhando para a água que despencava como uma cortina entre ela e o mundo. Jimmy ficou encostado na soleira da porta interna, escutando. Zeke se aproximou dela. Ela deve tê-lo ouvido chegando, do jeito que ele arrastava os pés no chão, porém não virou.

"Chovendo forte, né?"

"Tá mesmo. Mas aposto que já vai virar neve."

"Neve?"

"É."

"Acho que você tem razão."

Eles ficaram ali parados. Em silêncio. Jimmy esperou ouvir palavras tímidas e delicadas de conciliação. Mas então ele percebeu que já as havia escutado, tão puras e diretas quanto a própria chuva.

Quando ele estacionou o Oldsmobile na entrada da casa de Ruth, já estava escuro. Seis horas. Quando deixaram Zeke em casa, se despediram como família, não como duas facções em guerra. Enquanto Jimmy acompanhava a tia-avó ir para a cama, observando seus passos lentos de sempre, agora ainda mais lentos, após um dia tão repleto de atividades; enquanto ele a esperava tirar as roupas e vestir o pijama; e enquanto a ajudava a se deitar, ficou refletindo sobre as infinitas maneiras como as coisas poderiam ter sido diferentes. Hoje. Ontem. Amanhã. Se Anne não tivesse morrido. Se Horace não tivesse morrido. Se sua avó não tivesse morrido. Todas havia tão pouco tempo.

Ruth fechou os olhos assim que a cabeça encostou no travesseiro estofado com penas de ganso, dizendo, num tom onírico: Aposto que está nevando agora.

Ele desligou as luzes da casa, fechou e trancou as portas às suas costas. Quando andava em direção ao carro, um floco pesado de neve o atingiu no rosto, misturando-se a uma lágrima quente e fresca.

30 de abril de 1984

4h45

Mas, sério, sr. Cross — posso chamá-lo de Horace?

É claro.

Horace — Eu sou a Veronica. Mas, sério, Horace, as pessoas, às vezes, são tão estúpidas. Você entende o que eu quero dizer, não é? É simplesmente imperdoável. Temo que as pessoas tenham perdido os modos e a educação. Não obedecem a nenhuma regra. Transformaram-se em bichos. Em bichos. Você não acha?

Sim. Sim. É claro.

Imagine um búfalo parado no meio de um palco. Imagine-o usando um vestido branco, simples, quase singelo, sem muita frescura, mas definitivamente caro. Imagine-o usando óculos dourados e um chapéu amarelo com flores verdes e brancas. Imagine-o tomando um chá, e sua cauda, como a de um leão, como a de uma cobra, balançando preguiçosamente sob as ancas, de um lado para o outro. O pé de Horace latejava.

Me lembro de quando eu era uma garotinha... puxa, todo mundo tinha modos excelentes. Meu primo Charles, eu lembro, era muito elegante...

Horace tinha adentrado Crosstown a toda velocidade, os pneus cantavam e o motor rugia, um demônio gargalhava em sua cabeça e pontuava cada curva com a palavra Acelera — mesmo que os homens no colégio tivessem ficado a muitos e muitos quilômetros para trás, sem a menor chance de alcançá-lo, e ele não soubesse para onde estava indo.

… uma festa para a minha tia Clara, e todo mundo apareceu tão bem-vestido. Nossa, foi um espetáculo e tanto. Uma das minhas memórias mais queridas. As pessoas simplesmente não são mais assim hoje em dia. Que pena, não é?

Ah, sim, senhora. É uma pena.

É claro que você é muito jovem para lembrar, mas teve uma época que, nooooossa...

Sem o demônio mandar, ele havia dirigido até o estacionamento deserto do teatro de Crosstown. Ele desligou o carro e desembarcou, reparando na maneira como a construção havia sido erguida sobre um declive que conduzia a um bosque. Segurou a arma com força. Os faróis do carro estavam apontados para a bilheteria, iluminando um cartaz colorido que dizia:

VIAJE NA ESTRELA DA LIBERDADE
Um musical
A saga de uma
família americana.
Seus desafios em meio à
Revolução,
em meio à
Guerra Civil
entre provações e batalhas
entre mortes e nascimentos
em meio às angústias e dores do amor
Essa é a sua história
A história americana
de 24 de junho a 15 de agosto

No cartaz, havia imagens de todas as gerações de uma família, os colonizadores, os revolucionários, os rebeldes, os empreendedores, os fazendeiros, os políticos, todos com as mãos erguidas, exibindo as ferramentas de seu ofício — armas, espadas, enxadas. Uma bandeira dos Estados Unidos tremulava dramaticamente à esquerda, uma bandeira confederada à direita. Os homens eram fortes e robustos como personagens de histórias em quadrinhos, com seus peitos inflados, prestes a arrebentar a camisa; as mulheres ou eram voluptuosas, ou pequeninas; ou fornidas e rechonchudas, ou frágeis e femininas. Todos tinham dentes brancos e perfeitos, que brilhavam em sorrisos largos. À direita do grupo havia três pessoas negras. Um homem, sem camisa, tremendamente musculoso, cor de bronze, e uma mulher, com o cabelo desgrenhado, ambos com um sorrisinho descabido no rosto. De pé, à sua frente, havia um garotinho com os olhos muito grandes, e o sorriso perdido em algum lugar na tragédia que era aquela falsa opulência.

Horace havia trabalhado ali no verão anterior ao seu último ano no colégio, conseguindo o emprego de assistente de contrarregra, graças à indicação do seu professor de inglês, sr. Phelps. Seu avô ficou desconfiado: ele não gostou do grande número de brancos com quem Horace trabalharia, nem dos turnos longos. Mas ele não tinha como discutir diante do salário, que era maior do que Horace ganharia trabalhando com tabaco, embora não muito. Relutantemente, Ezekiel acabou concordando. Horace tinha acabado de tirar a carteira de motorista naquela primavera, de modo que poderia dirigir até o trabalho, que ficava a cerca de vinte e cinco minutos de sua casa. Começou a trabalhar lá duas semanas depois do início das férias de verão.

Acho que a televisão tem muito a ver com isso, disse a búfala, que não se mexia muito, apenas jogava o peso do corpo de um lado para o outro de tempos em tempos. Ela continuou: as pessoas não interagem mais umas com as outras do jeito que costumavam. Minha irmã, Effi, diz que ela conhece famílias que assistem a essa coisa terrível enquanto jantam. Imagine só!

Imagine, disse Horace. Ele queria perguntar à búfala como ela havia conseguido pegar aquela xícara de chá.

Puxa, na minha época...

Não havia portas em nenhum lugar no teatro, exceto na bilheteria e no camarim. Horace nem tentou abrir a porta dessa vez; ele simplesmente mancou até uma lixeira encostada na enorme cerca de madeira que contornava o anfiteatro, segurando sua arma de uma maneira esquisita. Em vez de pular e arriscar cair em cima do pé, ele se pendurou no topo da cerca, passou as pernas para o outro lado e soltou as mãos para cair sobre o pé bom. Foi então que a compulsão se instaurou, alguma coisa o chamou, mais uma vez. Não era o demônio. Alguma coisa mais discreta. Porém maior. Estranha.

O teatro de Crosstown havia sido construído na cidade graças a uma doação da Cross Endowment e de contribuições da Southern American Oil Company e do First American Mercantile National Bank, que eram todas empresas controladas pela mesma família. O último de seus membros a viver em Crosstown tinha sido Owen Oliver Cross III, que levara sua velha mãe para morar em Winston-Salem em 1944, onde gerenciou um banco recém-adquirido e alguns outros investimentos da família que haviam crescido após a Primeira Guerra Mundial, e mais ainda após a Segunda, surfando aquela onda até os anos 1970, com a explosão dos negócios independentes de exploração de petróleo. Suas três filhas também tiveram bons casamentos. Philip Cross foi o último homem da linhagem branca da família Cross. Ele crescera entre Nova York, Martha's Vineyard e Winston-Salem, intercalando períodos com a mãe divorciada ianque e o pai, um mulherengo clássico. E para o desgosto do avô, Philip Quincy Cross não tinha o menor interesse no mercado empresarial, em aquisições ou na arte das transações financeiras de alto porte. Durante seus estudos na Philips Exeter e na Universidade Brown, ele tinha alimentado a ambição de se tornar um dramaturgo.

Por conta da longa tradição de teatros ao ar livre na Carolina do Norte, achou que seria uma ideia brilhante fundar o teatro ao ar livre Owen Oliver Cross Memorial e exibir, como atração principal, uma peça escrita por ele sobre a história de sua ilustre família, um musical biográfico. A ideia até teria algum valor, não fosse pelo fato de Philip ser um péssimo dramaturgo.

Viaje na estrela da liberdade foi uma produção suntuosa. Não se economizou em figurino, fogos de artifício, iluminação, cenografia, adereços, música — ele contratou um dos compositores mais promissores (e caros) da Broadway para fazer a trilha sonora. Porém, como peça, o drama era terrível, durando, originalmente, mais de três horas e quarenta e cinco minutos. O diretor e produtor brigava para que vários discursos fossem cortados, trechos inteiros fossem suprimidos, personagens irrelevantes fossem removidos, mas Philip, em sua convicção de autor/patrocinador, batia o pé para manter cada vírgula e ponto e vírgula. Por fim, eles chegaram a uma versão de duas horas e meia com três intervalos; havia sessenta personagens, trinta dos quais tinham falas. Havia longas passagens estáticas nas quais pais de família teciam loas às virtudes de se lançar à guerra; nas quais mães enumeravam as dificuldades oriundas da destruição do sistema escravagista pela Guerra Civil. Os diálogos eram desconjuntados e enfadonhos, e vários acontecimentos históricos estavam simplesmente errados. O diretor mudava com frequência partes do roteiro só para bater de frente com os protestos de Philip, que invocava a carta da "licença poética" e o alterava de volta. Embora tenham contratado atores, cantores e dançarinos acima da média, nem mesmo a mais inspirada das performances seria capaz de melhorar aquela maçaroca mal pensada, mal executada e repleta de clichês, com uma prosódia rocambolesca e uma romantização melodramática da história do Sul dos Estados Unidos.

Ironicamente, a coisa que fez com que o público continuasse voltando — sem contar a propaganda vigorosa em nível local e estadual sobre "A nova, grandiosa, excitante, divertida e gloriosa história de uma família", substancialmente subsidiada pelo Comitê Estadual de Teatro ao Ar Livre, bancada em grande parte pelas doações dos Cross — foram as concessões que Philip fez ao passado escravocrata de sua família. Ele tentou criar uma imagem de lar feliz para os escravos domésticos e de uma camaradagem descontraída entre os que trabalhavam no campo. Fora uma interjeição ou fala aqui e ali que refletiam a realidade da vida dura dos escravos, os negros estavam ali principalmente para fazer palhaçadas e travessuras que provocavam risos e gargalhadas na plateia, para as cenas de igreja, apresentando sua cantoria vívida e dinâmica, e para o sermão do pastor, que era o momento mais intenso e inflamado de toda a peça.

A búfala se aproximou de Horace e disse: Agora, tem a minha tia Zelda, que tem oitenta e cinco anos, ela ainda toma chá com as amigas toda quinta-feira à tarde. Esses encontros eram uma coisa e tanto. Todo mundo reunido, conversando. Era só pra conversar. Não tinha nada dessa fofocaiada horrível que tem hoje em dia. Se bem que, pensando bem, acho que a gente não era tão pura assim. Realmente, a gente… causava um certo estrago a determinadas reputações… aqui e ali. Mas é claro que essas reputações já não eram…

A búfala deu uma risadinha e seu rabo golpeou seu traseiro como se fosse um chicote.

Depois de pular a cerca, Horace foi até o fundo do anfiteatro e ficou olhando para os seus degraus e assentos sem encosto, similares a bancos de mesas de piquenique que desciam em direção a um palco, elevado, amplo e triangular, com uma parede de cada um dos lados e uma vista direta para o bosque lá atrás. Procurando aquilo que o chamara, ele acabou vendo essa búfala, de pé no meio do palco, de onde fazia o discurso, algo que estava começando a deixar Horace irritado. Por que ele estava ali? Ele estava sentado na beira do palco, com os genitais repousando sobre o piso de madeira, escutando aquela palestra interminável que não o interessava nem um pouco. Ele queria perguntar à búfala: Você sabe por que eu estou aqui?, mas não teve oportunidade.

As pessoas simplesmente não gostam mais de ser gentis, ela dizia. Pra mim, parece que as pessoas estão se esforçando para ser vulgares. É como se uma tentasse superar a indecência da outra. Você não acha?

Aham.

De repente, lá estava ela. A sensação. Era como se ele houvesse esquecido que tinha de estar em algum lugar. Como se alguma coisa importante estivesse acontecendo e ele fosse fundamental para a sua conclusão. Como se alguém morrendo precisasse se despedir.

Ele levantou. Desculpe, disse, eu preciso ir...

Vá! Mas eu ainda não terminei o meu...

Eu preciso. Me desculpe.

Horace deu as costas e começou a andar.

Grosso. Grosso. Grosso. A búfala batia o casco no palco. Eu não esperava por isso!

Ignorando o animal, Horace subiu no palco e o atravessou. Ao chegar aos fundos, virou para trás. Nada nem ninguém estava lá, só o teatro vazio. O teatro e a compulsão para seguir em frente, na direção de...

Ele queria que a voz retornasse para lhe dizer o que fazer, em vez daquele impulso em sua mente, daquela necessidade sutil.

Ele perambulou pelos bastidores, que não passavam de meia dúzia de plataformas de concreto salientes que levavam até o bosque, um pequeno depósito de adereços, cadeiras e algumas trilhas que se embrenhavam por entre a vegetação, contornando toda a extensão do teatro. Ele ficou lembrando das longas horas que havia passado ali, primeiro construindo, depois carregando, depois consertando, depois reconstruindo. Em junho, ele entrava às onze da manhã e trabalhava até um bom pedaço da noite depois de um intervalo para o jantar, às cinco. Às vésperas da estreia do espetáculo ele trabalhava das dez da manhã até as duas ou três da manhã seguinte, parando apenas para comer um hambúrguer gorduroso com fritas. Assim que a peça estreou, no início de julho, ele passou a ficar no trabalho até meia-noite ou uma da manhã. Às vezes, mais tarde.

Dos sessenta atores no elenco, a maior parte era composta de moradores locais que, de graça, resolveram aproveitar a oportunidade para "se envolver" num trabalho comunitário e, mais importante que isso, receber um afago no ego ao serem vistos em cima de um palco. Mas a companhia contratou onze atores profissionais para os papéis principais, cinco de Nova York, três de Los Angeles, um de Washington, um de Chicago e um de Miami. Eram homens e mulheres jovens e ambiciosos, à espera do seu grande sucesso, do qual todos falavam com um misto de fascínio e desprezo, como se realmente existisse, porém fosse uma coisa arbitrária, que geralmente era concedida mais aos preguiçosos que não o mereciam do que aos talentosos que trabalhavam duro. Eles eram hiperbólicos, animados, obscenos e enfáticos. Viam aquele trabalho de verão como um mal necessário, uma coisa para encher seus currículos, para "pagar as contas". Uma maneira de continuar trabalhando. Crosstown não pagava mais que os outros teatros regionais — o que já não era muito — apesar de sua verba abundante; então, somando-se aos egos feridos, às frustrações, ao cansaço e à distância dos holofotes da cidade grande desse bando de mortos de fome havia ainda a indignação e o mau humor deles, o que os fazia olhar de soslaio e com algum distanciamento para a cidade sonolenta e retrógrada de Crosstown.

A maioria dos homens era gay, o que assombrava e provocava Horace, uma vez que ele os achava fisicamente atraentes. Com corpos altos e esbeltos, quase animalescos, ou estruturas robustas, sólidas e atarracadas, ou rostos tão encantadores que pareciam pertencer a um querubim — claramente havia perigo ali. Mas como ele poderia evitá-lo? O protagonista, Edward Gordon, era um aristocrata da Geórgia que tinha se mudado para Nova York para fazer sucesso — muito embora ele ainda estivesse à espera desse auspicioso momento seis anos depois. Ele tinha a estrutura óssea clássica de um inglês, cabelos loiros, olhos azuis, dentes fortes... era tão perfeito que chegava quase a perder a graça. Havia também os galãs musculosos de cabelos muito escuros e olhos verdes, azuis ou castanhos, incluindo Antonio Santangelo, que era meio italiano, meio porto-riquenho. Nascido e criado no Brooklyn, ele era ardiloso e sarcástico. A sombra de sua barba era quase azul.

Mas o homem que fez Horace pensar diferente — ou, mais precisamente, o convenceu de que sua mente havia mentido para o seu coração — foi o único ator profissional negro do elenco. Everett Church Harrington IV, um cantor, ator e dançarino de olhos castanho-claros e uma pele cor de caramelo. No primeiro dia em que Horace o viu, ele estava transtornado de raiva.

Horace estava agachado nos degraus do corredor que levava até o palco. Ele tentava desembaraçar um enorme pedaço de fio com luzes natalinas que era usado no número musical de abertura. Everett veio descendo as escadas com o nariz enfiado no roteiro, indiferente ao emaranhado de fios sob seus pés e, quando Horace olhou para cima, ele de pronto o invejou — de modo misterioso e indeterminado, sem explicação, dúvida, motivo ou alívio, tomado por uma inveja pura, absoluta, intensa. E desejo. De modo que ele nem pensou em avisar o homem sobre os fios debaixo de seus pés — parte dele gostaria de ter inclusive planejado aquilo. Quando os pés de Everett se enredaram de maneira irreversível nos fios, ele começou a tropeçar bela e graciosamente pelos degraus, até cair nos braços de Horace, que conseguiu segurá-lo, mas também perdeu o equilíbrio, fazendo com que ambos despencassem por mais alguns degraus até sua dolorosa parada.

"Jesus." Everett estava irritado, e olhou para Horace como se ele fosse o próprio fio enroscado em seus pés. "Por que diabos você não disse alguma coisa?"

Uma sensação de queda. Como se ele tivesse caído de repente dentro de um rio. Uma sensação de perigo. Como se brincasse nos trilhos de uma ferrovia. Os olhos. Aqueles olhos. "Vai falar alguma coisa?"

"Você fala inglês?" Everett empurrou Horace com raiva e começou a soltar os fios dos pés.

"Olha, desculpa. Eu não..."

Everett estava tendo dificuldades para soltar o cabo de seu pé esquerdo. Ele estava esticado e enrolado num banco. "Que merda!"

"Deixa eu te ajudar." Mergulhado em sentimentos contraditórios, Horace disse aquilo lentamente e só depois se aproximou do estranho.

"Não." Ele revirou os olhos para Horace, arrancando o pé do bolo de fios. "Deixa que eu resolvo." Levantou e começou a procurar pelo roteiro, que estava todo esparramado pelo chão. "Porra." Começou a juntar as páginas.

"Eu ajudo." Mas Horace não se mexeu, repentinamente injuriado pelo mau humor do homem e pela forma raivosa como ele recolhia as páginas. Olhando para ele, observando o desenho de sua bunda, redonda e firme, enquanto ele se curvava, seu pescoço grosso e bem modelado, suas mãos, enquanto ele pegava os papéis...

"Não. Deixa comigo. Só presta mais atenção a partir de agora."

"Mas eu..."

"Tá, tá. Deixa pra lá. Sério."

"Você não é lá muito simpático, né?" Horace ficou chocado com sua própria franqueza.

Everett olhou para Horace apertando os olhos. O lábio superior se ergueu bem de leve. Aquilo teve o efeito de transmitir uma superioridade constante e inabalável. "Não, eu não sou." Ele lhe deu as costas e saiu andando, voltando-se para o roteiro. Horace levantou e ficou observando enquanto ele deixava o teatro, embasbacado menos pela beleza dele do que por sua reação a ela.

O que ECH IV virou na mente de Horace? Em que parte do seu cérebro ele havia se alojado? Como uma obsessão? Uma fixação irracional, talvez? Ou um devaneio de deslocamento emocional? De todo modo, sobre uma coisa não havia dúvidas: Horace o detestava. Odiava, abominava, execrava. O pai dele era professor de direito, descendente de escravos libertos de Boston que morava em Beacon Hill; a mãe era da velha Washington, DC, de uma família tradicional, pertencente ao clã de Church Terrell. Everett havia frequentado as escolas certas. Usava as roupas certas. Falava do jeito certo. Tinha os amigos certos. Lia os livros certos. Assistia aos filmes certos. Everett não fazia nada de errado. Era lindo. Sofisticado. Correto. Everett era como um espinho em seu olho. Everett. Todos o amavam. Assim como Horace. Ou será que não?

Horace viu-se diante do camarim. Havia um cadeado pendurado na larga e alta porta de metal que dava acesso à estrutura de alumínio pré-fabricada. Por algum motivo, sem seguir nenhuma ordem do demônio, quis entrar. Foi até a lateral procurando por uma janela. Empurrou-a, e a janela deslizou, abrindo; ele se enfiou por ela e aterrissou em cima do tornozelo torcido, soltando um grito. Os vários cabideiros abarrotados de roupas produziam uma configuração estranha de sombras, e o cheiro pungente do depósito, com seu pé-direito alto, era de pó e de tecido, algodão e lã mofada. De repente, ele sentiu uma presença. Foi como se soubesse que havia alguém ali naquele lugar com ele. Horace viu uma luz brilhar na outra ponta do depósito, mais forte que o luar, mas não muito intensa. Foi andando até lá, o mais discretamente possível, escondendo-se por entre os figurinos.

Quanto mais perto da luz ele chegava, mais sentia que havia, de fato, alguém ali. Horace ouviu um barulho e ficou completamente imóvel. Será que deveria seguir em frente? Agora, era a curiosidade que o movia.

Ele puxou um casaco para o lado, segurando firme a espingarda, e viu alguém sentado diante de um espelho de penteadeira, se maquiando. Era um homem negro, vestindo um traje muito vistoso, laranja, verde, azul e vermelho, como o de um arlequim. À medida que Horace olhava para o espelho, o rosto ficava cada vez mais familiar, muito embora estivesse sendo soterrado por aquela base branca como leite. Então se deu conta. Enxergou com clareza. Era ele. Horace. Sentado na frente do espelho, aplicando maquiagem em si. De todas as coisas que ele tinha visto aquela noite, todas as memórias que havia confrontado, todos os monstros, fantasmas e espíritos, aquilo foi o que mais o abalou. Atônito, confuso, perplexo, ele só conseguia olhar para o seu reflexo e enxergar ele e ele e ele.

Como se tivesse aproveitado uma deixa de seus pensamentos, o Horace que se maquiava virou para o Horace parado ali atrás das roupas emboloradas. Olhou para Horace por um instante, sem se mexer, sereno, como se o estivesse esperando e soubesse que ele se atrasaria, e então gesticulou para que Horace se aproximasse.

Quem é você?, perguntou Horace. A cópia não disse nada. Lentamente, Horace moveu-se em sua direção e, quando estava parado bem atrás dele, o espectro virou novamente para o espelho e retomou sua tarefa.

O que você está fazendo? Mas o reflexo continuou a cobrir o rosto com aquela gosma branca, com destreza e agilidade, com seus dedos, os dedos de Horace, que pareciam acostumados àquela estranha atividade. Como se aquilo fosse normal.

Logo, o rosto inteiro estava coberto, mas Horace ainda reconhecia o semblante, o nariz que o povo dizia que era igualzinho ao do avô, os lábios que supostamente seriam iguais aos da avó, o queixo determinado do pai, os olhos tristes e maternais da avó... mas tudo aquilo estava branco agora, lustroso como porcelana, grosso e liso. O fantasma pegou um pincel, mergulhou-o no que parecia ser tinta preta e, com insólita elegância, pintou a boca de um preto noturno. Ele olhou para o reflexo de Horace no espelho e passou a língua no lábio superior, mas a tinta não borrou. Continuou olhando para Horace sem fazer nada, com uma expressão vazia no rosto, que não dava nenhuma indicação de por que ele estava fazendo o que estava fazendo, nem o que faria em seguida.

O duplo ficou de pé. Tinha exatamente a mesma altura de Horace, a mesma estrutura. Em suas cores berrantes, ele virou para olhar os dois reflexos no espelho. Horace, em sua nudez marrom, coberta de barro, cinzas e grama no cabelo, com uma espingarda na mão; e o outro Horace, com o rosto branco e vestido de palhaço.

Gesticulando em direção à cadeira, o *dopplegänger* mandou Horace sentar, sem dizer uma palavra. Nervoso, Horace sentou, perguntando-se por que não havia simplesmente ido embora. Ele estava ficando cada vez mais desconfortável, e cada vez mais apavorado. Algo o aguardava. Algo muito sério.

Num movimento sinistro e delicado, a imagem pegou um pote da mesma base branca que havia usado e o passou para

Horace, que ficou olhando, cauteloso. Ele não tinha a intenção de pegá-lo. Queria apenas ir embora dali e esquecer o que tinha visto.

Não, ele disse.

Mas o espírito ficou parado ali, segurando o pote para Horace.

Não vou pegar.

Ficaram olhando um para o outro, seus olhos, os mesmos olhos, tentando enxergar além de suas vontades. Horace decidiu ir embora e começou a se mexer para levantar, mas seu reflexo colocou firmemente a mão em seu ombro, e esfregou o pote em sua cara.

Eu não quero. Me deixe em paz.

Segurando a mão de Horace, a cópia pôs o pote em sua mão e o forçou a fazer uma marca no rosto. Ela girou a cabeça de Horace, para que ele se olhasse no espelho. Porém ele não se viu ali, nem a imagem pervertida de si mesmo. Em vez disso, o espelho começou a mostrar diferentes imagens, distorcê-las, fazê-las se curvarem e se dobrarem e, quando a imagem parou, ele viu a si e a Antonio Santangelo dentro de um quarto, por entre as cobertas, nus, fazendo sexo, de uma forma quase violenta, suas bocas se tocando, as línguas se explorando, os dedos entrelaçados, apertando-se...

Não fosse pela presença de Everett Church Harrington no elenco, Horace dizia a si mesmo, ele jamais teria caído em pecado com Antonio. De qualquer maneira, se aquilo era realmente verdade ou apenas uma vã esperança, ele fez o que fez, transou com Antonio e, mais tarde, com outros dois integrantes do elenco, o tempo todo acreditando que aquilo o aproximaria cada vez mais da pessoa que tinha dado aos seus sonhos o cheiro de canela e gengibre e ensinado um novo exercício ao seu coração.

Horace justificava sua pecaminosa promiscuidade com o fato de que o teatro, como um todo, era um antro de paixões carnais. O diretor dormia com Edward, a personagem principal com o figurinista, a mulher do produtor dormia com o primeiro dançarino, o coadjuvante dormia com o eletricista, dois atores casados frequentemente dividiam suas camas com outro alguém — homem ou mulher. Essas e outras fofocas circulavam abertamente entre o elenco e a equipe, criando uma atmosfera de superatividade de hormônios, que tinha como lema: O que mais há para se fazer em *Crosstown*? De modo que Horace pensou: Eu não passo de um caipira. Como vou resistir a toda essa liberdade? Principalmente quando ela é tão irresistível.

Olhando agora para as imagens dele e Antonio, a pele de nogueira profunda contrastando com o âmbar dourado, ele lembra como Antonio o seduziu, dizendo-lhe que parecia muito um namorado que ele havia deixado em Nova York chamado Andre, e que ele pensava em Andre todas as noites, e que ele sentia saudades das coisas que ele e Andre faziam juntos, passear no parque, ir ao cinema, ao teatro, jantar fora... Ele achou que Horace poderia ajudar a amenizar sua... solidão. E, de fato, Horace estava disposto a ajudar.

No espelho, o ato sexual atinge um ápice tórrido, e eles o encerram produzindo uma série de rugidos, ronronados e exalações vorazes que fizeram Horace ficar constrangido assistindo agora. Mesmo assim, seu lado voyeurístico estava fascinado. Antonio rolou para o lado, com o suor cobrindo a testa bronzeada e o cabelo muito preto consideravelmente bagunçado, olhou para o teto e suspirou.

Pelo menos três vezes por semana eles se encontravam de madrugada, depois que o ensaio havia terminado, quando ambos estavam exaustos. Mesmo assim eles davam o seu jeito, fosse no banco traseiro do Datsun 1978 azul de Antonio ou no carro do avô de Horace, estacionado dentro de algum bosque que Horace conhecia ou em algum estacionamento deserto nos fundos de uma fábrica ou armazém abandonado. Então, um dia, eles passaram por aquela casa.

Antonio, com toda sua autoconfiança e inconsequência, estacionou na frente dela dizendo que queria explorá-la. Era uma casa grande, embora não uma mansão; ficava numa estrada de terra, desolada, o que fez Horace lembrar das casas mal-assombradas dos seus terrores de criança. Ele disse a Antonio que não tinha a menor intenção de entrar numa casa daquelas, com certeza não aquela, e especialmente à uma da manhã em pleno verão. Antonio olhou para ele, os olhos chispando ao refletir a luz dos faróis do carro, e disse, de uma maneira jocosa: "Uuuuh, meu Horacinho está com medo? Ele acha que tem lobo mau na casinha?".

"Não, ele acha que tá cheio de cobra na casinha, isso sim."

Antonio pôs a mão na parte interna da coxa de Horace. "Eu te protejo."

"Você e a sua arma de caçar elefante?"

"Cagão."

"Idiota."

Por fim, a vergonha convenceu Horace a entrar. A porta estava aberta, pendurada nas dobradiças. Depois de entrar, imersos no cheiro avassalador de corrosão, madeira podre e pó que o feixe de luz da lanterna iluminava ao se mover pelo ar, eles olharam para o piso cinzento e para as paredes descascando e não viram nenhum móvel nem qualquer sinal de uma família ter, algum dia, morado ali. Horace não sentiu a presença de nenhum fantasma. Eles exploraram o segundo andar, Horace grudado em Antonio, reafirmando constantemente a loucura de suas ações, enquanto Antonio fazia piadas imundas sobre a maneira como porto-riquenhos atraem cobras. Eles chegaram num cômodo ao qual Antonio se afeiçoou tremendamente — não tanto pelo quarto em si, mais pela enorme janela octogonal com uma delicada moldura de madeira que, ele tinha certeza, datava de antes da guerra. Eles pegaram um cobertor que estava no carro e, por várias noites, aquele se tornou o canto deles; silencioso, exceto pelo barulho dos ratos andando pelas vigas e corredores, dos pios das corujas e dos cupins que se alimentavam das entranhas dilapidadas daquela casa. Ali, Horace tinha sido apresentado a prazeres com os quais o próprio Gideon jamais teria sonhado, conheceu a verdade por trás da ilusão da carne, não apenas o seu poder, mas também suas promessas cumpridas. Eles foram cada vez mais fundo, explorando, tocando rumo ao... êxtase? Será que a palavra era essa?, ele se perguntava.

Depois daquilo, na maioria das noites, eles ficavam ali deitados, exaustos, suando no calor de julho, ouvindo as patinhas caminharem pelo telhado e os gemidos inexplicáveis que vinham dos cômodos do andar de baixo, enquanto Horace se questionava por que ele se sentia incompleto. Nas profundezas de sua mente jazia Everett, guardado ali, em sua beleza pura, resoluta e imaculada.

Horace gostava de Antonio. Fisicamente. Eles não eram carinhosos, eram animalescos; não se amavam, se desejavam; não eram amantes, eram parceiros sexuais. Ele não *amava* Antonio. Depois de haver provado o fruto proibido, Horace explodia de remorso. Agora, ele queria alguma outra coisa além do suor e dos orgasmos.

No espelho, Horace viu a si mesmo brincando com os cabelos do ator. "Então, o que você acha dessa peça?"

"É uma merda. O que você achou que eu achava dessa peça? O que você acha dessa peça?"

"Bom, pra falar a verdade, acho ela muito pouco fiel aos fatos. Eu não tenho um tataravô chamado Ebenezer."

"Porra! Sabe que eu nunca tinha ligado as duas coisas? Essa também é a *sua* família, né?"

"Mais ou menos."

"Caralho. Bom, e como você se sente? Aposto que isso te deixa furioso."

"É. Um pouco. Mas... sei lá. É engraçado. Eu também me orgulho um pouco. Sabe como é. Não pela parte da escravidão, mas por saber onde a gente chegou, sabe?" Ele coçou a nuca, levantou e foi andando até a janela. "Sabe, eu sempre fico pensando em como vou fazer pra minha família sentir orgulho de mim."

"Você não acha que eles já sentem?"

"Não, eu quero dizer sentir orgulho mesmo. Eu sou a próxima geração."

"Como assim?"

"Eu tenho os meus planos."

"Cuidado, mundo: vem aí a superbicha."

Horace virou, tentando parecer sério. "Não me chama assim."

"Assim como?"

"Você sabe."

"De bicha?"

Antonio levantou, veio andando até Horace, abraçou-o pelas costas e encostou o queixo em sua cabeça. "Qual é o problema? Você não gosta de ser chamado do que você é?"

Horace se sacudiu para se desvencilhar do abraço. "O que eu *sou* é brilhante."

Antonio revirou os olhos e desabou sobre o cobertor.

"Não, estou falando sério. Eu vou me formar em física na faculdade e... quem sabe... bem, se o Edwin Land conseguiu, o David Packard, o Ray Dolby e o Percy Julian — o Horace Thomas Cross também consegue."

"Consegue o quê?"

"Criar... criar..."

"Meu Deus, como você fica sexy quando fala merda..."

"Merda?"

"É. Merda. Vem cá. Eu te quero."

"Bom, você não vai me ter."

"Eu disse 'Vem cá'."

"Não."

"Vem cá, *garoto*!"

Sem conseguir segurar um sorriso, Horace andou lentamente na direção de Antonio. Ele sentou e, rapidamente, envolveu o corpo do homem com suas pernas, como num golpe de luta. "Não me chama de garoto, seu vagabundo."

"Por quê?"

"Porque eu não sou um garoto."

Com três movimentos rápidos, Antonio jogou Horace no chão e o imobilizou. Ele mordeu o lábio inferior e disse, entredentes: "Ah, é? Bom, você vai ser tratado como um garoto".

"Para! Que coisa!"

"Nah. Acho que vou te amarrar. Você vai gostar disso, não vai, *garoto*?"

"Estou te avisando, Tonto."

De repente, o espelho na frente de Horace se distorceu como se ele estivesse num parque de diversões, e a imagem se estilhaçou numa explosão. Horace cobriu os olhos para protegê-los, mas, após um segundo, ele não sentiu o toque do vidro, e sim de mãos. Abriu os olhos e viu que o espelho estava intacto, refletindo seu corpo nu, e o de sua cópia, vestida de palhaço, atrás dele, convidando-o a levantar. Horace foi até um dos cabides, e o arlequim apontou para um casaco azul-marinho gigantesco que o próprio Everett usava no último ato da peça. Ele interpretava um pastor reconstrucionista, intelectual e agitador do Norte que, junto com os demais imigrantes, tinha sido enviado para garantir que os escravos fossem compensados. O espírito gesticulou para que Horace o vestisse. Ficou um pouco grande, mas serviu bem o bastante, o forro de seda frio ao toque em sua pele. Horace levantou a cabeça e viu a imagem de roupas coloridas saindo pela janela.

Ele saiu correndo do camarim atrás dela, seus pés descalços estalando contra o chão de concreto gelado, vestindo aquele casaco enorme.

O teatro oferecia acomodações para os atores. Um dia aquele prédio havia funcionado como uma escola. Após ficar abandonado por cinco anos, fora agora reformado, e se parecia com uma antiga mansão sulista, com suas fachadas, detalhes e colunas góticas. A cozinha estava equipada com uma mesa grande o suficiente para que todo o elenco e a equipe pudessem sentar. O auditório rescendia a um verniz antigo e uma madeira ainda mais antiga, o saguão extenso e sombrio. A maioria dos atores detestava, mas geralmente estavam cansados demais para efetivamente reclamar ou mesmo se dar conta disso.

Ele viu que o espectro esperava por ele no fim do caminho que levava do camarim até o prédio. Enquanto andava em sua direção, Horace ficou lembrando daquele verão longo e repleto de trabalho duro, e dos episódios indecentes nos quais ele se envolveu. O que mais lhe perturbava era a lembrança de Everett Church Harrington IV, que ele havia, em alguns sentidos, dotado de características sobre-humanas, considerando-o mais bonito do que realmente era, mais virtuoso do que ele jamais seria, se culpando pelos próprios defeitos mais elementares. Tinha sido o desejo, ele dizia a si mesmo, o maldito, quase punitivo desejo que o havia forçado a fazer as coisas que ele fez e, enquanto andava por aquele caminho, naquela noite de fantasmas e maus espíritos, o Horace palhaço se aproximava do prédio, convidando, implicitamente, Horace a fazer o mesmo. Enquanto ia andando, ele pensava cada vez mais na noite de estreia e, novamente, começou a ouvir música; mas dessa vez ele detestou aquela música barulhenta, maldita e onipresente. Por que ela o machucava como se fossem flechas? Por que ela o fazia considerar suas considerações? Seus defeitos? Seus desejos? Canções pop do passado. The Clash. The Beatles. Aretha

Franklin. Billie Holiday. E ele começou a chorar e a se sentir nu, apesar de agora estar vestindo um casaco, até que por fim sentou nos degraus do prédio antigo, soluçando.

A noite de estreia. A festa depois do espetáculo. Horace havia decidido confrontar Everett no dia anterior. Ele sabia que Everett era gay, de modo que isso não seria problema. Mas como ele o abordaria? O que ele diria? Como diria? Não queria passar por um caipira ingênuo que de repente havia se apaixonado pelo bonitão da cidade grande. Não queria se diminuir diante do outro. Ele o odiava demais.

Estou apaixonado por você.

Como é?

Estou apaixonado. Por você.

Você está? Mas você nem me conhece.

Não preciso.

Ah, tá. Entendi. E o que você quer que eu faça?

Eu... eu... Não sei.

Você não sabe. Você não sabe? Escute aqui, garotinho, deixa eu te dizer uma coisa. Agora, não sei de onde você reuniu a coragem pra fazer uma coisa tão estúpida quanto me chamar até aqui pra me dizer uma estultice dessas. Você sabe que eu posso me ferrar muito por causa disso? Eu... olha... Sério. Olha. Sou comprometido. Tenho um namorado. Ok? Não tem como isso rolar. Sacou?

Não me importo.

Você... você não se importa? Bom, que pena, sabe? Porque eu me importo.

Olha. Desculpa ter te falado isso. Não sei no que eu estava pensando. Sério. Esquece. Ok?

Por mim tudo bem. Fica tranquilo.

A música seguia tocando. Como se tivesse vida própria, o que parecia quase sobrenatural para Horace ali em seu desespero. Bateria, sopros, ritmos. De repente ele queria se transformar numa única nota musical, reverberar contra as paredes e evaporar ouvidos adentro, teto adentro, noite adentro. A energia que ele tinha juntado havia se dissipado, deixando-o vazio e anestesiado.

Por que ele estava chorando? Certamente não porque um ator que era todo metido em razão do seu tom de pele mais claro que o da folha do tabaco não quis abraçá-lo e trocar carícias nem dizer que Horace era a cereja do seu bolo? Não. Era por isso mesmo que ele estava chorando. Porque ele entendeu. Até aquela noite ele entendeu de uma maneira retroativa e inconsciente. Foi por isso que fez o que fez, e com uma fúria tão selvagem e estabanada.

Jeremiah era um sapo-boi
Ele era meu bom amigo
Eu nunca entendi uma palavra do que ele disse
Mas eu o ajudava a beber seu vinho
E ele tinha um vinho muito bom

Naquela noite de total devassidão, Horace aproveitou cada lata de cerveja, garrafa de vinho e copo de uísque... e eles riram e dançaram e beberam.

Se eu fosse o rei do mundo
Eu te digo o que eu faria
Jogaria fora todos os carros e as bombas e as guerras
E faria um doce amor com você

Em dado momento, com o cérebro anuviado pela bebida, Horace resolveu confrontar Everett mais uma vez, pedir que ele reconsiderasse — o quê? Talvez ele pudesse se aproveitar da embriaguez de Everett. Horace ficou de olho em Everett e viu que ele estava conversando com o georgiano de olhos azuis,

Edward. Chegavam cada vez mais perto um do outro naquele canto, enquanto os outros integrantes do elenco dançavam. Horace estava esperando pelo momento certo para se aproximar de Everett e falar com ele. Antonio veio falar com Horace, dizendo que ele e alguns outros iriam até o cemitério. O cemitério? Por quê? Só por ir, cara (piscadinha). Só por ir. Vamos lá. Eu passo lá depois.

Horace nunca teve a chance de conversar com Everett porque ele saiu da festa junto com Edward, rindo, bêbado, mas olhando fundo naqueles olhos georgianos, com suas intenções bem claras. Horace levantou meio desajeitado e correu atrás deles. O que ele planejava fazer? Dar uma surra em Edward, que tinha um metro e noventa? O que ele iria dizer?

Sentado nos degraus, Horace sentiu frio pela primeira vez, e ficou feliz de ter finalmente vestido aquele casaco. Ao levantar a cabeça, viu sua cópia mais uma vez, e soube que estava sendo conduzido em direção a alguma coisa.

Por quê? Ele perguntou, embora não esperasse mais uma resposta. Lembrando histórias que ele amava quando era criança. Lembrando seus desfechos fatídicos. Do outro lado da estrada, de frente para o teatro, havia um velho cemitério, cercado por bordos, em que as sepulturas se estendiam até outro bosque.

Aquela noite. A noite. Ficou olhando os dois homens saírem do auditório e entrarem no corredor. Ele o percorreu de ponta a ponta, procurando, casualmente, por qualquer sinal dos dois. Talvez tivessem saído para tomar um ar. No fundo, ele sabia onde estavam. Iria sentar com eles para discutir a situação política? Foi até o quarto de Everett. A porta estava aberta; o quarto estava vazio. Voltou pelo longo corredor, desceu as escadas em direção ao quarto do outro ator, sentindo-se bobo, impotente, derrotado. A porta do quarto de Edward estava fechada. Ele ficou sem reação por um momento, tentando driblar o efeito do álcool. Risadas vieram do outro lado da porta. Era a voz de Everett. Horace encostou-se na porta e ficou pensando em espaçonaves e em provas de corrida e em pão recém-tirado do forno e em histórias em quadrinhos e em novos sapatos que não machucam e no peru do Dia de Ação de Graças, e em presentes de Natal e no som das ondas quebrando nas docas na praia e perguntou a si mesmo por que ele estava ali, e ficou pensando no que o teria levado a se encostar naquela porta, e sentiu-se cansado, exausto, mas, num piscar de olhos, se recompôs e voltou para a festa.

A casa estava fervendo. Pessoas gritavam e deliravam e subiam e desciam as escadas; dependuravam-se nas janelas, e jogavam água e vomitavam; algumas se beijavam e se tocavam e quase fornicavam na frente de todos, outras dançavam de pés descalços, agitando as garrafas de bebida no ritmo da música — uma presença barulhenta e constante — e jogando a cabeça para trás numa exaltação quase religiosa; a música reverberava, reverberava por tudo, como os tambores de guerra depois que a batalha e a pilhagem se encerram e os guerreiros, felizes e embriagados, dão graças aos seus deuses por terem, ao contrário de seus adversários, sobrevivido para fazer amor com suas esposas e embalar seus filhos nos joelhos. Antonio veio mais uma vez falar com Horace, dizendo que o grupo estava prestes a partir em direção ao cemitério. Quer vir conosco? Por que não?

De pé ali, agora, no meio do cemitério, exatamente no mesmo lugar em que havia estado originalmente com os sete atores, homens e mulheres, ele sentiu-se, ao mesmo tempo, incomodado e fascinado por aquela noite, e a dissecou em suas memórias como um verdadeiro cientista — de forma clínica, direta, objetiva. A maconha. Os comprimidos. A orgia, literalmente. A estranha inevitabilidade daquilo tudo, pois, de certa forma — como bruxas num ritual sob a luz da lua cheia, ou um bando de lobos selvagens destroçando-se feroz e mutuamente, ou porcos chafurdando em seu próprio excremento e pecado e em sua incapacidade de se comunicar —, eles se entregavam àquilo pela expressão, pelo conforto, por atenção e por amor. Entretanto, conforme ia fazendo o que fez, Horace não sentiu a empolgação que imaginava que deveria acompanhar aquele tipo de coisa. Aquilo não era o acontecimento de outro mundo que ele esperava que fosse, e nem ao menos lhe satisfez. A lua não mudou de cor ou de fase, não houve raios e trovões, a terra não tremeu, o sol não se abriu. Eles ficaram apenas cansados e chapados e sujos e fedidos e vazios.

Essa lembrança se alojou no fundo de sua alma, como uma estaca de gelo que jamais se derreteria, incapaz de se derreter.

No cemitério ele de repente sentiu frio, muito frio, e quis perguntar à aparição que estava poucos metros à sua frente para onde eles estavam indo, por que a voz o havia abandonado, onde estavam os outros espíritos, por que ele estava aqui, junto com aquela paródia de uma paródia. Tantas perguntas. Mas ele não perguntou nada, e o espírito seguiu andando por entre as sepulturas, por sobre o gramado, agora coberto de orvalho, em meio aos carvalhos, sicômoros e bordos solenes e silenciosos que estavam ali, que haviam crescido ali, por décadas e décadas.

Horace ficou pensando na vida debaixo da terra. Ele não queria morrer, mas as coisas que ele havia testemunhado e recordado aquela noite apenas aumentaram sua confusão e provocaram uma dor que o fez se perguntar: *Onde isso vai parar? Isso vai parar?* Ele pensou na sua família, e no que eles queriam dele; em seus amigos e o que eles ofereciam a ele; e em si mesmo... e no que ele, Horace, realmente queria. De repente, a vida debaixo da terra pareceu ter um apelo que jamais havia tido. Ela estava se tornando atraente de uma forma macabra. Chega, chega de fantasmas, chega de pecado, chega, chega.

O cemitério se estendia por muitos metros em todas as direções, porém, atrás dele, havia um morro cercado, o cemitério original, que continha as sepulturas dos primeiros Cross de origem escocesa e irlandesa, os britânicos que morreram por aqui no começo do século XVIII, os bebês que sucumbiram à difteria e à cólera e à gripe e a meros resfriados, as mulheres que morreram no parto e os homens que morreram muito jovens.

Certo de que sabia o desfecho daquela história, esperou ver sua própria sepultura. Apesar de não entender qual era o propósito de um enigma tão transparente assim, estava convicto de que aquele seria o melhor dos fins. Porém, olhando ao redor, não percebeu nada fora do normal. Apenas as pedras lascadas e erodidas, ainda mais cinzentas sob a luz difusa do luar, numa disposição tortuosa por conta da irregularidade do terreno.

Então, perto do fim daquele cemitério dentro do cemitério, debaixo de um pinheiro seco havia muito tempo, viu o que tinha se levado a ver, o motivo, a lógica, o propósito de tudo. Era redondo e quadrado. Era duro e macio, preto e branco, quente e frio, liso e áspero, novo e velho. Tinha profundidade e era raso, tinha brilho e era opaco, absorvia e gerava luz, era generoso e egoísta. Sagrado e profano. Ignorante e sábio. Horace viu aquilo e aquilo também o viu, como a lua, como o mar, como a montanha — tão imenso que era impossível não vê-lo, tão minúsculo que quase não se via. A coisa mais simples e mais complexa, a mais errada e a mais certa. Horace viu. *Vossos filhos e vossas filhas profetizarão*, disse o profeta Joel, *os vossos velhos terão sonhos, os vossos jovens terão visões.*

Mas o que eles verão?

Pessoas. Os filhos dos filhos do sol e da terra. Negros e vigorosos e vivos e livres. Homens e mulheres, caçados por gente da sua própria raça, na costa de uma grande nação, onde o sol é quente e o solo é fértil e abundante, *Vai chover, vai chover*, e eles são acorrentados e jogados em navios, como barris de melaço, e ficam ali, agachados e presos, defecando e urinando e se afogando em seu próprio vômito, no calor, no fedor de dias e semanas e meses, e dando à luz crianças que morrerão, que deveriam morrer em vez de nascerem naquele mundo perverso, *É melhor você estar pronto e ter isso em mente*, e eles imploram aos céus e os céus respondem apenas com tempestades, tempestades que os levarão a uma nova terra, uma terra de lavouras e de rios, uma terra de tortura, *Deus mostrou a Noé o sinal do arco-íris*, mas os grilhões não se partem, não, e eles ganham novos nomes, abomináveis, e eles são examinados como se fossem bois, como se fossem porcos ou galinhas, e eles são mandados para os campos, para os moinhos e para os intestinos das cidades, e eles trabalham pesado e suam e entoam canções de sofrimento, *Disse que da próxima vez não será água, e sim fogo*, mas os deuses têm novos nomes, e sentam lá no alto e olham para baixo, mas nunca descem aqui.

O que eles verão?

Guerras. Guerras e rumores de guerra, sangrentas e cheias de dor. Guerras. De homens que pegam em armas contra seus próprios irmãos e morrem, como muitos insetos morrem, homens que, por ganância, desejo de poder, inveja e honra, sempre de maneira torta e confusa, desejam governar, *Vinde a mim, meu Senhor, Vinde a mim*, enquanto os filhos da opressão são libertados apenas para serem escravizados de novo e de novo e de novo, com cordas e correntes invisíveis e armadilhas dolorosas, e eles são caçados e mortos e queimados como tochas que iluminam um milhão de noites, noites repletas de gritos, repletas de horror, repletas de sofrimento, *Kumbaya, meu Senhor, Kumbaya, Kumbaya, meu Senhor, Kumbaya*, e eles cantarão para evocar os deuses, e falarão em línguas feitas de fogo, *Alguém chora, Senhor, Vinde a mim, Ó Senhor, Vinde a mim*, mas não existirá Pentecostes, Ascensão ou Páscoa, e eles fazem suas oferendas, mas elas nunca parecem boas o suficiente para agradar estes novos deuses caprichosos.

Senhor, o que eles verão?

Tempos difíceis, meu irmão, pode me dar um trocado? Homens pelas ruas atrás de emprego, mulheres tentando alimentar seus filhos, que não entendem, nenhum trabalho em lugar nenhum, *Minha casa queimou, eu não tenho pra onde ir*, guerras chegando, homens respirando vapores execráveis na tentativa de domar a terra, de liberar o sol do próprio Deus, mas, liberando, em vez disso, apenas o diabo e os sóis do inferno, mas os filhos dos filhos da opressão cantam, *Minha casa queimou e eu não posso mais viver aqui*, entoam as canções de sofrimento cantadas por seus pais, cantadas por suas mães, muito longe da terra do leite e do mel. Mas não ia chover? Onde? Cadê a chuva?

Ó, o que eles verão?

Mulheres e crianças de olhos e barrigas enormes, sem comida, sem lugar, aqui e ali, Senhor, Senhor, Senhor, trabalho, trabalho pesado, interminável, extenuante, mulheres que são escravas nas casas de pessoas más, homens que são escravos nas fábricas, escravos nos campos, e homens que são escravos de si mesmos, *Vai chover, vai chover*, todos serão exterminados, como ratos, sem nada pra comer, como cães violentos, sem roupas para vestir, como gatos traiçoeiros, alijados de seus empregos, de suas esperanças. Como? Como alimentarão seus filhos? Como? Como deixar isso para amanhã? *Deus mostrou a Noé o sinal do arco-íris*, e os filhos dos filhos da opressão, meu Senhor, que se excluem e se crucificam? Quem será o salvador? Cadê a chuva? *Da próxima vez não será água, e sim fogo.* As pessoas tentam cantar, porém descobrem que não têm voz. Será que os deuses, envergonhados, lhes deram as costas?

Horace pôde ver claramente através de um vidro turvo e entendeu onde ele se encaixava. Entendeu o que era pedido dele.

Horace balançou a cabeça. Não. Ele deu as costas. Não. Ele rejeitou com seu coração. Não.

Aquela tinha sido a redenção de Horace, e ele disse não.

Ele virou para ir embora, tremendo, prestes a chorar, sem nem querer saber onde estava o arlequim. Cabisbaixo, abatido, não queria nem vê-lo.

Se fosse tão simples assim, bradou uma voz.

Eu faço o que eu quero, disse Horace, virando-se para ver a si próprio novamente, porém dessa vez, nu, como ele próprio estava.

Seu reflexo ficou ali parado, com a mão estendida. Eu sou o caminho, ele disse.

Ah, me dá um tempo.

Estou falando sério. E você sabe. Eu sou o que você precisa.

Você? Eu, você quer dizer.

Exatamente.

Papo furado.

Você pode seguir o demônio se você quiser. A escolha é sua.

Horace olhou para a mão dele. A sua mão. Ele jamais havia sentido tanto ódio de si mesmo e, pouco a pouco, sua depressão se converteu em raiva enquanto ele fuzilava o espírito com seus olhos.

Pare de choramingar, Horace, ele disse. Fique firme e seja...

Cala a boca! Não venha me dar sermão! Eu não posso...

Você quer dizer que você não quer...

Isso não é possível.

Não foi o que você disse, filho. O que você disse...

Me deixa em paz, caramba!

Com tanta raiva que nem conseguia enxergar, Horace mirou com a espingarda e disparou. O barulho não foi tão alto quanto ele esperava. Porém ele, ele mesmo estava ali, deitado no chão, com um buraco sangrento vermelho aberto no peito. O rosto transfigurado numa carranca, gemendo e dizendo coisas que não faziam sentido. Por quê? Por que. Você não precisava ter feito isso. Você não devia. Ai, meu Deus. Por favor. Não. Não. Ele olhou para sua mão, coberta de sangue, e Horace olhou para Horace, com os olhos cheios de horror, mas também de reconhecimento, como quem diz: então você estava falando sério mesmo? Você realmente me odeia?

Horace saiu correndo. Ignorando a dor no pé. Segurando firme a arma. Ele repetia para si mesmo: eu não atirei em ninguém. Era só um fantasma. Nem era um fantasma. Não era real. Porém as lágrimas que ardiam no rosto eram reais, assim como a sensação do estômago se revirando. Não desse jeito. Não assim. Quando o vento assobiou em seus ouvidos, ele escutou uma voz, a sua voz, que disse, suavemente: Você pode correr, mas não pode se esconder.

Então é isso, disse o demônio.

O motor do Buick morreu assim que o carro cruzou o limite do município de Tims Creek. O sol estava nascendo e Horace sentia uma ansiedade específica, um desejo extremo de estar num determinado local, mas não conseguia se lembrar onde, ou o porquê. O carro tinha ficado sem gasolina e é possível que os solavancos que sofrera mais cedo tivessem-no danificado. Horace desceu do carro, lançou um olhar decepcionado para ele e saiu andando, deixando a porta aberta.

Eu tenho algo para mostrar a você, disse o demônio.

Foram caminhando pelo acostamento da rodovia; o tráfego matinal começava lentamente, uma ou outra pessoa virava a cabeça para olhar para ele. O que eles viam? Um garoto negro com uns dezesseis anos, ou menos. Olha pra ele, Helen. Olha pro cabelo dele. Sujo de barro ou algo assim. Por que será que ele está usando esse casacão pesado? E olha só! Ele não tá nem de sapato, pra começar — Helen! Nem de calças! Ele está pelado debaixo daquele casaco! Olha pra ele.

Ele atravessou a ponte sobre o afluente do rio Chinquapin, fazendo uma parada para olhar para a água naquele ar violeta da manhã, imaginando sereias e ninfas, sapos alados e crocodilos falantes que promoviam uma algazarra nas profundezas turvas e frescas. Após atravessar o rio, a voz disse a ele para seguir até o bosque, e foi o que ele fez. Os espinhos, urtigas e galhos às vezes machucavam os pés descalços, mas ele seguiu andando, trocando os sons mágicos que haviam povoado sua mente a noite anterior por perguntas, dilemas, assombros, um turbilhão de dúvidas e preocupações. Seu humor oscilava violentamente: num instante ele ria, lembrando-se de alguma das piadas mais frívolas do colégio, rindo agora com mais gosto do que na época; no instante seguinte, chorava copiosamente, lembrando-se de alguma pequena tristezinha minúscula, alguma bobagem que nunca teve grande importância, mas que também não havia cicatrizado, e ele se debulhava como um gatinho perdido, abandonado. Estava tomado por uma sensação intensa de futilidade, inutilidade e fracasso, num nível pessoal e profundo. Havia também uma sensação de exaustão, profunda e antiga, um cansaço que uma viúva octogenária sentiria, e ele queria que a voz lhe desse respostas, um pouco de esperança, ou pelo menos algum tipo de alívio.

Os meses do outono que vieram depois daquele verão devasso tinham sido muito divertidos, e ele lembrava do período entre setembro e novembro como uma rara trégua em sua ansiedade. Havia encontrado o seu grupo.

Eram cinco. Quatro garotos brancos e Horace. Cinco garotos que não se encaixavam na sociedade arcaica, fechada e rural do condado de York. Eles pertenciam a outro lugar. A mãe de Nolan era médica em San Francisco, mas quando se divorciou, um ano antes, voltou para cá com duas crianças e abriu um consultório de ginecologia. Ian era um filho de milico cujo pai, um coronel da reserva, tinha decidido retornar para casa. O pai de Jay foi gerente de fábricas da Du Pont em Delaware e Atlanta, e agora supervisionava uma unidade em York. O pai de Ted atuava como advogado em Nova York antes de decidir voltar para a Carolina do Norte, abrir o próprio escritório e concorrer à prefeitura o mais rápido possível. Todos eram rapazes muito inteligentes — insatisfeitos, que não se sentiam parte da banalidade tediosa da East York Senior High School. Eles eram viajados e tinham frequentado escolas melhores que aquela — Horace era apenas inteligente e negro.

Será que ele chegou a questionar por que havia sido aceito com tanta facilidade naquele grupo de ilustres renegados? A cogitar que eles podiam ter sido condescendentes, mesmo que sem querer, ao aceitá-lo, apenas como uma resposta ao preconceito racial comum naquela região? Que, ao demonstrar sua ausência de preconceitos e aceitar um negro no grupo de amigos, eles estavam, de certa forma, mostrando sua superioridade?

Será que era um ato simbólico? Mas eles eram tão próximos, íntimos, passavam o máximo de tempo juntos. Cinema. Jogos com bola. Viagens à praia. Jogos de tênis. Madrugadas jogando conversa fora em pizzarias e lanchonetes, onde debatiam política e economia e falavam do descongelamento do Ártico e de invernos nucleares. Juntos, leram Hesse e Kerouac e Hemingway e Camus e Beckett e histórias em quadrinhos. Falavam de viagens e de lutar como voluntário em guerras no exterior e de ambições políticas e a respeito de ganhar o prêmio Nobel. Fumavam e bebiam e dirigiam em alta velocidade os carros que as mães e os pais haviam lhes dado ouvindo Bruce Springsteen e Pink Floyd, totalmente convictos de que o mundo lhes devia tudo em troca de nada, e até mais que isso com um mínimo de esforço. E Horace, encantado com aquela liberdade singular e contagiante, identificou-se com aquele sentimento de distinção, acreditando que o mundo também lhe devia o mesmo que devia a eles. Acreditando, do fundo do coração, que era o que ele receberia no final.

Ele ignorou todas as críticas de seus amigos, os rótulos que colavam nele. Negro de alma branca. Mestiço. Recusou-se a perceber que os outros negros tinham parado de falar com ele, que haviam parado de lhe contar as fofocas e fingiam que não o viam quando passava por eles no colégio. E depois que ele passava, todos se juntavam e alguns lhe viravam a cara, enquanto outros lhe lançavam longos olhares de desprezo.

Até quando o John Anthony tentou falar com ele, ele preferiu não entender.

O que cê tem feito, cara?

Nada de mais.

Nada de mais? Você tem saído bastante com aqueles seus amigos. O que cê tem feito?

Como eu te disse, nada de mais.

Quer dizer que a gente não serve mais pra você?

J. A., cara, do que você está falando? Eu...

Escuta, eu só falo do que eu vejo, tá bom? E o que eu tô vendo não tá muito legal. Sacou?

Não.

Tá bom, então, cara. O que é que eu vou te dizer? Você é quem sabe. Falou? Te vejo na pista!

Beleza.

Então chegou dezembro, e Jay resolveu furar a orelha junto com Nolan, que havia convencido Ted e Ian. Horace concordou em fazer o mesmo. Eles seriam vistos como Mosqueteiros, Bandoleiros, Irmãos de Armas.

Você está junto conosco nessa, Horace?

Estou.

É assim que se faz, cara!

Ele suspeitava que sua família fosse ser contrária àquela atitude, mas não imaginava que eles o acusariam de traição e declarariam guerra. De cabo a rabo, eles o condenaram por inteiro. Não era o furo na orelha, e sim o que ele representava, disseram. Mandaram que ele retirasse aquela tacha da orelha, nem sonhasse em colocar outra coisa no lugar, ou em "ficar de bobeira", como ele dizia, com aqueles branquelos inúteis. Não quero saber quem são os pais deles. Larga mão. Eu não te criei pra ficar andando aí pela rua com um bando de idiotas bebendo e fazendo baderna, nem com negros e, pelo amor de Deus, muito menos com brancos... Eu não quero mais saber disso. Olha só pra isso. Imaginar que um neto meu faria uma idiotice dessas. Aqueles branquelos entraram mesmo na sua cabeça. Bom, mas isso acabou. Você me entendeu? Acabou. Você vai pra escola. Volta pra casa. Faz a sua lição de casa. Toque de recolher, meu jovem... Não quero nem saber se você "só furou a orelha". Por Jesus, você "só mataria uma pessoa" se algum daqueles branquelos te mandasse fazer isso. Não faria? Não faria? Estou muito envergonhado, menino. Envergonhado de te ver chegando a esse ponto. Tudo que a gente fez até aqui pra isso. Que bom que a sua mãe não está aqui pra ver. Que vergonha.

Com o que um jovem substitui o mundo quando este mundo lhe é negado? Tudo bem, o mundo nunca foi dele, mas e se a promessa desse mundo caísse, de repente e de graça, em seu colo e depois fosse retirada? E se os direitos e as liberdades dos aristocratas fossem dados a ele e, depois, tomados de volta? E se ele tivesse um vislumbre da cidade iluminada e sem limites e depois tivesse de voltar para o meio do mato?

Horace não teve alternativa a não ser se fechar num mundo de culpa e confusão, sem entender os motivos de seu exílio.

Então ele escreveu uma autobiografia, num longo, sustentado e ininterrupto fôlego, palavras e mais palavras fluindo de sua mente, expressando suas aflições. Porém ele jamais leu o que havia escrito na tentativa de exorcizar sua confusão. A confiança nas palavras era tanta que ele pensou que talvez elas pudessem ajudá-lo a sair daquele estranho mundo no qual de repente ele se encontrava. No fim, depois de pilhas e mais pilhas de papel e milhares de linhas escritas, não encontrou nenhuma resposta. Frustrado, pôs fogo em tudo.

Ele releu seus livros favoritos, os clássicos que haviam lhe dado prazer e alguma resposta, mas nem Ahab, nem Gatsby, nem Holden Caulfield, nem Hamlet, nem Bilbo tinham a chave daquela porta. Recorreu às histórias em quadrinhos; talvez ali pudesse encontrar uma saída — em meio aos amigos que tinha feito anos antes, enquanto aprendia a ler. Assim, fugiu com Clark Kent, mergulhando em cabines telefônicas e emergindo de lá poderoso e onisciente; imitou Bruce Wayne, e de repente também só precisou mudar as roupas e botar uma máscara e uma capa para conquistar sua honra e dignidade.

A solidão o levou a se envolver, sem amor nem carinho, com homens que só estavam interessados em sua juventude e, muito embora ele fingisse não se importar, estava cada vez mais preocupado com sua alma, e aquela crescente confusão fez aumentar também a culpa e o desprezo que sentia por si mesmo.

Ficou sabendo que Gideon havia ocupado o seu lugar no grupo. E que ele havia ganhado uma bolsa de estudos, e estava sendo cortejado por sei lá que universidade, e tinha ganhado esse e aquele prêmio. Enquanto isso, as notas de Horace decaíam misteriosamente. Por quê, Horace? Por quê? A única coisa que você faz é ficar em casa lendo. Você era um aluno tão bom, tão promissor. Durante todo o ensino suas notas sempre foram excelentes... Como é que você tira um D+ em história? Um C em trigonometria? Você rodou em espanhol? Horace? O que nós podemos fazer? Por que você está fazendo isso?

Ele ficava sentado, lendo, e nessas leituras procurava uma saída. E quando estava lendo a Bíblia, um dia, de repente ele a encontrou. Feitiçaria. Os profetas não disputavam espaços com magos nas cortes dos reis e dos faraós? Saulo não morreu dentro da tenda da necromante de Endor? Jesus não falou sobre criaturas como demônios e adivinhos e homens que seguiam os caminhos da magia? Por que a bruxaria não funcionaria para ele? Correu atrás de sua esperança como um homem na areia movediça corre atrás de um fogo-fátuo. Tinha apenas uma esperança, uma crença, um motivo, e ele a deformaria e distorceria e realinharia infinitamente, até que ela se encaixasse em seu propósito.

Ele saiu do meio das árvores e entrou na luz do sol, que agora brilhava, muito amarelo, sobre a grama repleta de orvalho e, na outra ponta do gramado, pois ele estava nos fundos da Escola Primária de Tims Creek, estava Jimmy. Mas Horace não sabia que aquele era Jimmy. Pois Horace não estava mais lá.

"Está na hora", ele disse.

Velhos deuses, novos demônios

SUBJUNTIVO, gram. — adj. 1. (em inglês e algumas outras línguas) observante ou pertinente a um modo verbal que pode ser usado para afirmações ou perguntas subjetivas, duvidosas, hipotéticas ou subordinadas gramaticalmente, como no modo do verbo ser em "Se isso fosse traição".

Horace Thomas Cross

Confissões

Eu lembro a primeira vez que vi vovô matar uma galinha. Lembro da ave, de um branco sujo, cacarejando, e vovô deitando-a sobre um toco de madeira. Lembro dele me falar para segurar firme. Lembro da galinha produzir um som agudo, que parecia quase um murmúrio, no fundo da garganta, e dela me arranhando, como se estivesse irritada, e vovô me dizendo para eu me afastar e descendo o machado no pescoço dela. Lembro de ver o sangue, vermelho como suco de beterraba, e lembro da galinha saltitando até o topo do pé de magnólia, batendo as asas, e depois despencando com força no chão, e o sangue não espirrava, e sim escorria do pescoço, e ela saltava de novo, dessa vez sem conseguir chegar no topo da árvore, mas indo até quase a metade, e depois ela foi pulando mais baixo e mais baixo até não conseguir mais. Só ficou por ali, cambaleando, e por fim começou a se contorcer. Eu lembro de olhar para a cabeça em cima do toco, ali, sozinha, e achar aquilo meio engraçado, como uma coisa saída dos desenhos animados nas manhãs de domingo, a pálpebra membranosa meio fechada e uma língua laranja e comprida pendurada para fora do bico também laranja. Lembro que, às vezes, quando vovô matava uma galinha, ela não saía saltando, e sim correndo, e correndo rápido, toda empinada como uma mulher com pressa, como se alguém quisesse lhe dar uma má notícia e ela fugisse para não ouvi-la, correndo sem cabeça, deixando um rastro de sangue vermelho em suas penas brancas encardidas.

Lembro que a vovó não cortava a cabeça. Ela segurava a galinha pelo pescoço com as duas mãos e a girava para lá e para cá como se fosse uma sacola, e depois a soltava, e a galinha ficava andando para lá e para cá, batendo as asas, com a cabeça pendurada, como se fosse um balão com água pela metade, batendo contra o próprio peito num ritmo constante. Lembro de uma vez em que uma galinha trepou num cinamomo e a vovó precisou usar uma vassoura para tirá-la de lá. Lembro que a vovó me deixou torcer o pescoço duma galinha uma vez e ela me bicou.

Lembro da minha vovó e da minha tia-avó Jonnie Mae e da minha tia Rachel e da minha tia Ruthester e da minha tia Rebecca fervendo água em panelões de ferro e depois mergulhando as aves mortas na água fervente, e mexendo durante um tempo. Lembro do fedor das galinhas molhadas e quentes, e do cheiro das penas que caíam no fogo. Lembro delas pendurarem as galinhas em estacas de madeira para arrancar as penas. Elas saíam mais fácil depois de escaldadas. Lembro que a vovó me deixou depenar uma galinha. O toque das penas molhadas. A sensação da galinha quente esfriando. A textura das penas menores, mais grudadas à pele rosa-clara, branca e bege.

Lembro da música. Aretha Franklin. Diana Ross. Al Green. Bruce Springsteen. Pink Floyd. The Jackson Five. Elton John. Roberta Flack. Smokey Robinson. Fleetwood Mac. Marvin Gaye. Lembro de *What's Going On*, *What a Fool Believes*, *It's Over Now*, *Freebird*, *The Wall*. Lembro da televisão. Lembro de *Jeannie é um Gênio*, *A Feiticeira*, *A Ilha dos Birutas*, *A Família Brady*, a abertura dos filmes da Disney, *Julia*, o *Flip Wilson Show*, o *Andy Griffith Show*, *American Bandstand*, *Os Flintstones*. Lembro de assistir às notícias e perguntar ao meu avô onde ficava Pequim e ele me dizer que era no exterior. Lembro de assistir a um filme com a minha tia-avó Jonnie Mae e ela desligar a TV quando as personagens foram pra cama. Lembro do meu primeiro Comandos em Ação, e de ficar pensando se ele sentia dor quando eu o espetava com um alfinete. Lembro de ganhar um robô de brinquedo no Natal e quebrar antes do Ano-Novo. Lembro de levar minha primeira vitrola no "mostre e conte" no jardim de infância e botar para tocar "Mrs. Robinson", do Simon and Garfunkel. Lembro de fazer bolhas de sabão.

Lembro de finalmente começar a praticar esportes no ensino médio e de enfim gostar daquilo. Lembro do suor, e de perder o fôlego e da sensação do peito queimando. Lembro de jogar vôlei, futebol, basquete e tênis. Lembro de vencer e de me sentir bem, e também de me sentir mal pelo Terry Garner porque ele nunca vencia; lembro de perder e do técnico me falar que eu precisaria me inclinar mais para a frente e mexer mais meus braços quando fosse correr os duzentos metros. Lembro de tropeçar um dia e esfolar meu joelho tão feio que ele passou duas semanas doendo, e de ter ficado uma baita cicatriz.

Lembro do Batman e do Super-Homem e do Tocha Humana e do Coisa e da Mulher Maravilha e da Canário Negro e do Arqueiro Verde e do Homem-Aranha e dos Vingadores. Lembro de querer ser um super-herói e de primeiro tentar desenhar um traje igual ao do Homem de Ferro para que eu pudesse voar, e depois um traje igual ao do Batman para que eu parecesse durão, e achava que poderia vesti-los por baixo das minhas roupas e, quando alguma coisa desse errado, eu sairia, misteriosamente, para salvar as pessoas. Lembro de tentar fazer um escudo igual ao do Capitão América e descobrir que *adamantium* era uma coisa que não existia. Lembro de me sentir enganado. Lembro de querer ser rico e branco e respeitado como Bruce Wayne, e invulnerável e bonito como Clark Kent. Lembro da minha primeira revistinha dos Vingadores e que o Pantera Negra estava nela e que ele foi o primeiro super-herói negro que eu vi, e que ele estava bravo porque era obrigado a tratar bem um homem branco de um país chamado Rodésia. Lembro de perguntar ao meu avô onde ficava a Rodésia e ele me dizer que era no exterior.

Lembro de olhar pros homens, desde bem pequeno. Lembro de me sentir estranho, e de me sentir bem, e de me sentir indecente. Lembro de continuar fazendo aquilo mesmo assim, olhando, e me sentindo daquele jeito. Lembro que não consegui parar e fiquei preocupado e depois de parar de me preocupar. Lembro da imagem da cintura desnuda de um homem. Lembro de abdomens que pareciam esculpidos e de tendões protuberantes. Sólidos. O jeito que pelos escuros saíam de dentro das calças e subiam, pela barriga, em direção ao peito. Lembro de ficar olhando para os braços, firmes, com bíceps enormes como frutas maduras. Lembro da sensação de ver pés descalços graúdos e limpos e completos e quentes e poderosos, com dedos grossos e redondos como uvas. Lembro das coxas, do jeito que elas pareciam pilastras imponentes, vergalhões de carne cobertos de pelos de cima a baixo. Lembro de como os cabelos na minha nuca se eriçavam e minha respiração ficava curta.

Lembro da primeira foto que vi de um homem nu. Lembro de ficar com vergonha. Ela me deixou duro.

Lembro do medo. Lembro de noites escuras, na cidade onde nasci, procurando alguma coisa no meio do mato. Lembro de ouvir grilos, corujas, sapos, cães uivantes, rolinhas. Lembro de pensar nos barulhos inexplicáveis de galhos se partindo e de folhas farfalhando. Lembro de dormir com a cabeça debaixo das cobertas. Lembro de ter medo de que garras, patas ou até mesmo mãos saíssem de debaixo da cama e me levassem embora. Lembro do meu avô dizendo: É só você rezar que o anjo do Senhor o protegerá. Lembro de responder: Mas eu nunca o vi, e ele dizendo: Mas você também nunca viu Deus, não é mesmo? E eu dizendo: Não, e ele: Mas você acredita nele mesmo assim, não é?, e eu: Sim, e ele: Então é isso, e eu: Mas eu ainda estou com medo.

Lembro do Drácula e das bruxas e do Frankenstein e da múmia e do lobisomem e do Cavaleiro Sem Cabeça e do Pé Grande, mas do que eu mais lembro é de Drácula e dos vampiros e do medo que ele viesse atrás de mim no meio da madrugada, e me segurasse nos braços, e eu não conseguisse escapar, e ele respirasse bem forte em meu pescoço e, com seus dentes amarelos e brilhantes, mordesse o meu pescoço e sugasse meu sangue até eu deixar de viver.

Lembro de *Jornada nas Estrelas* e de voltar correndo pra casa todo dia depois da escola para assistir. Lembro do Capitão Kirk e do sr. Spock e do Magro e da Tenente Uhura e do Scotty. Lembro da música da abertura e do som que a nave fazia ao voar pelo ar. Lembro de querer ser o sr. Spock, querer ser físico como ele, e quem sabe um dia me tornar também o primeiro oficial de ciências de uma espaçonave. Quem sabe até mesmo o comandante. E eu lembro de fazer perguntas sobre espaçonaves para a minha professora de ciências no ensino médio, e lembro dela rindo e dizendo que eu talvez nunca chegasse sequer a ver uma espaçonave em toda a minha vida, quanto mais viver numa delas, e lembro de ter ficado tão puto que prometi que eu mesmo construiria uma espaçonave um dia. Lembro de começar a projetar um reator de matéria-antimatéria e então descobrir que eu precisaria aprender cálculo, e então descobrir que eu ainda não tinha aprendido trigonometria o suficiente para começar a estudar cálculo. Lembro que decidi inventar o teletransporte em vez disso.

Lembro de ler *O Hobbit* e *O senhor dos anéis* e de querer ir morar num buraco no chão com uma porta perfeitamente redonda, como uma escotilha, pintada de verde, com uma lustrosa maçaneta de bronze exatamente no meio. Queria fumar um cachimbo que fosse maior que eu mesmo, e conversar com feiticeiros e elfos e viajar pelo mundo matando dragões e lobisomens e duendes e trolls. Talvez montado nas costas de uma águia gigante. Lembro de ficar decepcionado quando descobri que J.R.R. Tolkien havia morrido antes de terminar de escrever *O Silmarillion*. Lembro que ele morava no exterior.

Lembro de estudar a teoria da relatividade de Einstein e de ler por minha conta sobre tempo/espaço e as equações de Maxwell e dinâmica quântica e buracos negros e buracos de minhoca e anãs brancas e estrelas de nêutron e supernovas. Lembro da equação $N = R^* \times fp \times ne \times fl \times fi \times fc \times L$ e de ficar trabalhando nela sem parar, para tentar descobrir quantos planetas habitados provavelmente existiam em nossa galáxia se-isto--for-verdadeiro ou se-aquilo-for-verdadeiro. Lembro de nunca ter certeza de resolver as equações corretamente.

Lembro da comida. Lembro de bolo de chocolate e de torta de morango e de costeletas de porco e de churrasco e de frango frito. Lembro do bolo inglês da minha avó, mas não muito bem. Lembro da torta de noz-pecã e da torta de mirtilo e do bolo de cenoura da minha tia-avó Jonnie Mae. Lembro do espaguete da minha tia Rachel com carne moída e cebola e cogumelo e alho e lembro que ela deixava o molho cozinhando um dia inteiro. Lembro da tia Rebecca fazendo *chitlins*, reclamando do trabalho que dava limpar as tripas. Lembro que aquilo deixava a casa fedendo e que todo mundo reclamava, mas depois comia até passar mal. Lembro dos cookies com gotas de chocolate da minha tia Ruthester, e como ela sempre assava uma fornada extra só para mim. Lembro que eles eram mais gostosos ainda quentes, o chocolate derretido pendurado por muito tempo no ar quando você quebrava o biscoito ao meio. Lembro como aquilo era uma alegria na minha boca, e tudo se dissolvia rapidamente, quentinho e amanteigado.

Lembro de quando finalmente toquei num homem, quando finalmente o beijei. Lembro da surpresa e do choque de ter a língua de outra pessoa na minha boca. Lembro do gosto da saliva de outra pessoa. Lembro de sentir, de verdade, o toque da carne de outra pessoa, quente e tenra. Lembro da textura de cabelos que não eram os meus, de coxas que não eram as minhas, uma cintura que não era minha. Lembro do cheiro acre dos pelos pubianos. Lembro de ficar feliz em pôr a minha alma imortal em risco, imaginando que, de alguma forma, ainda sobressairia no final, e permaneceria vivo, me sentindo imortal nos braços de um mortal. Lembro de me perturbar muito o fato de aquilo ser um pecado tão grave. Lembro da sensação depois de gozar, uma sensação de vazio e incompletude, um desejo de que eu fosse algum tipo de animal, um lobo ou um pássaro ou um golfinho, para que não precisasse me preocupar com a volúpia de querer fazer aquilo novamente; lembro de me preocupar com o que a outra pessoa sentia.

Lembro da igreja e de rezar. Lembro dos rituais de avivamento e das mulheres que começavam a chorar ao dar seus testemunhos de fé perante a congregação, encerrando sua súplica fervorosa, angustiada e sofrida ao Senhor com um pedido para que aqueles que conhecessem a palavra, que rezassem muito por mim. Lembro de comungar e de pensar que se o pão era o corpo, e o suco de uva era o sangue, aquilo nos transformava todos em canibais. Lembro de ficar preocupado de não ser digno de comungar porque eu era impuro, não importava o quanto eu rezasse ou pedisse perdão. Lembro de ficar pensando qual seria a aparência de Deus, e de que, depois de um tempo, parei de ficar pensando nisso e comecei a imaginar mais quem ele seria, fantasiando que seria bem possível que ele não gostasse muito de algumas pessoas, apesar de tudo que meu avô e a Bíblia diziam. Lembro de me perguntar o que ele me diria se algum dia resolvesse romper seus séculos de silêncio. Lembro de chegar à conclusão de que eu descobriria, se vivesse uma vida correta e, no final dela, fosse para o céu. Mas eu também lembro do dia em que eu entendi que eu provavelmente não iria para o céu, porque tinha muita dificuldade em seguir as regras. Eu era fraco demais.

Eu lembro de mim.

30 de abril de 1984

7h05

Certa vez alguém disse que, se o ser humano não passa de uma invenção da mente de Deus, então os personagens na cabeça de um ser humano são tão irreais quanto nós mesmos. Talvez. Ninguém sabe ao certo. Mas não podemos negar a possibilidade.

Vamos pensar sobre o demônio. Olhar para ele com espanto e desprezo, pois ele representa o que os seres humanos detestam. Ou acham que detestam. Eles próprios. Naquele dia, o demônio, se ele de fato existe, estaria ali o tempo todo, pendurado no ouvido do garoto, sussurrando as palavras que ele deveria dizer. Ele o teria feito dizer: Foda-se. Agora é a minha vez, coroinha. Esta é a nova ordem — a desordem. O novo dia — a noite.

Ele poderia ter colocado ódio na boca do garoto com a mesma facilidade com que havia enfiado fantasias na cabeça dele; poderia tê-lo feito se agarrar com toda força àquela arma por todo aquele tempo. Ele poderia... se ele, de fato, existisse.

Talvez ele tenha ouvido o homem dizendo:

"Horace. Por quê? Por que você está fazendo isso? Por quê?"

E o garoto respondendo: "Acho que o menino está querendo desembarcar da montanha-russa. Ele quer o seu dinheiro de volta. Viu? Não tem graça. Pobre Horace. Ele não gosta da vida, sabe? É regra pra caralho. Muita pergunta sem resposta. Muita ponta solta. Sabe, a vida, do jeito que Horace quer vivê-la, não é tolerada. Você entende o que eu quero dizer? E tolerância — se essa é a palavra que nós vamos usar — é o que ele quer. Então..."

"Não acredito nisso. Horace, você é inteligente demais pra cair numa furada dessas. Que desculpinha."

"Deixa pra lá. Ele sabe. Já tentaram essa antes. Ele não vai escutar. Ele já tomou sua decisão, sabe. Ele decidiu que não quer mais jogar este jogo."

"Você tem tanta vida pela frente, Horace. Eu não entendo. Por que você nem sequer cogitaria uma coisa dessas?"

"Olha, ele tem uma ideia de como o mundo deveria ser, e não é assim que ele é. Este não é o mundo que ele pediu. Então, ele acha que é melhor ir atrás de um novo mundo."

"Não acredito nisso. Isso é uma piada, não é? Eu…"

"Piada? Acho que não. A menos que você tenha o costume de rir em funerais."

"Horace, vamos falar sobre isso."

"Falar. Falar. Falar. Não há nada a dizer. Pode continuar falando. Tá me ouvindo? Vou dar o fora daqui. Se liga."

Se aquele espírito maligno existia ou não é irrelevante, no fim das contas. Se foi ele ou não quem fez isso, o garoto morreu. Isso é fato. A bala atravessou a pele da testa, perfurou o crânio, dilacerou o córtex e o cerebelo, danificando de forma irreversível o cérebro e o bulbo raquidiano, e saiu pela parte de trás da cabeça enquanto produzia um ruído breve e molhado. Isso aconteceu. O sangue realmente jorrou, misturado à massa cinzenta, a fragmentos de osso e fluido intracraniano. Seu corpo inteiro convulsionou diversas vezes; ele excretou urina. Defecou. Sua língua ficou pendurada para fora da boca e foi mordida durante as convulsões, vertendo sangue que se misturou aos filetes de saliva que já lhe escorriam. Seus batimentos cardíacos foram diminuindo gradualmente em pressão e intensidade, e logo pararam por completo; as artérias, veias e capilares lentamente entraram em colapso. As pupilas, cobertas por um filme cor-de-rosa, pararam de se dilatar, cristalizadas como duas gotas enormes de tinta cercadas por um líquido marrom numa piscina de leite. Por fim, os olhos rolaram para cima, como se examinassem o sol por entre os galhos da copa das árvores. Com admiração e respeito. Esses são fatos. Independentemente de o demônio ser um fantasma da mente dele ou um espírito de outro mundo, isso aconteceu de fato. E o homem gritou, e foram gritos desesperados, incrédulos, magoados, agudos e carregados de horror, raiva e decepção. E seus gritos se converteram num choro dolorido e cheio de soluços, inconsolável e primitivo. Isso tudo é verdade, e não tem absolutamente nada a ver com a existência de *dibbukim*, gênios ou demônios.

Mais importante que isso, o dia não parou: os relógios continuaram a funcionar. Ônibus escolares circularam. Vacas mugiram. Mães deram broncas nos filhos. Arados araram o solo. Caminhões foram carregados e descarregados. Pratos foram lavados. Cães latiram. Velhos pescaram. Esteticistas fofocaram. Refeições foram comidas. E naquela noite o sol se pôs com toda a intenção de nascer novamente no dia seguinte.

Ses e talvezes e porventuras e quiçázes não podem mais ser usados neste caso. Os fatos são mais que suficientes, a menos que sob eles também pairem dúvidas.

RÉQUIEM PARA O TABACO

Talvez você se lembre ou talvez não, mas houve um tempo em que os homens colhiam tabaco com as mãos. Houve um tempo em que as pessoas se reuniam em comunidades, como se elas fossem todas uma coisa só, e hoje elas ajudavam essa pessoa, e amanhã ajudavam aquela, e depois ajudavam uma outra, para que todas tivessem sua cota de tabaco garantida toda semana, que era então secada e curada e levada para um lugar onde seria separada e empacotada para finalmente ser vendida no mercado. Mas isso já faz um tempo.

Houve uma era em que, no começo da primavera, homens plantavam canteiros de tabaco, espalhando sementes nas covas, cobrindo com pano de juta (ou, mais tarde, com plástico) e esperando mais ou menos um mês até que elas germinassem e brotassem, dando origem a pequenas plantas de fumo. Depois, eles arrancavam as plantas mais saudáveis desses canteiros, as colocavam em baldes cheios d'água e saíam andando pelos campos, enfiando elas de volta no solo, em fileiras, regando de leve, e só paravam ao fim da fileira para apreciar o trabalho, com as costas doloridas e as pernas cansadas. Será que você já ouviu falar dessas coisas? Parece que aconteceram há tanto tempo. Mas tudo isso foi ontem.

Meses depois, no finalzinho de junho, em julho ou no mais tardar em agosto, algumas daquelas plantas se convertiam em pequenas árvores, maiores do que um homem, com folhas do tamanho de remos, de um verde-claro fosco. Os homens percorriam aquelas fileiras toda semana, colhendo as folhas mais próximas ao chão, enfiando-as debaixo dos braços até que não conseguissem carregar mais nada e, então, despejavam-nas no que era uma espécie de carroça, que no começo era puxada por uma mula — mais tarde, por um trator — que eles levavam até lá. Esses homens começavam a trabalhar nas primeiras horas da manhã, levantando às quatro horas para tirar as folhas secas de dentro do celeiro. Lá havia uma série de hastes de madeira — eram como escadas com muitos degraus deitadas de lado — nas quais as folhas de tabaco ficavam penduradas durante uma semana. Fogueiras, primeiro alimentadas por lenha e, mais tarde, por gás propano, ardiam por semanas, convertendo lentamente o verde vivo das folhas num tom suave de marrom. Aquelas folhas aromáticas eram então levadas a armazéns dos quais você já ouviu falar, onde velhas senhoras, nas noites de verão, sentadas separavam as folhas de tabaco, escolhendo as maiores, as mais escuras, as mais bonitas, as arruinadas, as que iam direto para o lixo. Você sabe de tudo isso, não sabe? Alguém já contou isso a você, um dia...

Quando a carroça na lavoura ficava lotada e não conseguia mais carregar nenhuma daquelas folhas cor de esmeralda, a mula ou o trator rumava lentamente de volta para o celeiro, percorrendo trilhas rochosas e acidentadas, estreitas e esburacadas, passando por debaixo das árvores e por cima dos tocos. Dentro do galpão, as mulheres ficavam a maior parte do tempo em volta de uma pilha de tabaco deixada mais cedo pelos homens, pegando as folhas aos montes, alinhando seus talos na mesma altura e entregando-as a uma mulher que dava três ou quatro voltas numa haste de madeira de modo a prender de quinze a vinte montes de folhas, que ficavam penduradas, de cabeça para baixo, parecendo um monte de mãos enormes e verdes apontando para o chão. Essa haste então era pendurada no que se chamava de "arreio". O som que os fios faziam ao enrolar o fumo era vrrrrr-zip, vrrrrr-zip, vrrrr-zip. Sua conversa era a verdadeira tradição, aquelas mulheres, com os cabelos desgrenhados, as mãos cobertas de resina e terra, a testa lavada de um suor que nunca parava de escorrer. Aqui, debaixo dos tetos de zinco desses galpões e ao redor dos celeiros de tabaco, todos os problemas do mundo pareciam ter sido resolvidos ou, no mínimo, abordados; aqui, reputações eram forjadas e destruídas, e as mulheres mais velhas passavam ensinamentos importantes e de ordem prática para as mulheres mais novas — para aquelas que quisessem ouvir. Tenho certeza de que você já ouviu todas essas coisas, não? Talvez tenha visto numa peça, ou lido em algum livro, ou...

Você ouviu sobre como os homens voltavam no final do dia, quando haviam terminado de cuidar da lavoura naquela semana, e como eles ficavam parados ao lado das mulheres enquanto elas terminavam de amarrar as folhas de tabaco da última carroça, olhando para todo aquele tabaco pendurado e já antecipando a última tarefa do dia. Com certeza você já ouviu falar disso. Eles faziam uma corrente de homens e mulheres que começava naquela pilha enorme e levemente instável de tabaco e iam pegando os maços de folha da pilha e iam passando, um por um, de pessoa em pessoa, atravessando a porta, entrando e subindo, subindo até o coração do celeiro, onde eles penduravam as folhas, e onde elas ficavam à espera do fogo que iria curá-las, lhes dando o seu valor.

Mas, como eu disse, isso já faz um tempo. As pessoas já não se reúnem mais um dia por semana para ajudar Edgar Pickett ou George Harris a colher, amarrar, pendurar e carregar o tabaco até o celeiro da família. Provavelmente o velho Edgar Pickett está morto e George Harris arrendou seu terreno e hoje é motorista de ônibus. Talvez algum dos dois tenha vendido suas terras para alguém com mais terras, alguém que na verdade não é um alguém, mas sim muitos, sob o nome de apenas um. Os muitos que substituíram aquelas mãos negras e testas suadas e costas doloridas pelo metal barulhento e a borracha durável de uma colheitadeira que não precisa de ninguém para operá-la, que colhe as folhas, armazena as folhas e separa as folhas em pequenas porções, acondicionando-as em compartimentos que parecem galinheiros, e que as fazem curar mais rápido, melhor e mais barato. Os muitos que se preocupam com rendimentos, com despesas gerais e com deduções fiscais. Os muitos que introduziram os produtos químicos, as novas supersementes, os fertilizantes superiores. Os muitos que nunca ouviram falar do dia em que uma mula velha chamada Relâmpago deu um coice na cabeça de Hiram Crum, ou do dia em que a sra. Ada Mae Philips deu uma surra em Jess Stokes porque ela lhe chamou de intrometida, ou do dia em que Henry Perry levou Lena Wilson para trás de um choupo atrás de um prazer secreto. Os muitos que não têm memória.

Ah, mas era óbvio que isso aconteceria. Você percebe, não percebe? Isso não é uma coisa ruim. De muitas maneiras, é uma coisa boa. O trabalho ficou menos excruciante... para aqueles que trabalham. Mas é bom lembrar que, um tempo atrás, mãos humanas arrancavam as folhas maduras das plantas, e as mesmas mãos humanas amarravam essas folhas com barbantes e as defumavam no fogo. E é bom lembrar que havia pessoas confinadas àquela estranha atividade, essa atividade que punha comida na mesa e roupa no corpo e mandava os filhos para a escola, atadas pela necessidade, pela responsabilidade, pela humanidade. É bom lembrar, porque muitos esquecem.

Agradecimentos

Por mais discreto e silencioso que seja, um primeiro romance nunca é escrito só à base de pão e velas à meia-noite. Este manuscrito jamais teria sido concluído sem a ajuda de: família — Mãe, Edythe, Brown, Candie, Nikki, George, Mathis, Eleanor, Cassandra, Jackie; professores — Max Steele, Doris Betts, Daphne Athas, Louis Rubin, Lee Greene; colegas — Ann Close, Bobbie Bristol, Karen Latuchie, Laurie Winer; um editor — Walter Bode; um agente — Eric Ashworth; amigos — Randy, Patrick, Zollie, Gregory, Beth, Nell, Toby, Tom, Amy, Terrence, Robin, Alane, Joe, Nina…

E da graça inescrutável do Rei dos Reis.

Meu agradecimento a todos vocês.

obra de capa
Minnie Evans, *Design Made at Airlie Gardens*, 1967.
Óleo e técnicas mistas sobre tela, 50.5 × 60.6 cm.
Doação da artista (1972.44)
reprodução
Smithsonian American Art Museum,
Washington, DC/ Art Resource, NY.

A Visitation of Spirits © Randall Kenan, 1989
Todos os direitos reservados.

Todos os direitos desta edição reservados à Todavia.

Grafia atualizada segundo o Acordo Ortográfico da Língua
Portuguesa de 1990, que entrou em vigor no Brasil em 2009.

capa
Danilo de Paulo | mercurio.studio
composição
Estúdio Arquivo
preparação
Eloah Pina
revisão
Huendel Viana
Ana Alvares

Dados Internacionais de Catalogação na Publicação (CIP)

Kenan, Randall (1963-2020)
Uma visita dos espíritos / Randall Kenan ; tradução
André Czarnobai. — 1. ed. — São Paulo : Todavia, 2025.

Título original: A Visitation of Spirits
ISBN 978-65-5692-757-2

1. Literatura norte-americana. 2. Romance. 3. Ficção.
4. Racismo. I. Czarnobai, André. II. Título.

CDD 813

Índice para catálogo sistemático:
1. Literatura norte-americana : Romance 813

Bruna Heller — Bibliotecária — CRB 10/2348

todavia
Rua Luís Anhaia, 44
05433.020 São Paulo SP
T. 55 11. 3094 0500
www.todavialivros.com.br

fonte
Register*
papel
Munken print cream
80 g/m²
impressão
Geográfica